난생처음 도전하는
세익스피어
5대 희극

일러두기

1. 주요 명장면, 명대사는 원어로 읽을 수 있도록 셰익스피어 희곡 원문을 병기했다. 또한 텍스트의 정확한 이해가 필요한 경우에도 원문을 병기해두었다.
2. 셰익스피어 희곡 인용 뒤 괄호 속 숫자는 막, 장, 행 표시다. 예를 들어 '1.1.56'은 '1막 1장 56행'을 말한다.
3. 셰익스피어 희곡 인용에서 '/(빗금)'은 행의 바뀜을 나타낸다.

박용남 지음

난생처음 도전하는
셰익스피어
5대 희극

지적인 삶을 위한 지성의 반올림

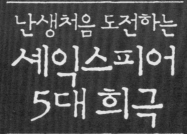

A Midsummer Night's Dream
The Merchant of Venice
As You Like It
The Taming of the Shrew
Twelfth Night

이와우

CONTENTS

한여름 밤의 꿈
A Midsummer Night's Dream

베니스의 상인
The Merchant of Venice

좋으실 대로
As You Like It

4장

말괄량이 길들이기
The Taming of the Shrew

십이야
Twelfth Night

유쾌하고도 지적인
셰익스피어 코미디로의 초대

　모든 것을 경제적 가치로 환산하고 계산하는 세상이다. 많은 사람들이 물질적인 성공을 위해 매진한다. 그 과정에서 주변 사람들은 물론 나 자신에게 상처를 주기도 한다. 그런데 힘들게 목표에 도달해보니 막상 그곳엔 아무것도 없는 경우도 있다. 이것은 앞서 인생을 경험했던 많은 인생 선배들이 알려준 경험담이고 충고다. 단지 우리가 귀담아듣지 않을 뿐이다.

　그렇다고 경제적 가치와 물질적 성공을 무시하자는 말은 아니다. 현대 사회에서 없어서는 안 될 중요한 가치임에는 틀림없다. 다만 그것을 추구하는 과정에서 더 중요한 것들을 놓칠까 봐 걱정이다. 하나의 골인 지점을 향해 모두가 전력 질주한다면 일 등은 한 명뿐이다. 나머지 많은 사람들은 패배의 아픔과 좌절을 겪을지도 모른다. 그러나 인생 달리기의 골인 지점이 한 곳일 필요는 없다. 누가 빨리 도착하느냐를 따질 필요도 없다. 인생의 아름다움과 행복은 여러 곳에 있다. 개인마다 인생 달리기의 골인 지점은 다르며 도달하는 시간이 모두 달라도 된다. 아니, 목표에 꼭 도달해야만 하는 것도 아니다. 어쩌면 목표에 도달하는 것보다 그 과정을 즐기는 것이 더 소중하다.

어느 시인의 시 구절이 생각난다. "내려갈 때 보았네 / 올라갈 때 보지 못한 / 그 꽃."(고은, 「그 꽃」) 그렇다. 정신없이 올라가느라고 그 예쁜 꽃을 볼 새가 없었다. 아니, 있는 줄도 몰랐다. 그나마 이 경우는 다행이다. 내려올 때까지 그 꽃이 있었으니 말이다. 무사히 내려올 수 있었던 것도 감사한 일이다. 그 꽃이 다 져서 없을 수도 있고, 아예 못 내려왔을 수도 있지 않은가. 내일 일을 모르는 게 인생이다.

인문학은 돈을 더 많이 벌게 해주진 않는다. 하지만 이미 갖고 있는 것의 가치를 더 많이 느끼게 도와준다. 어쩌면 우리는 이미 충분히 소유하고 있는지도 모른다. 단지 더 원하는 것뿐이다. 요즘 우리가 느끼는 빈곤은 대부분 상대적 빈곤감이다. 돈이 아니라 철학의 빈곤이 우리를 가난하고 힘들게 만든다. 인생에서 진짜 소중한 것들은 의외로 돈이 들지 않는다. 길가에 핀 이름 없는 꽃 한 송이, 새들의 노랫소리, 눈이 부시도록 푸르른 하늘, 신기한 계절의 변화, 이 모든 것은 무료다. 우리가 여유 있는 마음으로 원한다면 얼마든지 즐길 수 있다.

셰익스피어의 고전문학은 대표적인 인문학이다. 그 속에는 다양한 인간의 모습과 세상 돌아가는 이치가 들어 있다. 세월이 흘러 겉모습은 바뀌었어도 본질은 변하지 않았다. 이것을 읽으면서 우리는 인간과 세상을 배운다. 이를 통해 나를 더 단단하게 만들고 세상을 보는 나의 철학을 확립할 수 있다. 자본주의 사회에서 잘 살기 위해서는 뛰어난 '실력實力'이 필요하다. 맞는 말이다. 하지만 진짜 잘 살려면 단단한 '심력心力'도 필요하다. 정글 같은 세상에서 항상 좋은 일, 좋은 사람만 만난다는 보장이 없기 때문이다. 아무리 돈이 많아도 역경에 처하거나, 나를 힘들게 만드는 사람을 만날 수도 있다. 그런 상황에서도 내 마음의 평화를 지켜주는 힘, 그것은 실력보다는 심력이다. 심력이 약하면 힘들게 성취한 모든 것들이 한순간에 물거품이 될 수도 있다.

셰익스피어는 비극만 쓴 것이 아니다. 희극도 여러 편 썼다. 희극 하면 왠지 낯설고 어렵게 느껴질지도 모른다. 희극은 요즘 식으로 쉽게 말하자면 웃기는 코미디다. 셰익스피어식 개그라고도 할 수 있다. 하지만 셰익스피어의 코미디는 그저 싱거운 웃음으로만 끝나지 않는다. 웃기지만 그 속에 뼈가 있다. 인간과 세상에 대한 위트와 풍자, 통찰이 가득하다. '언어의 마술사' 다운 셰익스피어 특유의 현란한 언어 표현과 명문장도 일품이다. 한마디로 품격 있는 지성 개그다.

셰익스피어의 작품을 영어 원문으로 읽는다면 최고의 선택일 것이다. 번역의 한계를 넘어서 셰익스피어 문학의 진수를 맛볼 수 있으니 말이다. 하지만 쉽지 않은 일이다. 셰익스피어 작품들에는 많은 비유와 상징이 들어 있어 이해하기 더 어려울 수 있다.

이 책은 셰익스피어 희극에 대한 일반 독자들의 이해를 돕기 위해 쓰였다. 단순히 작품의 스토리만 읽는 것만으로는 부족하다. 구절구절 속에 숨겨진 셰익스피어의 예리한 통찰을 깊이 이해할 수 있어야 한다. 그래야 셰익스피어 문학이 내 삶에 영향을 주고 나의 스승이 될 수 있다. 비극과 달리 그의 희극은 해피엔딩이다. 대부분의 인물들이 행복하게 결혼하는 것으로 끝난다. 일상의 무거운 현실에서 잠시 벗어나 셰익스피어 희극의 재밌고 환상적인 축제에 동참해보면 어떨까. 유쾌하면서도 지적인 셰익스피어 코미디 극장에 오신 독자 여러분들을 환영한다.

1장

한여름 밤의 꿈

A Midsummer Night's Dream

William Shakespeare

세상에 쉬운
사랑이란 없다

『한여름 밤의 꿈』은 1595년경 영국에서 초연된 희극comedy 이다. 셰익스피어는 자신의 후원자였던 옥스퍼드 백작의 딸 결혼식을 축하하기 위해서 이 극을 썼다. 당시 영국의 군주였던 엘리자베스 1세 여왕도 직접 공연을 관람했다고 한다. 한여름 밤, 주로 숲속에서 일어나는 환상적인 사랑 얘기다. 숲은 낭만적인 사랑과 마법이 존재하는 공간이다. 그리고 한여름은 문학적 상징으로 볼 때 청춘, 나아가 인생을 의미한다. 숲속에서 청춘 남녀들이 사랑의 열병을 앓는다. 그래서 이 극을 로맨틱 코미디romantic comedy라고 한다. 한여름 밤 숲속에서 일어나는 꿈 같은 사랑의 세계로 들어가보자.

아테네 여성 허미아Hermia는 사랑 때문에 아버지와 갈등 중이다. 자신이 사랑하는 남자와 아버지가 원하는 남자가 달라서다. 그녀는 라이샌더Lysander라는 남자를 사랑한다. 그 남자는 사랑의 시를 써주고 창문가에서 사랑의 연가도 불러주는 로맨틱한 남자다. 딱 내 스타일이다. 그런데 아버지의 생각은 다르다. 아버지 이지어스Egeus는 드미트리어스Demetrius라는 남자를 사윗감으로 점찍고, 그와 결혼하라고 한다. 그런데 그 남자는 얼마 전까지만 해도 허미아의 절친 헬레나Helena를 사랑했던 남자다. 한마디로 내 여자 친구의 '전남친'이다. 이런 사랑의 배신자를 아버지는 좋은 신랑감이라며 결혼하라는 것이다. 허미아가 싫다고 하지만 아버지는 막무가내다.

아버지는 매우 강경하다 못해 잔인하다. 그는 테세우스Theseus 공작에게 이 문제를 법으로 처리해달라고 요구한다. 아테네 법에 의하면 딸의 신랑을 선택하는 권리가 아버지에게 있기 때문이다. "공작님, 법률에 따라 제 딸년이 이 젊은이와 결혼하든지, 아니면 죽음을 선택하든지 양자택일하도록 해주십시오."(1.1.40-45)* 딸에게 철저하게 가혹한 가부장적인 법률이다. 요즘 시각으로 보면 터무니없지만 그 시대에는 이것이 문

---

* 윌리엄 셰익스피어, 『셰익스피어 5대 희극』, 셰익스피어연구회 옮김, 서울: 아름다운날, 2020. 우리말 번역은 주로 이 책을 참고하여 인용했으며 필요한 부분은 필자가 수정하여 번역했음.

화였다.

테세우스 공작은 허미아를 설득한다. "허미아야, 아버지는 너에게 신과 같은 존재다. 너에게 아름다움을 주신 분이고, 너는 아버지가 빚어낸 밀랍인형 같은 존재 아니겠느냐. 그러니 아름다운 네 모습을 그대로 두든지, 아니면 부숴버리든지 모두 아버지의 뜻에 달려 있다. 게다가 드미트리어스라는 청년도 훌륭한 신사가 아니더냐?"(1.1.47-51) 그러니까 아버지가 원하는 남자와 결혼하라는 것이다.

허미아는 자신이 사랑하는 남자 라이샌더도 훌륭한 신사라고 반박한다. "아버지께서 제발 제 눈으로 보아주셨으면 좋겠습니다I would my father look'd but with my eyes."(1.1.56)* 하지만 공작은 동의하지 않는다. "아니다. 그보다는 네가 분별력 있는 아버지의 눈으로 봐야 한다Rather your eyes must with his judgement look."(1.1.57)

누구 말이 옳은가? 딸이 신랑감을 고를 때 아버지의 눈으로 봐야 할까? 아니면 자신의 눈으로 봐야 할까? 아버지들은 종종 딸이 선택한 남자를 못 미더워한다. 연륜 있는 아버지의 눈으

---

* Shakespeare, William. *A Midsummer Night's Dream*, The Arden Shakespeare, Ed. Harold F. Brooks, London: Methuen & Co. Ltd., 1979. 이후 원문 인용은 이 책을 참고 바람.

로 볼 것을 요구한다. 하지만 사랑하고 함께 살아갈 사람은 결국 아버지가 아니라 딸이다. 딸의 행복이 아버지의 행복과 동일하지는 않다. 그렇다면 내가 사랑하고 결혼할 사람은 내 눈으로 봐야 하지 않을까. 아버지와 공작은 이것을 인정하지 못한다. 가부장적 사고방식의 소유자이기 때문이다.

결국 공작이 판결을 내린다. 아버지의 뜻대로 드미트리어스와 결혼하든지, 아니면 독신 서약을 하고 수녀원에 들어가 살든지 선택하라는 판결이다. 공작은 "부친이 정한 남자를 마다한다면, 수녀복을 입고 평생을 어두침침한 수녀원에 갇혀서, 수태도 못하는 쓸쓸한 독신녀로 살아갈 게 뻔하다"(1.1.69-70)라고 협박한다. 공작이 허미아를 설득하는 몇 구절을 더 읽어보자. 공작은 "달의 여신을 찬양하는 무미건조한 찬송가를 부르면서, 열정을 다스리며 평생을 사는 것도 축복"(1.1.73-74)일 수 있지만 결혼하는 것이 더 큰 행복이라고 말한다. 그러면서 수녀원에서 평생 독신으로 늙어가는 것은 "장미꽃처럼 처녀의 가시 virgin thorn로 보호받으며, 향기만 뿌리다가 도도히 홀로 시드는 것"(1.1.77)이라고 설득한다. 공작의 설득 논리가 구구절절 그럴듯하다.

중세 서양에서 임신과 출산은 여성의 명예로 여겨졌다. 독신 서약이란 그런 기회를 박탈당하는 것을 의미했다. 이것은 당시 여성으로서는 사실상 죽음과 다름없는 가혹한 형벌이었다. 본인이 원하는 남자와 결혼하겠다는 이유만으로 받기에는 너무 가혹한 벌이다. 하지만 허미아는 원치 않는 남자와 결혼하느니 차라리 수녀로 살겠다며 공작의 설득을 거부한다. 공작은 다음 초승달이 뜰 때까지 며칠간 더 생각해보라며 말미를 준다.

허미아와 라이샌더, 두 연인은 이제 어떻게 해야 할까. 슬퍼하는 허미아를 라이샌더가 위로한다. "지금까지 세상 그 어떤 이야기나 역사를 봐도 진실한 사랑이 순풍에 돛 단 듯 순탄하게 진행된 경우를 본 적이 없소."(1.1.132-134) 그렇다. 설사 두 연인의 뜻이 잘 맞는다 해도 전쟁이나 질병, 죽음이 그들의 사랑을 방해할 수 있다. 운명이 이들의 사랑을 시샘해 순식간에 사라지게 만들 수도 있다.

사랑 참 어렵다. 세상에 쉬운 사랑은 없다. 종류와 정도는 달라도 사랑에는 각자 나름의 아픔과 어려움이 있는 법이다. 하지만 너무 나쁘게만 생각할 필요는 없다. 너무 쉬우면 사랑의 가치가 줄어들지도 모른다. 사랑의 소중함을 쉽게 잊을 수도 있다. 그러니까 사랑의 어려움은 어쩌면 신이 주신 좋은 예방약일지도 모른다.

사랑은 눈이 아니라
마음으로 보는 것

라이샌더는 허미아에게 시골에 사는 숙모 집으로 도망가자고 제안한다. 자식 없이 혼자 사는 숙모의 집에서 그들만의 결혼식을 올리자는 것이다. 허미아도 동의한다. 이들은 가혹한 아테네의 법을 피해서 숲속으로 사랑의 도피를 계획한다. 이들이 도피하려는 곳이 숙모의 집, 즉 여성의 공간이라는 점도 의미가 있다. 폭력적인 아버지의 법을 피해서 자애롭고 포용적인 어머니의 공간으로 도피하는 것이다. 디데이는 내일 밤이다.

허미아가 친한 친구 헬레나에게 인사한다. "예쁜 헬레나, 안녕fair Helena! Whither away?"(1.1.180) 하지만 헬레나는 예쁘다는 말을 하지 말라고 한다. 드미트리어스가 허미아만 예쁘다고 말하기 때문이다. 친구 사이인 허미와와 헬레나는 지금 삼각관계에 놓여 있다. 헬레나를 사랑했던 드미트리어스가 지금은 허미아를 사랑하고 있다. 허미아의 아버지가 딸의 신랑감으로 점찍은 남자도 바로 드미트리어스다.

하지만 허미아는 그를 싫어한다. 그녀가 헬레나에게 말한다. "내가 그 사람에게 오만상을 찌푸리는데도 그 사람은 나를 좋아해. 내가 그 사람에게 상스러운 욕을 퍼부어도 그 사람은 싱글벙글 웃기만 한다고. 내가 그 사람을 미워하면 미워할수록 그 사람이 더 끈질기게 나를 쫓아다닌단 말이야."(1.1.194-198) 그러니까 드미트리어스가 일방적으로 허미아를 좋아하고 있는 것이다.

그러자 헬레나는 이렇게 푸념한다. "아, 내 기도가 네 악담처럼 그 사람에게 그런 사랑을 불러일으키면 얼마나 좋을까. 그분은 내가 사랑하면 할수록 나를 더 멀리한단 말이야."(1.1.197-199) 헬레나의 기도는 그 남자의 마음에서 미움을 일으키지만 허미아의 악담은 오히려 사랑의 감정을 일으킨다.

완전히 엇갈린 짝사랑이다. 내가 좋아하는 사람은 나를 싫어하고, 내가 싫어하는 사람은 나를 좋아한다. 허미아가 걱정하지 말라며 헬레나를 위로한다. 그러면서 자신들의 도피 계획을 알려준다. 다시는 아테네로 돌아오지 않을 것이며, 다시는 드미트리어스를 만나지도 않을 것이라고 말한다.

사실 헬레나는 아테네에서 손꼽히는 미녀다. 헬렌Helen이란 이름은 서양문화에서 미녀의 상징이다. 헬렌은 그 유명한 트로이 전쟁을 유발할 정도로 미녀가 아니었던가. 하지만 지금 이것은 별 의미가 없다. 정작 그녀가 사랑하는 남자 드미트리어스는 헬레나를 미녀로 보지 않기 때문이다. 헬레나가 탄식하며 이렇게 말한다.

사랑은 아무리 천박하고 사악하고 무가치한 것이라도 아름답고 훌륭한 것으로 바꿔놓는 법이야. 사랑은 눈이 아니라 마음으로 보는 것이거든. 그래서 날개 달린 큐피드는 장님으로 그려지는 거야. 사랑하는 마음에는 분별심이란 없어. 날개만 있고 눈이 없으니 물불 안 가리고 허둥댈 수밖에. 그러니까 사랑의 신은 아이라고 생각하는 거지. 사랑의 선택을 하면 번번이 속고 엉뚱한 결과를 가져오니까 말이야.

Things base and vile, holding no quantity, / Love can transpose to form and dignity: / Love looks not with the eyes, but with the mind, / And therefore is wing'd Cupid painted blind; / Nor hath Love's mind of any judgement taste: / Wings, and no eyes, figure unheedy haste. / And therefore is Love said to be a child, / Because in choice he is so oft beguil'd. (1.1.232-239)

사랑은 제 눈에 안경이다. 다른 사람이 아무리 미녀라고 말해도 내 눈에 미녀로 보여야 진짜 미녀다. 그러니까 내 눈에 어떻게 보이느냐가 문제지 그가 어떤 사람인지, 사람들의 평가가 어떤지는 별로 중요하지 않다. 아무리 볼품없는 사람도 사랑하는 눈으로 보면 멋지게 보이기 때문이다. 그래서 사랑의 신 큐피드Cupid는 눈이 멀었고, 어른의 이성이 결여된 철부지 어린애로 묘사된다.

지금 드미트리어스와 사랑에 빠진 헬레나가 그렇다. 드미트리어스는 얼마 전까지만 해도 자신의 사랑은 헬레나뿐이라며 "사랑의 맹세를 우박처럼 퍼부어댔던"(1.1.243) 남자다. 그랬던 그가 돌변해서 지금은 허미아를 사랑한다며 쫓아다니고 있다. 다른 여자도 아닌 바로 내 친구를 사랑한다. 이런 남자가 멋있을까? 사랑의 배신자로 보일 법도 하다. 하지만 헬레나는 이 남자를 열렬히 좋아한다. 다른 사람들은 이해하기 어려울지도 모른다. 중요한 것은 상대를 바라보는 지금 내 마음이다. 사랑은 눈이 아니라 마음으로 보는 것이기 때문이다.

허미아와 라이샌더의 도피 계획을 안 헬레나는 이 사실을 드미트리어스에게 귀띔해준다. 그러자 드미트리어스는 자신의 연

인 허미아를 놓치지 않기 위해서 숲속으로 따라 들어간다. 드미
트리어스를 사랑하는 헬레나 역시 그를 따라 숲속으로 들어간
다. 이렇게 해서 네 명의 청춘 남녀는 한여름 밤 숲속에서 쫓고
쫓기는 사랑의 숨바꼭질을 하게 된다.

큐피드의 화살과
'사랑의 묘약'

『한여름 밤의 꿈』에는 숲속의 요정들도 등장한다. 요정의 왕 오베론Oberon은 아내이자 요정여왕인 티타니아Titania에게 화가 나 있다. 티타니아가 데리고 있는 인도 소년 시동 때문이다. 그는 아내가 애정을 쏟는 인도 소년에게 질투심을 느낀다. 그래서 그 소년을 달라고 요구하지만 번번이 거절당한다. 그 소년은 티타니아에게 특별한 의미가 있는 아이라서 줄 수 없다. 소년의 엄마는 자신을 잘 따르던 시녀votress였고 함께 즐거운 시간을 보냈던 사람이다. 그런데 그녀는 이 아이를 낳다가 그만 죽고 말았다. 티타니아는 그녀와의 우정을 생각해서 아이를 시동으로 삼고 돌봐주는 것이다.

하지만 오베론은 아내의 이런 마음을 이해하지 못한다. 아내의 의무만 강조할 뿐 아내에게 남편 이외의 다른 인간관계도 있다는 점을 인정하지 못한다. 그가 소년을 뺏고자 하는 것은 아내의 사랑과 관심을 독차지하겠다는 뜻이다. 숲속 요정 세계도 인간 세계 못지않게 이기적이고 가부장적이다. 그가 재차 소년을 달라고 요구하자 티타니아는 "요정왕국을 다 준다 해도 소년은 내줄 수 없어요. 요정들아, 가자! 더 이상 지체했다간 또 싸우겠다"(2.1.144-145) 하면서 떠나버린다.

아내의 행동에 모욕감을 느낀 오베론은 짓궂은 방식으로 티타니아를 처벌한다. 그는 요정 퍽Puck에게 '사랑에 취한 야생의 삼색제비꽃love-in-idleness' 꽃잎을 따 오라고 명령한다. 오베론이 꽃잎을 따 오라고 명령하는 대목을 읽어보자.

> 나는 활로 무장한 큐피드가 차가운 달과 지구 사이를 날아가는 걸 보았다. 그 녀석은 서쪽 왕좌에 등극한 아름다운 처녀왕을 향해 겨냥했고, 그 사랑의 화살은 힘차게 시위를 떠났지. 수천, 수만 명 젊은이들의 가슴이라도 꿰뚫을 기세였어. 하지만 나는 똑똑히 지켜봤다. 큐피드의 불타는 화살이 물기 어린 달의 청순한 빛을 받고는 불기가 사그라지는 모습을 말이다. 덕분에 순결을 맹세한 그 처녀왕은 여전히 사색에 잠긴 채 사랑의 굴레에 얽매이지 않을 수 있었지. 그때 나는 큐피

드의 화살이 떨어진 장소를 눈여겨봤어. 서쪽 나라에서 피는 한 송이 작은 꽃 위에 떨어졌는데, 우유처럼 하얀 그 꽃은 금방 사랑의 상처로 자주색으로 물들더구나. 처녀들은 그 꽃을 '삼색제비꽃'이라고 부르지. 네가 지금 그 꽃을 따 와야겠다.

(2.1.155-169)

로마 신화에 나오는 '사랑의 신' 큐피드(그리스 신화에서는 에로스Eros)는 두 개의 화살을 갖고 다닌다. 그의 황금화살에 맞으면 뜨거운 사랑을 느끼게 되지만 납화살을 맞으면 혐오의 마음을 갖게 된다. 붉은색의 이 꽃은 큐피드가 서쪽 어느 처녀왕에게 쏜 화살이 잘못 떨어진 곳에서 핀 꽃이다. 원래 이 꽃은 하얀 우유 빛깔이었는데 큐피드의 화살을 맞고 자줏빛으로 변했다고 한다. 문학적 상징으로 해석하면 큐피드의 화살은 남성적 사랑을 의미한다. 그러니까 사랑의 상처로 꽃잎이 붉게 물든 것이다. 서쪽의 처녀왕은 당시 미혼 상태로 늙어가던 영국 엘리자베스 1세 여왕을 암시한다. 오베론의 말대로 그녀에겐 큐피드의 강력한 화살조차 아무 소용이 없었다. 실제로 그녀는 끝까지 결혼하지 않았으니까 말이다.

붉게 물든 이 삼색제비꽃의 즙을 자는 사람 눈꺼풀에 발라주면 눈떠서 처음 보는 상대에게 뜨거운 사랑을 느끼게 된다. 이른바 '사랑의 묘약'이다. 오베론은 바로 이 꽃즙을 잠자는 티타니아의 눈꺼풀에 바른다. 그러고는 눈뜨고 처음 보는 상대로 흉측한 괴물이나 걸리라고 악담을 한다. 인도 소년을 줄 때까진 이 마법을 눈에서 풀어주지 않겠다는 것이다.

> 그대가 잠에서 깨어나 뭘 보든지 그것을 진정한 애인으로 잘
> 못 알고 그자에 대한 사랑으로 애태우게 될 것이오. 그것이
> 살쾡이든, 고양이든, 곰이든 표범이든, 억센 털이 난 멧돼지
> 든 그대가 눈떴을 때 보이는 게 무엇이든 그대의 애인이 될
> 것이다. 제발 흉측한 것이 걸려라. (2.2.26-33)

'사랑의 묘약'에는 상대가 누구인지 따지는 냉철한 이성이 없다. 단지 눈에 보이는 그대로와 사랑에 빠질 뿐이다. 이성적으로 설명할 수는 없어도 그냥 좋은 사람이 있는 반면 이유 없이 싫은 사람도 있다. 사랑이란 합리성이 결여된 '사랑의 묘약'이 만들어내는 나만의 환상이기 때문이다. 사랑은 논리적이지 않다. 요정여왕 티타니아가 사랑에 빠지게 될 상대는 과연 누가 될까?

한편 한밤중 숲속 다른 곳에서는 드미트리어스가 자신의 연인 허미아를 찾아 헤맨다. 헬레나는 그런 남자 뒤를 열심히 쫓

아다니고 있다. 드미트리어스가 쫓아오지 말라고 차갑게 말한다. "나는 당신을 보기만 해도 이젠 지겹단 말이오I am sick when I do look on thee."(2.1.212) 자신을 좋아해서 따라다니는 여자에게 너무 심한 말이다. 그래도 헬레나는 "나는 오히려 당신을 보지 못하면 애간장이 녹는답니다I am sick when I look not on you"(2.1.213)라면서 계속 쫓아간다. 사랑에 빠진 헬레나의 말을 한 구절 더 읽어보자.

저는 당신의 애완견 스파니엘과 다름없어요. 당신이 저를 때리면 때릴수록 더욱 당신이 좋아요. 발로 걷어차시고, 무시하시고, 아예 잊어버리셔도 좋습니다. 그냥 당신 곁에 있게만 해주세요. (…) 저는 당신을 따라가겠어요. 그토록 사랑하는 이의 손에 죽을 수 있다면 지옥의 고통도 천국의 기쁨이 될 겁니다. (2.1.203-244)
I'll follow thee, and make a heaven of hell, / To die upon the hand I love so well. (2.1.243-244)

사랑에 빠지면 사리 판단을 제대로 하지 못한다. 지금 헬레나의 모습이 그렇다. 그만큼 순수하고 열정적인 사랑이라고 할지 모르지만 어리석고 맹목적인 사랑일 수도 있다. 인간의 사랑이란 이렇게 때론 비이성적이고 우스꽝스럽기도 하다. 셰익스피어가 보여주는 인간의 모습이다.

물론 웃음을 유발하는 과장된 코미디라고 볼 수도 있지만, 헬레나의 이런 철부지 같은 사랑을 다른 관점에서 생각해볼 수도 있다. 때론 그녀처럼 사랑의 콩깍지가 씌워진 눈먼 사랑도 필요하지 않을까? 과거에는 가진 건 없어도 사람만 좋으면 된다고 생각하는 사람들이 많았다. 크게 가진 건 없어도, 단칸방에서라도 알콩달콩 신접살림을 차렸다. 요즘의 우리는 너무 완벽한 상대만을 찾고 있는 건 아닌지 모르겠다. 그래서 철이 들수록 더 사랑하기 어렵다.

구박을 받으면서도 쫓아가는 헬레나를 측은하게 여긴 오베론이 이렇게 말한다. "잘 가라, 요정이여. 내 그대의 소원을 들어주리라. 그대가 이 숲을 떠나기 전에 그대가 도망 다니고, 그가 그대 사랑을 얻고자 쫓아다니게 해주겠노라."(2.1.245-246) 오베론은 퍽에게 아테네 옷을 입고 있는 남자에게 꽃즙을 바르고, 눈뜬 후에 헬레나를 처음 보게 만들라고 명령한다. 드미트리어스에게 '사랑의 묘약'을 쓰겠다는 것이다. '사랑의 묘약' 마법이 과연 냉정한 이 남자에게도 통할까?

사랑은
영원할 수 있을까?

허미아와 라이샌더는 가혹한 아테네의 법을 피해 숲속으로 도망쳐 왔다. 숙모의 집으로 가서 결혼식을 올리려면 이 숲을 통과해야만 한다. 하지만 그들은 한밤중 숲속에서 길을 잃는다. 지친 그들은 날이 밝을 때까지 잠시 눈을 붙이기로 한다. 라이샌더는 허미아의 옆에 눕기를 원하지만 그녀는 아직 떨어져 누우라고 말한다. "우리의 사랑과 예절을 위해, 인간의 도리인 품위를 위해, 조금만 더 거리를 두고 누워주세요. 윤리적으로 정숙한 처녀와 예의 바른 총각에게 알맞다고 할 수 있는 만큼의 거리 말입니다."(2.2.55-58) 신사 라이샌더는 허미아의 요구대로 떨어져 눕는다. 잠자리에 들면서 두 연인은 달콤한 사랑의 인사를 나눈다.

허미아 잘 자요. 내 사랑, 당신의 삶이 끝날 때까지 그 사랑 영
원히 변치 않기를.

라이샌더 아멘, 나 역시 당신처럼 아름다운 기도를 드리겠소.
진정한 내 사랑이 끝나는 그 날, 내 생명도 끝나게 해주소서!
(2.2.59-62)

정말 아름다운 사랑의 기도이자 맹세다. 사랑을 해본 사람이
라면 이런 오글거리는 사랑의 맹세 한번쯤은 해봤을 거다. 그런
데 기도처럼 과연 사랑이 영원할까? 셰익스피어는 "영원히"가
아니라 하룻밤도 못 가는 짧은 사랑의 모습을 보여준다.

요정 퍽이 사랑의 꽃즙을 가지고 숲속을 헤맨다. 오베론의 명
령대로 아테네 복장을 한 남자에게 꽃즙을 바르기 위해서다. 퍽
은 드디어 잠자는 라이샌더를 발견한다. 그에게서 저만치 떨어져
서 잠자는 허미아도 본다. 퍽이 허미아를 보면서 이렇게 말한다.

이 처녀는 눅눅하고 더러운 땅바닥에서 잠들어 있네. 딱한
것! 이 피도 눈물도 없는 녀석 곁에는 감히 눕지도 못했구나.
나쁜 놈! 네 녀석의 눈꺼풀에 이 마법의 꽃즙을 발라주마. 이
제 네 녀석이 잠에서 깨면 상사병에 걸린 나머지 잠도 못 자
게 될 것이다. (2.2.73-80)

그는 잠자는 라이샌더의 눈꺼풀에 꽃즙을 바른다. 하지만 퍽은 지금 실수하고 있다. 오베론이 말했던 아테네 복장을 한 남자는 라이샌더가 아니라 드미트리어스였다.

이 무렵 헬레나와 드미트리어스가 이곳에 등장한다. 헬레나는 여전히 드미트리어스를 쫓아가며 애원한다. "드미트리어스, 잠깐만 기다려주세요. 이 어둠 속에 저를 버려두고 가실 거예요?"(2.2.83-85) 하지만 냉정한 드미트리어스는 "귀찮게 따라오지 말라고 하잖소. 저리 가시오. 난 혼자 갈 테니 목숨이 아깝거든 따라오지 말란 말이오"(2.2.84-86)라면서 혼자 어둠 속으로 사라진다.

숨이 차서 헐떡거리며 헬레나가 탄식한다. "아, 내가 간절히 기도하면 할수록 왜 내가 받는 은총은 점점 더 적어지는 걸까? 허미아는 어디에 있든지 행복할 텐데. 눈이 예뻐서 그럴 거야. 나는 곰처럼 못생긴 게 틀림없어. 나를 보면 짐승도 도망가잖아. 드미트리어스가 나를 보면 괴물이라도 만난 것처럼 도망치는 것도 이상할 게 없어."(2.2.88-96) 아테네에서 최고 미인인 헬레나의 자존감이 완전히 땅바닥에 떨어졌다. 좌절된 짝사랑은 이렇게 자존감마저 무너뜨린다.

이때 헬레나는 자고 있는 라이샌더를 발견한다. 깜짝 놀란 그녀는 그가 살았는지 확인하려고 라이샌더를 흔들어 깨운다.

잠에서 깬 라이샌더가 헬레나를 보고 이렇게 말한다. "내 그대를 위해서라면 불 속이라도 뛰어들겠소! 수정처럼 투명하고 아름다운 헬레나여! 그대의 가슴을 뚫고 그 마음을 훤히 들여다볼 수 있다니, 이거야말로 대자연의 마법이 아니고 무엇이겠소."(2.2.102-104) 눈뜨고 처음 본 사람에게 뜨거운 사랑을 느끼게 만드는 '사랑의 묘약'이 작동한 것이다. 라이샌더의 어이없는 말에 헬레나는 당황한다. 그녀는 라이샌더가 자신을 모욕하고 있다고 생각한다. 그녀가 실망해서 화를 내며 돌아선다. 하지만 라이샌더는 헬레나를 쫓아가면서 자신의 뜨거운 사랑을 고백한다.

나는 지금까지 허미아와 함께 보냈던 그 지루했던 시간들을 후회하고 있소. 내가 사랑하는 여인은 허미아가 아니라 당신뿐이란 말이오. 검은 까마귀를 하얀 비둘기와 바꾸려는 것은 누구에게나 당연한 일이 아니겠소? (2.2.110-114)

라이샌더는 자신이 사랑하는 여인은 오직 헬레나뿐이라고 말한다. 허미아는 검은 까마귀로, 헬레나는 하얀 비둘기로 비유한다. 그는 잠들어 있는 본래의 연인 허미아에게 계속 잠자고 자기 곁에 가까이 오지 말라고 말한다. 그것도 모자라 허미아가 자신이 가장 증오하는 대상이라고 말한다. 자신은 이제 온 힘과 사랑을 다 바쳐 헬레나를 숭배하고 헬레나의 기사가 되겠다고 선언한다. 허미아를 사랑해서 숲속으로 도피했고, 조금 전까지만 해도 달콤한 사랑의 맹세를 했던 라이샌더가 아닌가? 그런데 이렇게 돌변하다니 완전 코미디다.

라이샌더가 헬레나를 쫓아간 후 허미아는 비명을 지르며 잠에서 깬다. 뱀이 자신의 심장을 파먹는 악몽을 꿨기 때문이다. 어둠 속에서 허미아가 연인 라이샌더를 불러보지만 아무 대답이 없다. 라이샌더가 자신을 어두운 숲속에 남겨두고 홀로 가버리다니 도저히 믿을 수 없고 이해할 수도 없다. 어둠 속에서 그녀는 라이샌더를 찾아 나선다.

라이샌더의 불같았던 사랑은 변했다. 물론 그의 변심은 퍽이 발라놓은 '사랑의 묘약' 때문이다. 하지만 이 장면은 본질적으로 인간의 사랑이 변덕스럽다는 것을 희극적으로 보여준다. 사랑의 맹세가 영원하리라 믿는다면 착각이다. 변하는 게 인간의 사랑이고 사랑의 맹세다. 꼭 사람이 나빠서 그런 것도 아니다. 그러니 너무 사람을 원망할 필요도 없다. 그냥 별 이유 없이 생겼다가 사라지는 마법 같은 '사랑의 묘약' 때문이니까.

사랑이란 한여름 밤의
헛소동에 불과한 것

라이샌더를 찾기 위해 숲속을 헤매던 허미아가 드미트리어스를 만나게 된다. 드미트리어스 역시 라이샌더와 사랑의 도피 중인 허미아를 찾던 중이다. 허미아는 그가 라이샌더를 죽였는지 추궁한다. 드미트리어스가 아니라고 항변하지만 그녀는 믿지 못한다. 그게 아니라면 라이샌더가 잠자는 자신을 두고 떠날 리 없다는 것이다. 그가 헬레나와 사랑에 빠져 떠났다고는 상상도 못한다. 아니, 누가 그런 상상을 할 수 있겠는가. 허미아가 드미트리어스에게 온갖 욕설을 퍼붓는다. "당신은 깨어 있는 그를 마주 볼 용기도 없어서 아마 자고 있을 때 죽였을 거야. 정말 장한 짓을 했네! 벌레나 독사라면 그럴 수도 있겠지만. 그래, 독사가 한 짓일 거야. 당신은 독사야, 아마 갈라진 혓바닥으로 날

름대는 살무사도 그처럼 악랄한 짓은 하지 않을걸."(3.2.47-73) 그러면서 다시는 나타나지 말라며 가버린다.

진실을 아는 우리가 볼 때 지금 드미트리어스는 너무 억울하다. 그는 라이샌더를 보지도 못했다. 정확히 알지도 못하면서 함부로 타인을 의심하고 단정하는 것은 얼마나 경솔한 짓인가. 허미아를 보면서 그런 생각이 든다.

드미트리어스는 화가 난 허미아를 더 쫓아가도 소용이 없다고 판단한다. 그는 잠시 쉬었다 가려고 누워서 잠을 청한다.

슬픔의 무게가 점점 더 무겁게 여겨지는 건 아마 잠이 모자라서 그럴 거야. 파산한 잠이 슬픔에 진 부채 때문이겠지. 자, 여기 잠시 머물면서 잠에게 구원을 청하면, 잠이 조금이나마 그 부채를 덜어줄지도 몰라.

So sorrow's heaviness doth heavier grow / For debt that bankrupt sleep doth sorrow owe; / Which now in some slight measure it will pay, / If for his tender here I make some stay. (3.2.84-87)

그렇다. 일이 너무 복잡하게 꼬이고 안 풀릴 때는 그냥 만사 제쳐두고 잠을 자는 것도 좋은 방법이다. 잠은 엉클어진 실타래처럼 복잡한 심신을 치료해준다.

이 모습을 본 오베론은 퍽이 꽃즙을 잘못 발랐음을 인식한다. 라이샌더가 아니라 드미트리어스의 눈꺼풀에 발랐어야 했다. 상황을 바로잡기 위해 오베론은 빨리 헬레나를 이곳으로 데려오라고 명령한다. 그리고 자신은 잠든 드미트리어스의 눈에 '사랑의 묘약' 꽃즙을 바른다. "큐피드의 화살을 맞고서 자주색 물이 든 꽃즙아, 이 청년의 눈동자 속으로 깊이 들어가 스며라. 이 청년이 잠에서 깨어나 자기 애인을 보는 순간, 그 여인이 찬란히 빛나 보이게 하라. 그리고 잠에서 깨어날 때 그대 옆에 그 처녀가 있거든 그녀에게 상사병을 고쳐달라고 애원하도록 하라."(3.2.102-109)

헬레나가 라이샌더와 옥신각신하면서 등장한다. 라이샌더는 눈물까지 흘리면서 헬레나에게 사랑을 애원하고 있다. "조롱과 모욕은 결코 진실한 눈물을 동반하지 않는 법이오. 내가 눈물까지 흘리며 맹세하는 이 모습을 보시오. 눈물을 흘리며 하는 맹세는 본질적으로 진실된 것이란 말이오."(3.2.123-127) 하지만 헬레나는 "그런 맹세는 허미아한테나 하세요"(3.2.130)라면서 쏘아붙인다.

이들이 시끄럽게 다투는 소리에 드미트리어스가 잠에서 깬다. 그가 눈을 뜨면서 헬레나를 처음으로 본다. 헬레나를 본 그가 이렇게 말한다.

오, 헬레나! 나의 여신, 나의 요정이여! 완벽하고도 성스러운
임이시여! 그대의 두 눈을 그 무엇에 비할 수 있으리오. 수정
도 그대의 영롱한 눈동자에 비한다면 진흙 더미에 불과하고,
아름답게 무르익은 그대의 앵두 같은 입술은 언제나 나를 유
혹하는구려! 그대가 손을 들어 보이니, 동풍에 순백색으로 얼
어붙은 저 토라스 산꼭대기의 눈도 까마귀 빛깔처럼 검게 보
이는구려. 제발 그대의 손에 입 맞추게 해주시오. 순백색의
공주여! 행복을 보증해주는 나의 봉인이여!
O Helen, goddess, nymph, perfect, divine! / To what, my
love, shall I compare thine eyne? / Crystal is muddy. O how
ripe in show / Thy lips, those kissing cherries, tempting
grow! / That pure congealed white, high Taurus' snow, /
Fann'd with the eastern wind, turns to a crow / When thou
hold'st up thy hand. O let me kiss / This princess of pure
white, this seal of bliss! (3.2.137-144)

조금 전까지만 해도 헬레나를 보면 구역질 난다고 하던 남자
가 아닌가. 그렇게 헬레나를 혐오하던 그가 한순간 돌변해서 이

렇게 사랑을 고백하고 있다. 말 그대로 여신에게 바치는 사랑의 고백이다. 헬레나가 혐오스런 여자에서 갑자기 아름다운 여신으로 변한 것일까.

헬레나는 기쁨보다는 분노를 느낀다. 이젠 두 사람이 짜고 자신을 조롱한다고 생각한다. "아! 분하고 기가 막히네. 이젠 두 사람이 작정을 하고 나를 조롱하는군요. 나를 미워하는 줄은 알지만, 이젠 미워하는 것으로도 모자라서 나를 조롱하는 사람과 손을 잡았군요. (…) 당신들 두 사람은 허미아를 사랑하는 경쟁자인데, 이젠 이 헬레나를 놀리는 경쟁자가 됐네요."(3.2.145-156)

라이샌더는 드미트리어스에게 자신의 연인이었던 허미아나 사랑하라고 권한다. 하지만 드미트리어스는 그녀에 대한 사랑은 스쳐 지나가는 바람이었고, 이제는 영원히 살 고향 같은 헬레나에게 돌아왔다고 말한다. 이렇게 두 남자는 헬레나를 두고 싸운다.

이때 어둠 속에서 허미아가 등장한다. 허미아는 라이샌더에게 따져 묻는다. "도대체 왜 저를 버려두고 무정하게 가버리셨나요?"(3.2.185) 그러자 라이샌더는 당당하게 자신의 사랑은 오직 헬레나뿐이라고 밝힌다. "아직도 모르겠소? 그대가 싫어져서 내가 그렇게 버려두고 떠났다는 것을?"(3.2.189-190) 하지만 허미아는 그 말을 믿을 수가 없다. 누가 믿겠는가. 라이샌더가 그녀의 환상에 확실하게 찬물을 끼얹는다. "내 사랑이라고? 꺼져, 이 검둥이 년아! 진절머리 나네. 이 가증스런 독약 같은 년아!"(3.2.263-264) 이건 너무 심하다.

이 상황을 도저히 이해할 수 없는 허미아가 말한다. "도대체 무슨 일인가요? 왜 날 미워하죠? 난 당신의 허미아예요. 당신은 라이샌더가 아닌가요? 난 예전과 다름없이 여전히 아름다워요. 초저녁까지만 해도 나를 사랑해주었는데, 밤이 새기도 전에 나를 버리다니. 오 맙소사."(3.2.271-275) 그렇다. 이렇게 앞뒤가 맞지 않고 믿을 수 없는 것이 인간의 마음이고 사랑이다. 물론 과장된 코미디 개그지만 그래도 그 속에 진실이 숨어 있다. 농담 속에 진담이 있다고 하지 않던가.

결국 친한 친구였던 허미아와 헬레나 사이의 우정도 금이 간다. 속상한 허미아가 헬레나에게 분노를 퍼붓는다. "이 협잡꾼! 꽃뱀 같으니라고! 사랑을 훔치는 날도둑! 그래, 지난밤에 몰래 내 애인에게 접근해서 마음을 훔친 거냐?You juggler! You canker-blossom! / You thief of love! What, have you come by night / And stol'n my love's heart from him?"(3.2.282-284) 이 말을 듣는 헬레나도 당연히 화가 난다. 전혀 사실과 다른 오해이고 누명이기 때문이다. 두 친구는 결국 엉겨 붙어 싸운다. 라이샌더와 드미트리어스도 헬레나를 두고 사생결단 결투를 한다. 정말 웃기는 코미디가 아닌가? 각자 자신의 진짜 연인을 버려두고 엉뚱한 사람을 얻고자 결투라니.

펙의 실수로 빚어진 대혼란은 오베론의 마법으로 정리된다. 우선 짙은 안개를 일으켜 라이샌더와 드미트리어스가 서로 상대방을 보지 못하게 만든다. 숲속을 헤매던 그들은 모두 지쳐 잠이 든다. 허미아와 헬레나 역시 쓰러져 잠이 든다. 오베론은 해독제 꽃즙을 잠든 라이샌더의 눈꺼풀에 바르라고 펙에게 명령한다.

> 이 꽃즙을 라이샌더의 눈꺼풀에 발라주어라. 그러면 꽃즙의 효과로 말미암아 빚어졌던 모든 착오가 그 눈에서 제거되고 그의 눈은 정상적인 시력을 찾게 될 것이다. 그런 다음 그들이 눈을 뜨게 되면, 이 모든 한바탕의 헛소동이 하나의 꿈이요, 아무 의미도 없는 환영임을 알게 될 것이다. (3.2.366-371)

한여름 밤 숲속에서 벌어지는 사랑의 숨바꼭질은 한바탕 헛소동이고 꿈에 불과하다. 사랑의 열병을 앓지만 이것은 요정 펙이 말하듯이 한바탕 떠들썩한 "광대놀음fond pageant"(3.2.114)에 불과하다. 사랑이란 '사랑의 묘약' 꽃즙이 만들어낸 한순간의 환상이기 때문이다. 그렇다면 사랑을 영원히 변함없는 진실로 믿어도 될까? 요정 퍽이 말한다. "인간이란 참으로 어리석은 존재what fools these mortals be!"(3.2.115)라고.

테세우스 공작과 히폴리타의 결혼식 날이 다가오고 있다. 아
테네의 서민들로 구성된 연극공연단이 결혼식 날 여흥을 위해
연극을 준비한다. 목수인 퀸스가 단장이고 직조공 보텀Bottom,
풀무 수선공 플루트, 땜장이 스나우트, 재단사 스타블링 등이
배우들이다. 퀸스는 공연할 작품 「피라무스와 티스비Pyramus and
Thisbe」가 "가장 슬픈 희극the most lamentable comedy"(1.2.11)이라고
말한다. 이들은 각자 배역을 정한다. 직조공 보텀이 주인공 피라
무스 역을 맡는다. 사랑하는 여성 때문에 죽는 남자 역할이다.

이들은 연극을 연습할 적당한 공간을 찾는다. 숲속 떡갈나무
아래 공터가 안성맞춤이다. 한밤중에 다시 만난 이들은 그곳에
서 연극 연습을 시작한다. 아마추어 배우들이라 연기가 어설프

지만 그래도 열심히 대본을 외우며 연습한다. 이때 요정 퍽이 못마땅한 표정을 지으며 등장한다. "저 촌놈들이 대체 여기서 왜 이렇게 시끌벅적 소란을 피우는 거지? 하필이면 요정여왕님이 주무시는 곳에서 말이야."(3.1.73-74) 이들의 연습 장소는 바로 요정여왕 티타니아가 잠자는 곳이다.

장난기 넘치는 요정 퍽이 보텀의 머리를 당나귀로 변신시킨다. 어둠 속에서 그를 본 동료들은 괴물이라면서 놀라 도망친다. 보텀은 도망가는 동료들을 이해할 수 없다. 오히려 자신을 놀린다고 생각한다. 홀로 남은 보텀은 자신이 겁쟁이가 아님을 보여주기 위해 더 큰 소리로 노래하며 연습한다.

이 소리에 잠자던 숲속의 요정여왕 티타니아가 눈을 뜬다. 잠에서 깬 그녀는 보텀을 보면서 이렇게 말한다.

어떤 천사가 꽃침대에서 잠든 나를 깨우시나요? 친절한 분이여, 다시 한 번 그 노래를 들려주세요. 내 귀는 그대의 노래에 반했고, 내 눈은 그대의 멋진 모습을 본 순간 황홀해졌답니다. 당신의 아름다운 미덕의 힘이 내 뜻과는 상관없이 나를 감동시키는 바람에 첫눈에 반해 그대를 사랑합니다.

What angel wakes me from my flowery bed? / I pray thee, gentle mortal, sing again: / Mine ear is much enamor'd of thy note; / So is mine eye enthralled to thy shape; / And thy fair virtue's force perforce doth move me / On the first view to say, to swear, I love thee. (3.1.124-136)

아름다운 요정여왕 티타니아가 보텀에게 반한 것이다. 요정 여왕이 당나귀 모습의 흉측한 괴물 보텀과 사랑에 빠지다니 이게 가능한 일인가. 오베론이 눈꺼풀에 발라놓은 '사랑의 묘약' 때문이다.

비이성적으로 사랑에 빠진 티타니아와 달리 보텀은 이성적이다. "아가씨, 이성이 있으신 분이라면 절대 그런 말씀을 해선 안 되겠죠. 하긴 요즘 세상엔 이성과 사랑이 그리 좋은 관계는 아닌 것 같습니다만."(3.1.137-139) 자신과 티타니아의 사랑이 어울리지 않음을 인식한 것이다. 그는 두려움을 느끼고 숲을 빠져나가려고 한다. 하지만 티타니아가 그를 보내주지 않는다.

이 숲에서 빠져나갈 생각은 아예 하지도 마세요. 원하시든, 원하시지 않든, 당신은 이곳에 오랫동안 머물러 있어야 합니다. 나는 평범한 요정이 아니랍니다. 그런 내가 당신을 사랑하니 나와 함께 있어주세요. 요정들에게 당신을 시중들라고 일러두겠습니다. 그들은 깊은 바다에서 보물을 따다 드리고,

당신이 꽃밭에 누워 주무시면 자장가를 불러드릴 것입니다. 그리고 유한한 인간인 당신의 육체도 정화해서 공기처럼 가볍게 만들어드리겠습니다. (3.1.145-154)

그러면서 요정들에게 보텀을 친절하고 정중하게 모시라고 명령한다.

콩꽃아, 거미줄아, 나방아, 겨자씨야! 이 신사 분을 친절하고 정중하게 모셔라. 이분이 내딛는 걸음마다 흥겹게 춤을 추고, 이분이 눈길을 던지는 곳에서는 즐겁게 재주를 피워라. 살구, 검은나무딸기, 자주색 포도와 파란색 무화과, 그리고 뽕나무 열매를 따서 이분에게 갖다드려라. 불타는 반딧불이 눈에서 불을 댕겨 이분을 침실로 안내하고, 자리에서 일어날 때는 그것으로 불을 밝혀드려라. 오색찬란한 나비에게서 날개를 떼어 와 이분이 주무시는 동안 그 눈에서 달빛을 몰아내주어라. 요정들아, 이분에게 어서 머리를 조아려 예를 표하거라. (3.1.157-167)

그리고 요정여왕 티타니아는 보텀을 자신의 화려한 꽃침대로 데려와서 그와 뜨겁고 에로틱한 사랑을 나눈다.

직조공 보텀Bottom은 밑바닥이라는 뜻이 담긴 그의 이름이 암시하듯 아테네 최하층에 속하는 인물이다. 반면 티타니아는 최상층인 요정여왕이다. 누가 봐도 이들은 어울리지 않는 커플이고, 이들의 에로틱한 사랑은 상상하기 어렵다. 사회적 신분과 계층을 뛰어넘는 사랑이다. 하지만 티타니아가 혐오스런 괴물을 천사로 볼 수 있는 것은 '사랑의 묘약'이 만들어낸 환상 덕분이다. 이들의 사랑은 사랑이 환상에 불과함을 잘 보여준다. 사랑에 빠지면 자신만의 환상에서 벗어나기 어렵다.

물론 이들의 사랑을 다르게 해석하는 것도 가능하다. 노스롭 프라이Northrop Frye 같은 일부 비평가들은 티타니아가 당대 영국 엘리자베스 1세 여왕을 상징한다고 주장한다. 따라서 티타니아와 당나귀 보텀의 에로틱한 사랑은 비유적으로 미혼의 몸으로 노쇠해가던 엘리자베스 1세 여왕을 당나귀의 강한 생식력으로 임신시키려는 사회적 열망의 표현이라는 것이다. 이를 통해 여왕의 출산과 영국의 정치적 안정, 국가적 번영을 기원했다는 것이다. 당시 엘리자베스 1세 여왕도 이 연극을 직접 관람했다고 한다. 그녀가 과연 이런 암시를 느꼈을까?

아름답고 환상적인
'보텀의 꿈'

환상적인 밤이 지나고 이튿날 아침이 온다. 지난밤 숲속에서 있었던 모든 소동은 꿈이었다. 오베론의 해독제 꽃즙 덕분에 이들의 눈은 '사랑의 묘약' 마법에서 풀려나 정상으로 돌아왔다. 이른 아침 테세우스 공작 일행이 사냥을 위해 말을 타고 숲속에 들어온다. 이들은 숲속에서 다정하게 자고 있는 두 쌍의 연인들을 발견한다. 테세우스 공작이 의아해하며 묻는다. "내가 알기로 너희 두 사람은 서로 연적인데, 대체 언제 화해라도 했는가? 불신이나 증오심 따위는 애초에도 없었다는 듯이 이렇게 미워하던 사람 곁에 나란히 누워 잠을 자다니."(4.1.140-144) 그러자 드미트리어스가 이렇게 대답한다.

공작님, 무슨 힘 때문인지는 저도 모르겠으나 하여튼 어떤 힘이 허미아에 대한 저의 사랑을 눈처럼 녹여버렸습니다. 마치 어린 시절 홀딱 빠져 있던 귀중한 장난감이 지금은 보잘것없는 추억에 지나지 않는다는 걸 깨닫듯이 말입니다. 이제야 저는 제 눈이 보고 싶어 하고, 즐거움을 찾고자 하는 대상이 오직 헬레나뿐이라는 걸 깨달았습니다.

But my good lord, I wot not by what power / But by some power it is my love to Hermia, / Melted as the snow, seems to me now / As the remembrance of an idle gaud / Which in my childhood I did dote upon; / And all the faith, the virtue of my heart, / The object and the pleasure of mine eye, / Is only Helena. (4.1.163-170)

드미트리어스와 라이샌더는 마치 꿈을 꾼 듯 어젯밤 왜 그랬는지 모르겠다는 것이다. 어린아이에게 장난감은 매우 소중한 물건이다. 하지만 어른이 되고 보면 유치하기 그지없다. 사랑도 그렇다. 그저 '사랑의 묘약'이 만들어낸 환상 때문에 잠시 열병을 앓은 것에 불과하다. 어디 사랑뿐이랴. 지금 내가 끌어안고 죽을 듯이 고민하는 많은 문제들도 지나고 보면 아무것도 아닐 수 있다. 인생의 문제들이 반드시 해결책이 있어서 해결되는 것은 아니다. 더 이상 그것이 문제가 아니기에 해결되는 것이다.

결국 테세우스 공작과 허미아의 아버지는 딸의 사랑을 인정한다. 그리고 공작의 결혼식 날 함께 결혼식을 올리기로 한다. 히폴리타가 이들이 겪은 지난밤 이야기를 듣지만 도저히 이해할 수 없다. 그녀는 공작에게 그들의 이야기가 너무 신기해서 믿기지 않는다고 말한다. 그러자 공작이 이렇게 말한다.

연인과 광인은 머릿속이 뒤죽박죽 마구 들끓고 있고, 엉뚱한 환상으로 가득 차 있어서 냉철한 이성으로는 이해하기 힘든 무언가를 잔뜩 만들어내고 있기 마련이오. 그러니 광인과 연인, 시인은 모두가 상상력 덩어리라고 할 수밖에 없소.
Lovers and madmen have such seething brains, / Such shaping fantasies, that apprehend / More than cool reason ever comprehends. / The lunatic, the lover, and the poet / Are of imagination all compact: (5.1.4-8)

테세우스 공작은 광인과 연인, 그리고 시인이 엉뚱한 환상으로 가득 찬 사람들이라고 말한다. 조금 심하게 표현하자면 광인과 연인, 시인은 모두 똑같다는 것이다. 사랑에 빠지면 시인이 되고, 연인과 시인은 냉철한 이성이 없다는 점에서 광인과 비슷하지 않을까?

당나귀 괴물 보텀과 사랑에 빠진 요정여왕 티타니아는 어떻게 되었을까? 티타니아 역시 오베론의 해독제 꽃즙 덕분에 환상에서 깨어난다. 잠에서 깨어난 티타니아는 자신이 혐오스런 괴물을 사랑했다는 사실에 스스로 놀란다. 잠에서 깨어난 티타니아가 오베론에게 말한다.

> **티타니아** 오베론! 정말로 희한한 꿈을 꾸었어요! 제가 당나귀에게 홀딱 빠져 있었던 것 같아요.
> **오베론** 저기 당신의 연인이 누워 있잖소.
> **티타니아** 아니, 어떻게 이런 일이 있을 수 있죠? 오, 지금은 저 얼굴만 봐도 혐오스러운데. (4.1.75-79)

사랑의 환상에서 깨어나 이성의 눈으로 보면 이해할 수 없는 사랑도 있다. 자기 스스로도 왜 그랬는지 믿을 수가 없다. 티타니아만 그럴까. 사실 우리도 그렇다.

잠에서 깬 보텀 역시 지난밤 꿈을 잊을 수 없다. 내가 여왕과 사랑을 하다니! 그것도 플라토닉platonic 사랑이 아니라 뜨겁고 에로틱한 사랑이었다. 이른바 '보텀의 꿈Bottom's dream'이다. '보텀의 꿈'은 현실에선 도저히 있을 수 없는 아름답고 환상적인 꿈이다. 너무도 멋진 꿈이지만 다시 되돌아갈 순 없다. 얼마나 아쉽고 허무할까? 허탈한 보텀이 혼잣말을 한다.

난 어젯밤 참으로 기이한 꿈을 꿨어. 그건 인간의 머리로는 도저히 이해할 수 없는 거야. 이런 꿈을 해몽하려고 하는 녀석은 어리석은 당나귀 같은 녀석이지. 일찍이 인간의 귀로는 듣지도 못했고, 인간의 눈으로 보지도 못했고, 인간의 혀로 맛보지도 못했을 꿈이란 말이야. 내 꿈을 피터 퀸스에게 부탁해서 시로 만들어달라고 해야겠다. 제목은 '보텀의 꿈'이 좋겠어.

I have had a most rare vision. I have had a dream, past the wit of man to say what dream it was. Man is but an ass if he go about to expound this dream. Methought I was – there is no man can tell what. (⋯) The eye of man hath not heard, the ear of man hath not seen, man's hand is not able to taste, his tongue to conceive, nor his heart to report, what my dream was. I will get Peter Quince to write a ballad of this dream: It shall be called 'Bottom's Dream'. (4.1.203-215)

살다 보면 다시 꾸고 싶은 나만의 꿈이 있다. 되돌아가고 싶지만 그럴 수는 없다. 다른 사람에게 얘기해본들 남들은 이해하지 못한다. 우리는 이렇게 각자 나만의 '보험의 꿈'을 꾸며 산다. 깨기 전에 실컷 즐기자. 비록 꿈일지라도 말이다.

인생도 결국
'한여름 밤의 꿈'이다

　드디어 테세우스 공작의 결혼식 날이 되었다. 허미아와 라이
샌더, 헬레나와 드미트리어스 커플도 함께 결혼한다. 공작은 저
녁 식사 후 잠자리에 들 때까지 지루한 시간을 메워줄 오락거
리를 원한다. 결혼식의 여흥을 담당하는 필러스트레이트가 여
러 가지 공연 프로그램을 제시한다. 테세우스 공작은 필러스트
레이트가 "젊은 피라무스와 그 연인 티스비의 지루하고도 간
결한 비극적 희극A tedious brief scene of young Pyramus / And his love
Thisbe, very tragical mirth"(5.1.56-57)이라고 소개한 작품에 관심을
갖는다. 바로 보텀과 그의 동료들이 준비한 연극이다. 전문 배
우가 아니고 아테네 노동자들이 하는 연극이라서 수준이 떨어
질 수밖에 없다. 필러스트레이트는 대사도 거의 없고 저급한 연

극이라며 만류한다. 히폴리타 역시 아마추어 배우들이 어설프게 하는 공연은 별로라고 반대한다.

하지만 공작은 순박하고 충성스런 마음으로 준비한 연극이 오히려 더 낫다고 말한다.

두려움과 조심스러운 마음으로 주어진 의무를 다하려는 그 공손한 태도 속에서, 나는 나불거리는 세 치 혀가 토해내는, 대담하고 오만한 웅변보다 더 많은 것을 읽어낼 수 있었소. 나의 살아온 경륜으로 볼 때, 말이 적을수록 많은 뜻을 전하는 법이오.
And in the modesty of fearful duty / I read as much as from the rattling tongue / Of saucy and audacious eloquence. / Love, therefore, and tongue-tied simplicity / In least speak most, to my capacity. (5.1.101-105)

오만한 전문가가 불성실하게 하는 연극보다 성실한 초보자가 하는 연극이 더 낫다는 말이다. 같은 맥락에서 달변이라고 꼭 많은 의미를 전달하는 것도 아니다. 오히려 간결함이 더 많은 것을 전달할 수도 있다. 공작의 말은 역설적이지만 맞는 말이다.

보텀이 공연하는 「피라무스와 티스비」는 청춘 남녀의 비극적인 사랑 이야기다. 사랑에 빠진 피라무스와 티스비는 부모님의 반대 때문에 갈라진 벽 틈 사이로만 겨우 사랑을 속삭인다. 결국 이들은 각자의 집을 나와 한밤중에 나이너스 무덤가Ninus' tomb에서 만나기로 약속한다. 하지만 먼저 도착한 티스비는 무서운 사자를 보고 급히 몸을 피한다. 이때 그녀가 떨어뜨린 망토를 사자는 피 묻은 입으로 물어뜯는다. 뒤늦게 도착한 피라무스는 피로 얼룩진 찢어진 망토를 보고 티스비가 사자에게 물려 죽었다고 오해한다. 그는 사랑하는 연인을 잃은 슬픔에 자신의 칼로 자살한다. 티스비 역시 그의 죽음이 자신 때문이라며 피라무스 곁에서 죽는다. 보텀과 그의 동료들은 어설프지만 진솔하게 이 비극적인 이야기를 공연한다.

「피라무스와 티스비」는 셰익스피어의 비극 『로미오와 줄리엣』과 비슷한 이야기다. 필러스트레이트는 이 연극을 "지루하고도 간결한 비극적 희극"이라고 소개했다. 긴 이야기를 짧게 압축해서 요점만 공연했으니 지루하고도 간결한 연극이라는 말은 이해가 간다. 그런데 왜 '비극적 희극'이란 걸까? 단장 격인 퀸스도 이 연극을 "가장 슬픈 희극"이라고 말했다. 비극이 어떻게 희극이 될 수 있을까?

물론 비극적인 이야기를 어설픈 배우들이 희극적으로 웃기게 공연했다는 뜻일 것이다. 하지만 이 역설적인 표현이 갖는 상징적인 함의도 있다. 연인 피라무스와 티스비는 애틋한 사랑을 이루지 못하고 허망하게 죽고 말았다. 그러니까 비극이다. 하지만 테세우스 공작 부부, 허미아와 라이샌더, 헬레나와 드미트리어스, 이들은 비록 난관도 있었지만 결국 결혼에 성공했다. 그러니 피라무스의 비극적 사랑과 달리 이들의 결혼은 행복한 희극이 된다. 지금 살아서 사랑할 수 있고, 결혼할 수 있다면 그것은 축복이고 기적이다. 피라무스의 비극적 사랑 이야기는 역설적으로 이들의 결혼이 얼마나 행복하고 소중한 희극인가를 말해준다.

연극 공연이 끝났다. 테세우스 공작은 이제 밤이 깊었으니 각자 신방으로 들자고 말한다. 그리고 앞으로 2주 동안 밤마다 잔치를 벌이고 새로운 여흥을 즐기자고 제안한다. 신혼부부들은 각자의 신방에 든다. 모든 것이 유쾌하고 행복한 결말이다.

마지막 장면에 요정들이 다시 등장한다. 요정의 왕 오베론은 동이 틀 때까지 집안 구석구석을 돌아다니며 신혼부부들을 축복해주라고 명령한다. 그들 사이에서 새로 태어날 후손에게도 행복을 빌어주라고 말한다. 개구쟁이 요정 퍽도 관객들에게 말한다.

그림자나 다름없는 저희들이 여러분의 마음을 조금이라도 언짢게 해드렸다면, 그냥 이렇게 생각해주십시오. 여러분께서 여기서 잠시 졸았을 뿐인데 꿈이나 환영이 눈앞을 스쳐갔다고 말입니다. 이 보잘것없는 연극을 그저 한바탕 헛된 꿈이라 생각하시고, 신사 숙녀 여러분, 너무 나무라지는 마십시오.

If we shadows have offended, / Think but this, and all is mended, / That you have but slumber'd here / While these visions did appear. / And this weak and idle theme, / No more yielding but a dream, / Gentles, do not reprehend: (5.1.409-415)

사랑이란 이해할 수 없는 아름다운 환상이자 꿈이다. 그런데 어디 사랑만 그러한가. 돈도, 명예도, 권력도 그렇다. 아니 어쩌면 우리 인생도 깨고 나면 허망한 '보텀의 꿈'에 불과하다. 인생 일장춘몽이라 하지 않던가. 그렇다면 지금 내가 꾸고 있는 '한여름 밤의 꿈'이 단꿈이라면 깨기 전에 실컷 즐기는 게 현명하다. 설사 그것이 악몽이라 해도 너무 속상해할 필요는 없다. 왜냐면 단꿈이든 악몽이든 어차피 부질없는 '보텀의 꿈'에 불과할 테니까 말이다.

2장

베니스의 상인

The Merchant of Venice

William Shakespeare

안토니오와 바사니오,
그들은 '진짜' 친구인가? 투기꾼들인가?

『베니스의 상인』은 1605년 제임스 1세의 궁중에서 처음 공연되었다. 작품의 무대인 이탈리아 베니스는 르네상스 당시 자본주의와 상업이 발달한 도시였다. 이 작품에는 베니스를 대표하는 두 인물이 등장한다. 국제무역을 하는 거상 안토니오Antonio와 고리대금업자로 알려진 유태인 샤일록Shylock이다. 전통적으로 안토니오는 우정과 자비를 상징하는 선한 기독교인으로 알려져 있다. 반면에 유태인 샤일록은 피도 눈물도 없는 탐욕스러운 악인으로 통한다. 그래서 이 극은 곤경에 빠진 선인 안토니오가 지혜로운 포샤Portia의 도움으로 악인 샤일록을 처벌하는 내용으로 읽혀왔다.

틀린 해석은 아니다. 하지만 어떤 면에서 이 작품은 곤혹스럽고 애매하다. 핵심 인물인 샤일록과 안토니오, 그리고 포샤를 어떻게 보느냐에 따라 해석이 달라지기 때문이다. 유태인 고리 대금업자 샤일록은 정말 사악한 인물일까? 아니면 베니스 기독교 사회로부터 종교적, 인종적 차별과 억압을 받는 사회적 약자인가? 그리고 작품 속 기독교 사회를 대표하는 안토니오와 포샤는 진정 자비로운 인물인가? 이런 점에서 『베니스의 상인』은 우리를 고민하게 만드는 작품이다.

작품은 베니스의 국제무역상 안토니오가 우울해하는 장면으로 시작한다. 그가 친구들에게 우울한 기분을 토로한다. "정말이지, 왜 이렇게 기분이 우울한지 모르겠네. 짜증이 나고 미칠 것만 같아."(1.1.1-2)* 그러자 친구들은 전 재산이 지금 바다 위에 떠 있기 때문일 것이라고 말한다. 사실 안토니오가 투자한 무역선들이 지금 항해 중이다. 그러니 왜 불안하지 않겠는가. 요즘과 달리 당시 무역선들은 바람과 돛을 이용하는 범선이었다. 그런 배로 먼 바다를 항해하는 것은 매우 위험한 일이다. 당연히 불안하고 우울한 기분이 들 것이다. 친구 살레리오가 말한다. "나 같으면 뜨거운 국물을 식히느라 후 부는 내 입김에도 태

---

* 윌리엄 셰익스피어, 『셰익스피어 5대 희극』, 셰익스피어연구회 옮김, 서울: 아름다운날, 2020. 우리말 번역은 주로 이 책을 참고하여 인용했으며 필요한 부분은 필자가 수정하여 번역했음.

풍이 생각나서 오싹했을 거야. 태풍이 바다에서 일으킬 커다란 손해를 연상하고 말이야."(1.1.22-24) 당시 해외무역에 투자한 상인들의 불안감이 이해가 간다. 안토니오는 아니라고 부인하지만 아마 사실일 것이다.

이때 친구 바사니오Bassanio가 온다. 바사니오는 분수에 넘치는 사치스런 생활을 하는 사람이다. 그는 지금 가산을 탕진하고 빚더미에 올라앉아 있다. 그의 당면 과제는 그 많은 빚으로부터 어떻게 헤어날 것인가다. 그런 그가 많은 빚을 일거에 청산할 수 있는 계획을 밝힌다.

실은 벨몬트에 많은 유산을 상속받은 처녀가 있는데, 외모도 대단히 아름다운 미인이네. 게다가 더 놀라운 것은 외모 이상으로 마음씨도 고운 여성이라는 점일세. 그녀에 관한 소문이 나서 내로라하는 구혼자들이 동서남북에서 바람을 타고 그녀 주위로 몰려들고 있나 보네. 오, 안토니오! 나에게도 그들과 견줄 만한 돈이 있다면 틀림없이 내가 구혼에 성공해서 행운을 차지할 수 있다는 예감이 든다네. (1.1.161-176)

바사니오는 돈 많은 상속녀 포샤와 결혼하고 싶어 한다. 그녀와 결혼하면 당연히 많은 재산이 생길 것이다. 그 돈으로 모든 빚을 한꺼번에 갚겠다는 계획이다. 한마디로 청혼에 필요한 돈을 더 빌려달라는 것이다. 빚을 내서 구혼하고, 성공하면 아내의 돈으로 빚을 갚겠다! 황당하고 무모한 생각 아닌가. 바사니오의 무모한 성격을 보여주는 한 구절을 더 읽어보자.

> 학창 시절에 나는 내가 쏜 화살 하나를 찾지 못하면, 그것과 똑같은 다른 화살을 같은 방향으로 신중하게 쏘았네. 앞서 잃어버린 화살을 찾기 위해서지. 이렇게 두 개의 화살을 다 잃어버릴지도 모르는 모험을 통해 두 개를 모두 찾은 적도 있었다네.
>
> In my school-days, when I had lost one shaft, / I shot his fellow of the self-same flight / The self-same way, with more advised watch / To find the other forth, and by adventuring both, / I oft found both:[*] (1.1.140-144)

잃어버린 화살 하나를 찾기 위해서 같은 방향으로 화살을 한 번 더 쏜다는 것이다. 과연 그런 방식으로 잃어버린 화살을 찾

---

[*] Shakespeare, William. *The Merchant of Venice*, The Arden Shakespeare. Ed. John Russell Brown, London: Methuen & Co. Ltd., 1977. 이후 원문 인용은 이 책을 참고 바람.

을 수 있을까? 오히려 둘 다 잃어버리진 않을지 우려된다.

바사니오의 이런 생각도 무모하지만 안토니오의 반응 역시 문제적이다. 안토니오는 전 재산을 해외무역에 투자한 상태라서 당장 빌려줄 현금이 없다. 그러니 자신을 보증인으로 세워서 돈을 빌리라고 말한다.

> 자네도 알다시피 나의 전 재산은 지금 바다 위에 떠 있네. 그래서 지금 내 수중에는 당장 쓸 수 있는 현금도 없고, 담보로 삼을 만한 물건도 없다네. 그러니 베니스에서 내 신용을 담보로 돈을 빌릴 수 있다면 당장 구해보게. 나도 알아보겠네. 자네가 필요한 돈을 마련하기 위해 내 신용을 담보로 하건 나를 담보로 하건 그건 전혀 개의치 않겠네. (1.1.177-185)

안토니오는 자신의 육체든 지갑이든, 마지막 한 푼까지도 그가 필요하다면 아낌없이 다 주겠다고 말한다. 돈을 빌려서라도 친구의 청혼을 돕겠다는 것이다. 돈 많은 여자와 결혼해서 빚을 갚겠다는 바사니오의 생각도 문제지만 그런 친구를 위해 빚 보증인이 되겠다는 안토니오도 이상하지 않은가.

그들은 결국 고리대금업자인 샤일록을 찾아가서 3,000더컷의 큰돈을 빌린다. 그런데 만일 거금을 빌려 시도한 바사니오의 구혼이 실패한다면 큰 낭패다. 과거의 빚과 이번에 새로 진 빚을 무엇으로 갚는단 말인가? 모험이 아닐 수 없다. 이렇게 무모한 모험을 하는 안토니오와 바사니오는 정말 우정을 나누는 친구 사이인가? 아니면 무책임한 투기꾼들인가? 빌려서까지 빚쟁이 친구에게 계속 돈을 꿔주는 것이 과연 우정인지 모르겠다.

바사니오의 구혼에도 문제가 있다. 그는 자신을 "사랑의 순례자a secret pilgrimage"(1.1.120)라고 표현한다. 하지만 그의 구혼은 사랑 때문이 아니라 빚을 갚기 위해서다. 구혼의 목적이 사랑이 아니라 돈이다. 사랑의 순수성이 없지 않은가. 그렇다면 포샤는 이런 속물 같은 남자를 과연 좋아할까?

도둑질만 아니라면
돈벌이는 하느님의 축복이다

베니스에 또 다른 흥미로운 인물이 있다. 바로 유태인 고리대금업자로 알려진 샤일록이다. 유태인들은 역사적으로 유럽에서 차별과 억압을 받아온 민족이다. 중세 서양문학에서 그들은 주로 악한으로 묘사되었다. 유태인들은 토지를 소유할 수 없었고, 많은 공식적인 직업에서도 배제되었다. 그래서 생계를 위해 주로 돈놀이, 즉 고리대금업에 종사할 수밖에 없었다.

고리대금업이란 오늘날 은행이 담당하는 금융대부貸付업을 의미한다. 돈이 필요한 사람에게 이자를 받고 돈을 빌려주는 것이다. 국제무역과 상업자본주의가 발달했던 베니스에서는 없어서는 안 될 중요한 금융 업무였다. 셰익스피어 당시 영국에서도 급전이 필요한 상공인들이 유태인에게 돈을 빌려 활용

했다고 한다.

이 같은 사회문화적 상황에서 샤일록의 고리대금업은 그의 생계 수단이자 사업이다. 하지만 그는 이것 때문에 안토니오와 심하게 갈등한다. 안토니오가 샤일록의 고리대금업을 비도덕적이고 반성서적이라고 비난하기 때문이다. 안토니오는 샤일록과 달리 친구들에게 이자를 받지 않고 돈을 빌려준다. 그래서 그는 좋은 사람이라는 평판을 듣고 주변에 친구도 많다. 반면에 이자를 받는 샤일록은 평판이 나쁘다. 당연한 일 아니겠는가.

샤일록과 안토니오의 갈등은 표면적으로는 이자 때문이다. 게다가 기독교 사회인 베니스에서 유태인 샤일록의 인종과 종교도 갈등의 원인이 된다. 하지만 더 깊이 들여다보면 이들의 갈등은 사회적 영향력 경쟁으로 해석할 수도 있다. 자본주의 사회에서 돈은 곧 힘을 의미한다. 안토니오의 풍부한 인간관계는 그의 재력과 무이자 대부에서 나오는 것이다. 그것은 사회적 영향력이고 곧 권력이 된다. 샤일록의 고리대금업이 이런 안토니오의 영향력을 약화시킬 수 있기에 그를 더 미워하는 것이 아닐까. 겉으로는 우정과 종교를 내세우지만 본심은 자기 이익을 계산하는지도 모른다.

그런데 지금, 그렇게 샤일록을 비난하던 안토니오가 그에게 돈을 빌리러 왔다. 물론 친구 바사니오의 구혼 자금을 마련하기 위해서다. 안토니오가 이렇게 말한다.

> 샤일록, 나는 원칙적으로 이자를 받고 돈을 빌려주지도 않고,
> 또 이자를 주고 돈을 빌리지도 않는 사람이오. 하지만 이번만
> 은 어쩔 수 없이 친구가 급전을 필요로 하는 바람에 내 관례
> 를 깨겠소. (1.3.56-58)

그러면서 3,000더컷의 거금을 세 달 동안 빌려달라고 요청한다. 그는 돈을 빌리는 입장이면서도 샤일록의 고리대금업을 비난하고 조롱한다. 그러자 샤일록은 성서에 나오는 야곱의 일화를 들면서 자신을 옹호한다.

> 야곱이 외삼촌 라반과 약속을 했답니다. 그해에 태어나는 새
> 끼 양 가운데서 줄무늬와 얼룩이는 모두 자기 품삯으로 갖겠
> 다고요. 이윽고 가을이 되어 발정한 암컷이 수컷을 찾고, 털
> 이 북슬북슬한 양들 사이에서는 짝짓기가 한창 이루어지던
> 때였죠. 영리한 야곱은 나뭇가지 몇 개의 껍질을 벗긴 다음
> 발정해서 교미가 한창인 암컷 앞에다 박아놓았답니다. 그랬
> 더니 해산할 때가 되어 새끼 양들이 나왔는데, 얼룩이만 태
> 어나 모두 야곱의 차지가 되었지요. 이것이 야곱이 부자가 된

비결이죠. 하느님의 축복을 받은 거겠죠. 도둑질만 아니라면
돈벌이는 하느님의 축복입니다thrift is blessing if men steal it not.
(1.3.73-85)

샤일록은 영리한 야곱이 양들이 번식할 때 나뭇가지를 앞에
놓아 얼룩이 양이 많이 태어나게 하는 방식으로 재산을 불렸음
을 상기시킨다. 마찬가지로 그는 자신의 고리대금업도 정당한
사업이라고 주장한다. 도둑질만 아니라면 돈벌이는 신의 축복
이라는 것이다.

하지만 안토니오는 "야곱이 한 짓은 투기 행위a venture"(1.3.86)
라면서 샤일록을 비난한다. 그것은 인간의 힘으로 된 것이 아니
고 신의 도움이라고 말한다. 샤일록의 금화는 암컷 양이 아니라
면서 이자 수수 행위를 비난한다.

들었는가, 바사니오. 악마도 자기 이익을 챙기기 위해선 성경
을 인용하는 세상이라네. 악독한 인간이 성경을 인용하는 것
은 악당이 미소를 짓고 있는 것과 같아. 겉은 멀쩡하지만 속
은 썩어버린 사과 같은 거라네. 허위는 참으로 화려한 외관을
하고 있구나.

Mark you this Bassanio, / The devil can cite Scripture for

his purpose, / An evil soul producing holy witness / Is like a villain with a smiling cheek, / A goodly apple rotten at the heart. / O what a goodly outside falsehood hath! (1.3.93-97)

안토니오의 모욕에도 불구하고 샤일록이 이렇게 말한다.

안토니오 나리, 당신은 내가 돈을 빌려주고 이자를 받는 것은 고약한 짓이라고 수없이 나를 비난했소. 나는 언제나 어깨를 움츠리고 꾹 참아왔죠. 인내는 우리 유태 민족의 미덕이니까요. 당신은 나를 이교도니, 사람 잡는 개라느니 욕하면서 저의 옷에 침을 뱉었습니다. 단지 내 돈을 갖고 내가 마음대로 이용한다고 말입니다. 그런데 지금 나리께서는 이 개새끼의 돈이 필요하시다고요? (1.3.101-108)

안토니오는 그동안 샤일록에게 악마, 이단자, 개라고 욕하고 심지어 침을 뱉고 발길질까지 했다. 그는 돈을 빌리러 와서도 같은 태도를 유지한다. 이것은 당시 영국을 비롯한 중세 유럽사회에 팽배했던 유태인 혐오 정서를 대변한다. 오늘날의 관점으로 보면 샤일록은 차별당하는 인종적 약자이자 혐오 범죄의 희생자라고 할 수 있다. 그럼에도 샤일록은 안토니오에게 돈을 빌려주겠다고 말한다. 다만 농담처럼 흥미로운 조건을 제시한다.

제 호의를 보여드리겠습니다. 함께 공증인에게 가서 도장을 찍으시면 됩니다. 그리고 농담 삼아 드리는 말씀입니다만, 증서에 기록된 대로 지정된 날짜와 지정된 장소에서 지정된 액수의 돈을 돌려주시지 않는다면 위약금 대신 당신의 살점 1파운드만 주시는 게 어떻습니까? 그 살점은 제가 원하는 부위에서 잘라내고요. (1.3.139-147)

이 조건에 바사니오는 만류한다. 하지만 안토니오는 자신 있게 동의한다. 앞으로 두 달 안에 증서에 기록된 3,000더컷의 아홉 배나 되는 돈이 들어올 예정이니 괜찮다는 것이다. 결국 안토니오는 지정된 날짜에 돈을 갚지 못하면 위약금으로 살 1파운드를 떼어준다는 조건으로 돈을 빌린다. 자칫하면 생명을 잃을 수도 있는 위험한 계약이다. 그것도 친구의 구혼 자금을 위해서 말이다. 조금 전 안토니오는 야곱을 투기꾼이라고 비난했다. 하지만 그가 더 투기적이지 않은가. 그는 빌린 돈보다 아홉 배나 많은 돈이 곧 들어올 것이라고 자신하지만 어떻게 그걸 장담할 수 있을까? 샤일록이 바사니오에게 하는 말이 가슴에 와닿는다.

그분의 재산이란 게 확실치가 않아요. 바다에 떠 있다는 말씀이죠. 그분의 상선 한 척은 트리폴리스로, 또 한 척은 서인도로, 또 한 척은 멕시코로, 또 한 척은 영국으로 가고 있는 중이라고 들었소. 그러니까 그분의 재산이란 세계 각지에 흩어져 있는 셈이죠. 그런데 배란 것은 그저 나무 판때기에 불과하고, 선원들 역시 인간에 지나지 않죠. 게다가 바다에는 물쥐와 해적들이 득실거리고 파도와 태풍에다 곳곳에 암초의 위험이 도사리고 있단 말입니다. (1.3.15-23)

그렇다. 바다에서 항해 중인 안토니오의 배는 믿을 수가 없다. 거친 풍랑에 요동치는 나뭇조각에 불과하다. 선원들도 인간이라 바다의 풍랑을 통제할 수는 없는 법이다. 그렇다면 그것을 내 돈이라고 장담할 수 있을까. 내일 일을 모르는 게 인간이다.

3

청춘은 미친 토끼 같아서
지혜가 쳐놓은 그물을 쉽게 뛰어넘는다

말 그대로 '아름다운 세계' 벨몬트Belmont에는 아름다운 여인 포샤가 살고 있다. 그녀는 외모와 마음씨도 아름다운 데다가 부친으로부터 엄청난 유산을 상속받은 여성이다. 당연히 뭇 남성들의 선망의 대상이다. 사방에서 많은 남자들이 그녀에게 구혼하려고 몰려온다. 하지만 많은 구혼자가 있다고 해서 좋은 것만은 아닌가 보다. 그녀가 하녀 네리사Nerissa에게 이렇게 탄식한다. "정말이지, 이 작은 몸뚱이로 크고 넓은 세상을 다 감당하는 일에도 이젠 지쳤어."(1.2.1) 네리사의 말처럼 정말 "사람은 먹을 게 없어 굶주려도 병이 나지만, 과식을 해도 병이 드는 법이다."(1.2.5-6) 구혼자가 없어도 탈이지만 너무 많아도 힘들다. 그러니 뭐든지 적당한 것이 좋다.

포샤가 네리사에게 자신의 답답한 심정을 털어놓는다.

좋은 일을 실천하는 것이 아는 것만큼 쉽다면 작은 예배당을 대성당으로, 가난뱅이의 오두막을 제왕의 궁전으로 바꿀 수도 있을 거야. 자신의 설교를 실천하는 성직자는 훌륭한 분이고, 스무 명에게 착한 일을 가르치기는 쉬워도 스스로 실행하기는 어려운 법이지. 머리는 열정을 제어할 방법을 찾겠지만, 뜨거운 열정은 차가운 계율을 뛰어넘는 법이니까. 청춘이란 미친 토끼 같아서 둔한 절름발이 지혜가 쳐놓은 그물을 쉽게 뛰어넘는 법이거든.

If to do were as easy as to know what were good to do, / chapels had been churches, and poor men's cottages / princes' palaces, - it is a good divine that follows his / own instructions, - I can easier teach twenty what / were good to be done, than be one of the twenty to / follow mine own teaching: the brain may devise laws / for the blood, but a hot temper leaps o'er a cold / decree, - such a hare is madness the youth, to skip / o'er the meshes of good counsel the cripple; (1.2.12-20)

지혜는 아는 것보다 실천하기가 더 어렵고, 청춘의 열정은 이성으로 통제하기가 어렵다는 말이다. 맞는 말이다. 우리는 알면서도 실천하지 못한다. 특히 열정이 넘치는 청년은 지혜로 자신을 통제하기란 어렵다. 포샤도 마찬가지다. 남편을 잘 골라야 한다는 것은 알지만 실행하기가 어렵다.

포샤는 많은 구혼자들이 있지만 자신 뜻대로 남편감을 선택할 수 없다. 엄청난 유산을 물려준 아버지가 독특한 규칙을 정해놓았기 때문이다. 그녀는 아버지의 유언에 따라 금, 은, 납으로 만든 세 개의 상자 중에서 자신의 초상화가 들어 있는 상자를 고르는 사람과 결혼하도록 되어 있다. 포샤는 이 방식에 대해 불만이다.

아, 선택이라는 말의 슬픔이여! 내가 원하는 사람을 선택할 수도, 싫은 사람을 거부할 수도 없다니. 그야말로 살아 있는 딸의 의사가 돌아가신 아버지의 유언에 이렇게 매여 있다니 너무한 것 아니냐? (1.2.22-25)

그녀의 말대로 싫어하는 남자가 초상화가 든 상자를 고르면 어떻게 하는가. 반대로 자신이 원하는 남자인데 틀린 상자를 고른다면 그것 역시 문제다. 이렇게 포샤의 남편 선택은 전적으로

운에 달렸다는 점에서 투기적이다. 아버지의 유언에 구속받는 다는 점에서 가부장적이기도 하다.

하지만 이것은 유산을 보고 결혼하려는 속물 같은 남자를 경계하려는 아버지의 좋은 의도다. 돈이 아니라 딸을 진정으로 사랑하는 남자를 사윗감으로 삼고 싶은 것이다. 아버지의 이런 의도가 과연 지켜질 수 있을까.

많은 남자들이 상자 고르기에 도전하기 위해서 몰려온다. 하지만 정작 포샤의 마음에 드는 남자는 없다. 나폴리 공작은 너무 말馬 얘기만 해서 싫고, 팰러타인 백작은 늘 우울한 철학자 인상이라서 싫다. 프랑스 귀족은 주체성이 없어서 싫고, 영국 귀족은 언어가 안 통해서 싫다. 스코틀랜드 귀족은 예수 형님처럼 너무 박애 정신이 투철해서 싫고, 독일 청년은 술고래라서 싫다. 정말이지 내 입에 맞는 떡이 없다.

그런 그녀가 베니스의 젊은이 바사니오에게는 호감을 느낀다. 그런데 그는 사랑보다는 빚을 갚기 위해서 결혼하려는 남자다. 아버지는 바로 바사니오 같은 남자를 경계하기 위해서 그런 규칙을 정해놓은 것이다. 아버지의 좋은 의도를 딸 스스로 비껴가다니 참으로 아이러니하다. 딸의 마음은 참 알 수가 없다. 예나 지금이나 부모 뜻대로 안 되는 게 자식인가 보다.

인생에서 '내 것'이라고 장담할 수 있는 것은 없다

샤일록의 하인 란슬롯Launcelot이 두 마음 사이에서 고민한다. 첫째 마음은 샤일록의 집에서 도망치라는 악마의 속삭임이다. "란슬롯, 도대체 다리는 뒀다 어디에 쓸 거야? 어서 도망쳐."(2.2.4-5) 그러나 또 한편에서는 양심이 속삭인다. "착한 란슬롯, 도망치지 마. 그런 생각일랑 버려."(2.2.8) 란슬롯이 도망갈까 말까 망설인다.

그는 샤일록을 "악마 같은 놈a kind of devil"(2.2.23)이라고 부른다. 샤일록의 근검한 생활 방식이 싫었던 모양이다. 그가 도망치려는 이유를 이렇게 설명한다. "샤일록을 섬기다간 배곯아 죽겠어요. 갈빗대란 갈빗대가 다 드러난걸요. 그런데 바사니오 님은 하인들에게도 근사한 새 옷을 마련해준다고요."(2.2.101-

104) 절약하는 샤일록보단 돈 잘 쓰는 바사니오가 더 낫다는 말이다. 란슬롯은 결국 악마의 목소리를 선택한다. "악마 같은 놈보다 악마가 더 마음에 든다. 악마가 내게 더 친절한 충고를 하니까 말이야. 악마야, 난 도망칠 거다. 내 발꿈치는 네 명령을 따를 거야."(2.2.29-30) 참 재밌는 표현이다.

란슬롯은 샤일록의 집을 나와 바사니오를 찾아간다. 그리고 자신을 하인으로 받아달라고 부탁한다. 샤일록이 싫어하는 기독교인 바사니오의 하인이 되겠다는 것이다. 샤일록 입장에서는 배신이다. 바사니오가 이렇게 대답한다. "돈 많은 유태인 집을 나와서 나 같은 가난뱅이의 하인이 되는 것이 뭐 그리 좋은 일이라고. 하지만 네가 좋다면 그렇게 해라."(2.2.139-141) 바사니오는 그를 하인으로 받아준다.

란슬롯이 바사니오의 하인이 되었다는 소식을 듣고 샤일록이 말한다. "그래, 이제 네 놈도 눈이 있으면 곧 알게 될 것이다. 이 샤일록과 바사니오의 차이를 말이다. 이젠 우리 집에 있을 때처럼 배 터지게 실컷 먹지도 못하고, 코를 골고 잠을 잘 수도 없을 거다."(2.5.1-5) 란슬롯은 배곯아 죽을 것 같다고 했는데 샤일록은 배 터지게 실컷 먹었다고 말한다. 누구 말이 맞을까. 동일한 상황을 두 사람이 전혀 다르게 본다. 그렇다. 세상에 절대적인 것은 없다. 배부른 건지, 배고픈 건지는 내 마음이 결정하는 것이다. 많이 먹고도 배고프다 할 수 있고, 배곯아도 배부르게 느낄 수 있다. 모든 것은 생각하기 나름이고 각자 철학의 차이다.

샤일록의 딸 제시카Jessica는 더 치명적으로 아버지를 배신한다. 그녀는 아버지의 집을 "지옥hell"(2.3.2)이라고 표현한다. 서양문화에서 지옥은 악마가 사는 곳이다. 그러니까 아버지가 악마라는 뜻과 같다. 제시카 역시 아버지가 그토록 싫어하는 기독교인 로렌조Lorenzo와 결혼하기 위해서 도망가기로 결심한다.

아, 얼마나 끔찍한 일인가. 내가 아버지의 자식임을 부끄러워하다니! 내 비록 핏줄은 아버지의 것을 이어받았을지 모르지만 그분의 성품까지 닮은 건 아니다. 오, 로렌조, 약속을 지켜주신다면 저는 이 번민에서 벗어나 기독교인으로 개종하고 당신의 사랑스런 아내가 되겠습니다. (2.3.16-21)

저녁 식사에 초대받은 샤일록이 외출 준비를 하고 있다. 그가 외출하면서 딸에게 문단속을 철저히 하라고 신신당부한다.

난 오늘 저녁 식사 초대를 받아서 나간다. 이건 열쇠 꾸러미니까 잘 간수해라. 근데 내가 왜 가야 하지? 내가 좋아서 오라는 것도 아니고 단지 비위를 맞추려는 건데. 그래, 미워서라도 흥청망청 돈 쓰는 예수쟁이들이 준비한 음식이나 실컷 먹어치워야겠다. 내 딸 제시카야, 집 잘 봐라. 난 정말 가고 싶지 않구나. 불길한 예감도 들거든. 어젯밤 꿈에 돈주머니가 보이다니 이상하지 뭐냐. (2.5.11-18)

샤일록은 오늘 밤에 진행될 가면무도회 역시 보지도 듣지도 말라고 당부한다.

제시카야, 문을 몽땅 걸어 잠그고 있어라. 북소리가 들리든 망할 피리 소리가 들리든 아무리 밖에서 난리를 치더라도 구경을 한답시고 창문으로 얼굴을 내밀고 길거리를 내다보면 안 된다. 얼굴에 잔뜩 분을 처바른 광대 같은 예수쟁이 바보들의 상판대기를 구경하느라고 한눈을 팔아서는 안 된단 말이다. 우리 집의 귀란 귀는 다 틀어막아라. (2.5.29-33)

샤일록은 외출하기 전에 철저하게 문단속과 딸 단속을 한다. 그러나 딸은 아버지가 나간 사이 몰래 집을 나와 도망간다. 그것도 아버지의 돈과 보석을 훔쳐서 기독교인 남자에게로 말이다. 이 얼마나 치명적인 배신인가? 파티에서 돌아온 샤일록이 딸이 도망간 걸 확인하고 절망한다. "아, 나의 피와 살이 나를 배반하다니!My own flesh and blood to rebel!"(3.1.31) 샤일록의 마음이 이해가 간다.

제시카는 아버지의 온갖 소중한 보물들을 훔쳐서 달아났다. 그중에는 프랑크푸르트에서 2,000더컷을 주고 구입했던 다이아몬드도 있다. 샤일록의 친구 튜발이 딸의 소식을 전해준다. "제노아에서 하룻밤에 80더컷을 썼대요." "반지를 주고 그까짓 원숭이 한 마리를 샀다더라고요." 그 반지는 터키석 반지로 청년 시절 아내에게서 선물 받은 소중한 것이다. 샤일록의 배신감을 공감할 수 있을까.

인생에서 '내 것'이라고 장담할 수 있는 것은 없다. 샤일록이 그렇게 문단속을 하며 재산과 딸을 지키려고 애썼지만 소용없었다. 그렇게 욕먹으면서 모았던 돈과 보석이, 그렇게 아끼고 절약했던 재산이 한순간에 사라졌다. 그것도 전혀 예상하지 못했고 가장 믿었던 딸에 의해서 말이다. 그렇다면 '내 것'이라고 믿는 것들이 정말 '내 것'일까. 오늘 '내 것'이라고 믿고 있는 내 돈, 내 젊음, 내 사랑, 내 건강도 내일은 '내 것'이 아닐 수 있다. 내 손에 있는 지금 이 순간만 '내 것'이다.

반짝이는 것이 다
금은 아니다

벨몬트에 사는 아름다운 상속녀 포샤의 저택에서 상자 고르기가 진행된다. 금, 은, 납으로 만든 세 개의 상자가 놓여 있다. 겉모양은 똑같다. 그중 하나에 포샤의 초상화가 들어 있다. 그 상자를 고르는 남자만이 포샤와 결혼할 수 있다. 이것은 돌아가신 아버지의 유언이라서 어길 수가 없다. 만약 여러분이라면 세개 중에서 어떤 상자를 선택하겠는가? 칙칙한 납상자를 고를 것인가, 아니면 번쩍이는 금상자를 고를 것인가. 투기적인 제비뽑기라고 생각할 수도 있지만 포샤의 아버지는 진정으로 딸을 사랑하는 남자를 원했다. 사윗감의 마음을 테스트하려 했던 것이다. 돈을 사랑하는 사람은 금상자를 선택할 것이다. 그렇지만 그 안에 포샤의 초상화가 있으란 법은 없다. 과연 누가 초상화가 든 상자를 선택할까?

첫 번째 도전자는 검은 피부의 모로코 영주다. 그는 자신의 검은 피부가 "작열하는 태양이 입혀준 검은 옷the shadowed livery of the burnish'd sun"(2.1.2)이라고 말한다. 태양의 이웃으로 뜨거운 태양 가까이에서 태어났다는 것이다. 그래서 하얀 얼굴을 가진 남자보다 자신의 피가 더 붉고 더 뜨겁다고 말한다. 하지만 그 것을 말이 아니라 딱 들어맞는 상자 선택으로 보여줘야 한다.

모로코 영주가 금, 은, 납으로 된 세 개의 상자 앞에 섰다. 그 리고 각각의 상자 위에 적힌 글을 읽으며 말한다.

첫 번째 상자는 금상자로군. 상자 위에 이런 글이 적혀 있네. '나를 선택하는 자는 만인이 원하는 것을 얻으리라.' 두 번째 는 은상자고, 여기에는 이런 글귀가 적혀 있구나. '나를 선택 하는 자는 그 신분에 합당한 것을 얻으리라.' 세 번째 상자는 형편없는 납상자로군. 이런, 글귀조차 퉁명스럽기 짝이 없네 그려. '나를 선택하는 자는 전 재산을 걸고 모험해야 한다.' This first of gold, who this inscription bears, / 'Who chooseth me, shall gain what many men desire.' / The second silver, which this promise carries, / 'Who chooseth me, shall get as much as he deserves.' / This third, dull lead, with warning all as blunt, / 'Who chooseth me, must give and hazard all he hath.' (2.7.4-9)

모로코 영주는 생각한다. 포샤 같은 값진 보석이 금보다 값싼 상자 속에 들어 있을 리 없다고. 그래서 그는 금상자를 선택한다. 그렇다면 화려한 금상자 속에는 과연 무엇이 들어 있을까? 뚜껑을 열자 그 속에는 포샤의 초상화 대신 더러운 해골이 들어 있다. 해골의 휑한 눈 속에 편지가 하나 끼워져 있다. 그가 편지를 읽는다.

반짝이는 것이 다 금은 아니다. 수많은 사람들이 내 겉모습에 속아 소중한 생명을 팔았도다. 황금으로 도금한 번쩍이는 무덤 속에는 구더기만 우글대는 법이다. 그대가 용감한 만큼 현명했다면, 젊더라도 분별력이 있었더라면 두루마리에 쓰인 이런 답은 받지 않았을 것이다. 잘 가시오. 당신의 청혼은 끝났소.

All that glisters is not gold, / Often have you heard that told, – / Many a man his life hath sold / But my outside to behold, – / Gilded tombs do worms infold: / Had you been as wise as bold, / Young in limbs, in judgment old, / Your answer had not been inscroll'd, - / Fare you well, your suit is cold. (2.7.65-73)

　모로코 영주의 상자 고르기는 실패했다. 금상자의 겉모습에 속은 것이다. 세상에는 아름답고 화려한 것들이 많다. 멋져 보이는 것들이 우리를 유혹한다. 그러나 아름답게 반짝인다고 다 금은 아니다. 비극『맥베스』에서 마녀들이 했던 말처럼 "아름다운 것은 추하고, 추한 것은 아름답다Fair is foul, and foul is fair."
　두 번째 도전자는 아라곤의 영주다. 상자 앞에서 한참을 생각하던 그가 마침내 은상자를 선택한다. 은상자 속에는 바보의 초상화가 들어 있다. 초상화와 함께 들어 있는 편지에 이렇게 쓰여 있다.

　세상에는 그림자에 입 맞추는 자가 있으니, 그는 허망한 축복만을 받을 것이다.
　Some there be that shadows kiss, / Such have but a shadow's bliss: (2.9.66-67)

　그림자는 허상을 의미한다. 본질이 아닌 허상을 사랑한다면 그 결과 또한 허망할 것이다. 무엇이 본질이고 무엇이 허상인지 구분할 수 있는 통찰의 눈이 필요하다. 아라곤 영주의 상자 고르기도 실패했다. 그는 "청혼하러 올 때는 바보 머리 하나로 왔는데, 돌아갈 때는 바보 머리가 두 개가 되었구나"(2.9.75-76)라면서 서둘러 돌아간다. 그렇다면 과연 바사니오는 상자 고르기에 성공할 수 있을까?

겉모습만으로 선택하지 않은 그대, 행운이 있을지어다

바사니오가 보낸 하인이 선물을 가지고 포샤의 저택에 먼저 도착한다. 자신보다 선물을 먼저 보낸 것이다. 구혼하는 남자로서는 센스쟁이다. 선물 덕분일까. 포샤는 바사니오의 하인을 "큐피드의 전령quick Cupid's post"(2.9.100)으로 느낀다. 아니나 다를까. 포샤가 바사니오를 보고 마음을 뺏긴다. "무어라 말할 순 없지만 제겐 어떤 느낌이 옵니다. 사랑한다고 말하긴 어렵지만 당신을 놓치고 싶진 않군요."(3.2.4-5) 포샤가 한두 달 머물면서 천천히 상자를 고르라고 권하지만 바사니오는 당장 하겠다고 말한다.

포샤는 어쩔 수 없이 그를 상자가 있는 곳으로 안내한다. 그리고 그가 상자를 고르는 동안 음악을 연주하도록 지시한다. 음악이 흐르는 가운데 바사니오의 상자 고르기가 시작된다. 낭만과 긴장이 공존하는 순간이다.

　바사니오가 금, 은, 납, 세 개의 상자 앞에서 명상한다. 그가 명상하는 장면을 읽어보자.

　　화려한 겉모습이 그럴듯해도 속은 겉과 다를 수 있다. 그럼에도 세상은 늘 겉모습에 속고 있다. 아무리 추한 재판도 그럴듯한 변론으로 포장하면 사악한 겉모습이 가려지는 법이지. 종교도 마찬가지야. 성직자가 근엄한 표정으로 축복해주고, 성경 말씀을 인용하여 정당화하면 아무리 저주받을 죄라도 충분히 가려지지 않는가. 이 세상은 언제나 허식에 속고 있다. (…) 미인도 마찬가지야. 그 아름다움도 실제로는 얼굴에 바른 화장품에 달려 있지 않은가.

　　So may the outward shows be least themselves, – / The world is still deceiv'd with ornament – / In law, what plea so tainted and corrupt, / But being season'd with a gracious voice, / Obscures the show of evil? In religion, / What damned error but some sober brow / Will bless it, and approve it with a text, / Hiding the grossness with fair ornament? / (…) Look on beauty, / And you shall see 'tis

purchas'd by the weight, / Which therein works a miracle
in nature, (3.2.73-90)

빚쟁이 남자치곤 제법이다. 세상을 보는 안목, 즉 통찰의 눈
이 있다. 바사니오는 화려한 겉모습이 허울에 불과하다는 것을
인식한다. 그래서 수수하고 가식 없는 납상자를 선택한다. 부자
여성과 결혼해서 빚을 갚겠다는 속물 같은 남자지만 상자 고르
기에선 현명한 선택을 했다. 뚜껑을 열자 포샤의 초상화와 함
께 이렇게 쓰인 편지가 들어 있다. "겉모습만으로 선택하지 않
은 그대여, 진실을 선택한 그대에게 행운이 있을지어다You that
choose not by the view / Chance as fair, and choose as true: / Since this fortune
falls to you."(3.2.131-133) 바사니오는 결국 구혼에 성공한다.

바사니오가 성공하자 포샤는 이렇게 말한다. "저는 성품이
온순하여 저의 주인이시고, 지배자이시며, 왕이신 당신의 가르
침에 순종할 수 있습니다. 저 자신뿐만 아니라 제가 소유한 것
모두가 이제는 당신 것입니다. 지금까지 저는 이 집의 주인이
며, 하인들의 주인이자 저 자신의 여왕이었습니다. 그러나 지
금부터는 집과 하인들 그리고 이 몸까지도 저의 주인이신 당
신의 것입니다. 모든 것을 이 반지와 함께 당신께 드리겠습니
다."(3.2.163-171) 포샤는 사랑과 복종뿐 아니라 자신의 전 재산

을 바사니오에게 바친다. 바사니오는 계획대로 과거의 빚은 물론 구혼을 위해 새로 진 빚도 갚을 수 있게 됐다.

여기서 한 가지 의문이 생긴다. 만일 샤일록의 돈이 없었다면 그가 구혼에 성공할 수 있었을까? 그에게 돈을 빌렸기에 구혼할 수 있었다. 여비는 물론이고 포샤에게 줄 선물도 그 돈으로 샀을 것이다. 혹시 선물이 그녀의 마음에 영향을 주진 않았을까? 그렇다면 사랑과 결혼에 돈이 중요하단 말인가? 물론 지나친 비약일지도 모른다. 하지만 바사니오의 행운을 보면서 사랑과 결혼, 그리고 돈의 연관성을 생각하게 된다. 전혀 무관한 것 같지는 않다.

또 한 가지 인상 깊은 것은, 사랑과 결혼에는 어느 정도 용기와 모험이 필요하다는 점이다. 바사니오에게 이번 구혼은 큰 도전이자 모험이었다. 빚을 내서 하는 구혼이었고 경쟁자들도 많았다. 만약 실패한다면 큰 위험을 각오해야만 했다. 당신이라면 이런 위험한 모험을 시도할 수 있겠는가? 성공한 모험이라 천만다행이다. 오스카 와일드의 말이 생각난다. "결혼은 인생 최대의 도박이다." 생각할수록 여운이 남는 말이다. 여러분은 어떠신가?

복수하는 샤일록,
"법대로 합시다"

딸 제시카의 배신으로 샤일록은 깊은 슬픔에 빠져 있다. 아버지를 비난하고 경멸하는 기독교인과 결혼하다니. 그것도 아버지의 재산과 보물을 훔쳐서 말이다. 샤일록이 혈육의 배반이라고 탄식할 만하다. 그가 딸과 잃어버린 재산을 찾기 위해서 애써보지만 소용이 없다. 자꾸 비용만 더 들어갈 뿐이다. 샤일록이 흐느끼며 친구에게 말한다. "그 애를 찾는답시고 내가 돈을 얼마나 썼는지 아는가? 엎친 데 덮친 격이지! 도둑을 잡느라고 또 큰돈을 써야 한다니. 그런데도 찾지도 못하고, 복수도 못하고, 세상의 불운이란 불운은 전부 다 내 어깨 위에 내려앉고, 세상의 한숨이란 한숨은 모두 다 내 입에서 나오고, 눈물이란 눈물도 모두 다 내 눈에서만 흐르는 꼴이 되었네그려."(3.1.84-

88) 샤일록의 분노가 점점 더 깊어간다.

이때 화물을 가득 싣고 귀항하던 안토니오의 배가 모두 난파되었다는 소식이 들려온다. 안토니오가 파산 위기에 처한 것이다. 그렇게 되면 당연히 샤일록에게 진 빚도 제날짜에 갚을 수 없게 된다. 샤일록은 이것을 반가운 소식으로 받아들인다. "하느님, 감사합니다. 이참에 그놈을 단단히 혼내줘야겠다."(3.1.93-106) 그는 난파를 안토니오에 대한 복수 기회로 이용한다.

다급해진 안토니오가 상환 기일을 연장해달라고 요청한다. 하지만 샤일록은 냉정하게 거절한다. 계약서에 명시된 대로 하겠다는 것이다. 안토니오가 상환 기일을 지키지 못한다면 계약서대로 그의 살 1파운드를 위약금으로 받겠다고 주장한다. "증서대로 하겠습니다I will have my bond."(3.3.12) 샤일록의 이 같은 주장에 위법성은 없다. 그러나 그의 의도는 돈이 아니라 사실상 그를 죽여 복수하겠다는 것이다. 샤일록 스스로도 그 점을 부인하지 않는다. 살레리오가 안토니오의 살점을 뜯어내는 게 무슨 소용이 있겠냐고 묻자 그가 이렇게 말한다.

물고기를 낚는 미끼는 될 겁니다. 배불리 먹을 수는 없어도 내 복수심은 충족시킬 수 있지요. 그 사람은 나를 모욕했어요. 그 사람의 방해로 나는 50만 더컷을 손해 봤습니다. 내가 손해를 보면 나를 비웃었고, 내가 이득을 보면 나를 조롱했지요. 이유가 뭔지 아시오? 단지 내가 유태인이기 때문이오. 하지만 유태인은 눈도 없는 줄 아시오? 우리도 당신네 기독교인처럼 같은 음식을 먹고, 같은 칼로 베이면 피가 나고, 같은 병에 걸리면 같은 약을 먹어야 한단 말이오. 우린 당신들이 어떤 부당한 짓을 해도 복수하지 않을 것으로 아시오? 유태인이 당신들을 모욕하면 당신들은 어쩌겠소? 당연히 복수하겠죠. 바로 그거요. 우리도 당했으면 복수해야지요. 당신네들이 내게 가르쳐준 그 악행을 나도 한번 실행하리다. 무슨 일이 있어도 내가 배운 것 이상으로 잘 해낼 거요. (3.1.47-66)

샤일록의 이 같은 주장을 반박할 논리가 궁색하다. 굳이 하자면 성경대로 '네 원수를 사랑하라' 정도밖에 없지 않을까. 그렇다면 그 말은 과거에 안토니오에게도 적용됐어야 하지 않았을까. 안토니오가 이 말을 샤일록에게는 배제했다면 편파적인 것 아닌가. 위선이자 '내로남불'일 수 있다. 안토니오가 아무리 사정해도 소용이 없다. 샤일록은 단호하게 말한다.

난 이 증서에 씌어 있는 대로 따를 거요. 그러니 허튼소리일랑 하지 마쇼. 무슨 일이 있어도 증서대로 할 거라고 맹세했으니까. 당신은 나보고 이유 없이 개새끼라고 불렀지. 그래, 난 개새끼니까 내 이빨을 조심하쇼. 공작님께서도 법대로 처리하실 겁니다.

I'll have my bond, speak not against my bond, – / I have sworn an oath, that I will have my bond: / Thou call'dst me dog before thou hadst a cause, / But since I am a dog, beware my fangs, / The Duke shall grant me justice. (3.3.4-8)

이런 샤일록을 사람들은 피도 눈물도 없는 악마라고 비난한다. 맞는 말이다. 자비와 융통성이라고는 전혀 찾아볼 수 없는 냉혹한 사람이다. 하지만 샤일록은 그동안 안토니오에게 온갖 비난과 모욕을 당해왔다. 그가 유태인이고 고리대금업을 한다는 이유에서였다. 그리고 딸마저도 아버지를 배신하고 기독교인에게 도망갔다. 그간의 상황을 종합해볼 때 샤일록의 분노와 복수심에도 일말의 동정은 간다.

샤일록은 이 문제를 베니스 법정으로 가져간다. 그리고 법에 의거해서 계약서의 엄격한 집행을 공작에게 요구한다. 베니스 공작도 샤일록의 합법적인 주장을 거부할 명분이 없다. 안토니오도 이 점을 잘 인식하고 있다.

공작님도 법의 정당한 행사를 거부할 수는 없을 거요. 이방인
도 베니스에서는 우리와 똑같은 권리가 주어집니다. 만약 이
런 공정한 법 집행이 없다면 베니스에는 정의가 없다고 비난
받을 테니까요. (3.3.26-29)

국제적인 상업도시 베니스는 모든 합법적인 계약서를 존중
하지 않을 수 없다. 만일 합법적인 계약서의 계약 내용을 국가
가 보장해주지 않는다면 누가 믿고 상거래를 할 수 있겠는가.
베니스 법정이 샤일록의 계약서상 권리를 보장하지 않는다면
국제적 상업도시로서의 위상을 스스로 부정하는 꼴이 된다. 샤
일록은 바로 그 점을 강조하며 공작에게 엄격한 법 집행을 요
구한다.

베니스 공작은 법정에서 샤일록에게 자비를 베풀 것을 권한
다. 오히려 최근에 안토니오가 입은 손실을 연민의 정으로 봐줄
것을 요구한다. 하지만 샤일록은 이 권고를 끝내 거부한다. 샤
일록이 공작에게 항변한다.

저 남자에게 제가 요구하고 있는 1파운드의 살점은 제가 비
싼 대금을 주고 산 제 것입니다. 저는 꼭 그것을 갖겠습니
다. 공작님께서 저의 뜻을 거절하신다면 법률이고 뭐고 다

소용없는 일이 되는 것입니다. 베니스의 법은 모두 다 무효가 되는 것입니다. 오로지 제 주장은 법대로 하자는 겁니다.

(4.1.99-102)

법대로 하자는 샤일록의 주장에 베니스 공작은 난감하기 그지없다. 딱히 반박할 법적 논리도 없다. 그저 사랑과 자비만을 강조할 뿐이다. 하지만 계약서대로 엄격한 법 집행을 요구하는 샤일록의 주장에도 문제는 있다. 사실상 법으로 포장된 개인적인 복수이기 때문이다. 샤일록은 지금 정의를 가장해서 자신의 이기적인 욕망을 추구하고 있는 것이다. 겉으로는 우정과 도덕성을 강조했지만 사실은 자신의 영향력 확대를 꾀했던 안토니오와 다를 바 없다. 그러므로 샤일록이 요구하는 법적 정의는 순수성을 상실한 이기적인 주장이라고 할 수 있다. 이 재판은 과연 어떻게 될까.

정의만으로 세상을
아름답게 만들 수는 없다

　바사니오와 포샤가 미처 결혼식도 올리기 전에 안토니오의 편지 한 통을 받는다. 샤일록의 딸 제시카와 로렌조가 갖고 온 것이다. 편지에는 안토니오의 배가 난파됐고, 그가 빚 때문에 곤경에 처했다는 소식이 담겨 있다. 바사니오가 포샤에게 편지를 읽어준다.

　바사니오, 내 배들은 모두 난파됐네. 채권자들은 갈수록 더 가혹해지고 내 형편은 말이 아닐세. 유태인에게 준 차용증서는 기한이 지나 내 목숨을 내놓지 않고는 도저히 갚을 길이 없을 것 같네. 그러면 부채는 다 청산이 되겠지. 죽기 전에 단 한 번이라도 자넬 볼 수만 있다면 자네와 나 사이의 부채는 청산되는 셈이네. 하지만 무리하지는 말고 자네 의지를 따르게나. 우정에 이끌려 온다면 고맙지만, 그렇지 않다면 이 편지는 잊어버리게. (3.2.314-320)

자초지종을 알게 된 포샤가 부유한 상속녀답게 자신의 재산을 내주면서 안토니오를 구하라고 말한다. "그에게 6,000더컷을 지불하시고 차용증을 말소하세요. 6,000더컷의 두 배, 아니 세 배도 좋아요. 그토록 훌륭한 분이라면 당신 때문에 머리카락 한 올이라도 다치게 해서는 안 됩니다. 하지만 먼저 함께 교회에 가서 결혼식부터 올려요."(3.2.298-302) 능력 있는 멋진 아내다. 남편의 어려움을 한 방에 해결해준다.

바사니오는 돈을 가지고 안토니오를 구하러 떠난다. 그런데 문제는 샤일록이 돈이 아니라 계약서대로 안토니오의 살 1파운드를 받겠다고 고집하는 것이다.

바사니오가 떠난 후 포샤도 네리사와 함께 베니스로 간다. 남자로 변장을 하고 말이다. 로렌조와 제시카에게는 수도원에 기도하러 간다는 평계를 댄다. 그리고 하인 벨서저를 통해 패듀어에 있는 사촌 오빠 벨라리오 박사에게 편지를 보낸다. 그리고 그분이 주는 서류와 의상을 챙겨서 오라고 명령한다. 친척 벨라리오 박사의 편지를 위조해서 자신을 로마에서 온 법학박사로 사칭하려는 것이다. 자신이 와병 중이라서 대신 유능한 로마 법학박사를 보낸다고 편지를 위조한다. 모두 거짓말이고 불법적인 사기다. 요즘 식으로 말하자면 공문서 위조와 법관 사칭의 중범죄에 해당한다. 포샤는 이렇게 남자 로마 법학박사로 위장하고 샤일록의 재판에 참여한다. 하지만 아무도 그가 가짜인지모른다. 심지어 남편인 바사니오조차도 눈치채지 못한다. 완전히 코미디다.

법학박사 복장을 하고 재판관이 된 포샤는 샤일록에게 자비를 베풀라고 권고한다.

자비는 이중의 축복입니다. 주는 자와 받는 자를 함께 축복하는 것이기 때문입니다. 자비는 모든 미덕 중에 최고의 미덕이며, 왕관보다 더 왕을 왕답게 해주는 덕성입니다. 왕의 왕홀은 현세의 권력을 상징하는 것으로 두려움과 공포를 상징하지만, 자비는 왕의 가슴속에 신이 베푸는 최상의 미덕입니다. 따라서 왕홀의 위력을 능가하기 마련이지요. 너무 엄격한 정의를 자비심으로 누그러뜨린다면 지상의 권력은 신의 권위에 가깝게 되는 것입니다. 그러니 유태인이여, 그대가 요구하는 바는 정의이지만 정의만 내세우면 그 누구도 구원받을 수 없다는 점도 고려하시오.

It is twice blest, / It blesseth him that gives, and him that takes, / 'Tis mightiest in the mightiest, it becomes / The throned monarch better than his crown. / His scepter shows the force of temporal power, / The attribute to awe and majesty, / Wherein doth sit the dread and fear of kings: / But mercy is above this sceptered sway, / It is enthroned in the hearts of kings, / It is an attribute to God Himself; / And earthly power doth then show likest God's / When mercy seasons justice: therefore, Jew, / Though justice be thy plea, consider this, / That in the course of justice, none of us / Should see salvation: (4.1.182-195)

재판관 포샤는 샤일록의 정의를 인정하지만 자비를 강조한다. 정의보다 더 아름다운 게 용서와 자비라는 것이다. 그렇다. 정의만 가지고는 아름다운 세상을 만들 수 없다. 나의 정의가 아무리 정당하다 하더라도 모두가 자신의 정의를 고집한다면 문제 해결은 어렵다. 오히려 세상은 지옥이 될지도 모른다. 내가 확신하는 정의가 사실은 이기적이고 편협한 정의일 수도 있다. 하지만 세상에는 자신의 정의만 고집하는 독불장군들이 적지 않다.

그럼에도 샤일록의 입장은 완강하다. 원금의 세 배를 받고 증서를 찢어버리자는 포샤의 제안도 거부한다. 결국 포샤는 계약서의 법적 효력을 인정하고 집행을 허락한다. "저 상인의 살 1파운드는 원고의 것이오. 본 법정이 그것을 인정하고 보장한다."(4.1.295-296) 그러자 명판사 다니엘 같은 현명한 판사라며 샤일록이 만족한다.

드디어 샤일록이 칼을 빼 들고 안토니오에게 다가선다. 하지만 샤일록의 칼이 그의 가슴에 닿으려는 순간, 포샤가 소리친다. "잠깐. 이 증서에는 단 한 방울의 피도 원고에게 준다는 글이 없다. 여기에는 살 1파운드라고만 적혀 있소. 그러니 이 증서대로 살 1파운드만 잘라 가시오. 단 살을 잘라 가면서 이 기독교도의 피를 단 한 방울이라도 흘린다면 그대의 모든 재산은 베니스 법률에 따라 국고에 귀속될 것이니 명심하시오."(4.1.301-308)

증서에 쓰인 문구 그대로 엄격하게 적용하겠다는 샤일록을 똑같은 논리로 공격하는 것이다. 증서에 피를 준단 말은 없으니 살덩이만 가져가라는 말이다. 이에 샤일록이 원금의 세 배만 받겠다고 물러서지만 포샤는 거부한다. 오히려 피를 한 방울이라도 흘리거나 머리카락만큼이라도 1파운드에서 벗어나면 사형에 처할 것이라고 협박한다. 샤일록이 그럼 원금만 받겠다고 말하지만 포샤는 이것도 거부한다. 되레 그녀는 샤일록에게 소위 '외국인 법'을 추가 적용한다. 샤일록 입장에서는 매우 불리하고 편파적인 법 적용이다.

> 만일 외국인이 직접 또는 간접적으로 베니스 시민의 생명을 노렸다는 사실이 판명될 경우, 가해자 재산의 절반은 생명을 빼앗길 뻔한 피해자에게 돌아가고, 나머지 절반은 국고에 귀속되도록 되어 있소. 또한 가해자의 생명은 오로지 공작의 재량에 달려 있고, 누구도 이의를 제기할 수 없소. (4.1.343-352)

그러니 살고 싶으면 당장 공작에게 무릎 꿇고 자비를 구하라는 것이다. 상황이 완전히 역전됐다. 궁지에 몰린 샤일록은 망연자실하고, 주변 사람들은 그를 조롱한다. 이때 베니스 공작이 말한다. "우리 기독교인들의 정신이 너의 정신과 얼마나 다른가를 보여주겠다. 그대가 간청하기 전에 목숨만은 살려주겠다. 네 재산의 절반은 안토니오에게, 나머지 절반은 국가에 귀속될 것이다."(4.1.364-368)

공작은 샤일록의 무자비와 대조되는 기독교인의 자비라고 강조한다. 하지만 샤일록은 이렇게 말한다. "아니오. 목숨이든 뭐든 다 가져가시오. 용서도 바라지 않소. 집을 받쳐주는 기둥을 빼간다면 집을 통째로 뺏는 것과 뭐가 다르겠소? 내가 살아갈 재산을 뺏으면 그게 바로 내 목숨을 뺏는 거지 다를 게 뭐가 있소?"(4.1.370-373) 샤일록의 말대로 다 뺏어놓고 그게 자비라는 건가.

안토니오도 자비를 베풀겠다며 말한다. "저 사람의 벌금을 면해주셨으면 합니다. 그리고 저 사람의 재산 절반은 제가 맡아 두었다가 저 사람이 사망하면 최근 그의 딸을 훔쳐 결혼한 젊은 신사에게 양도해주고 싶습니다."(4.1.377-386) 그러면서 두 가지 전제 조건을 단다. 샤일록이 기독교로 개종하는 것과 재산 양도증서를 즉시 작성하는 것이다. 샤일록은 조건을 수용할 수밖에 없다. 그는 온갖 조롱을 받으며 비틀거리면서 법정을 빠져나간다.

포샤의 재판 장면을 어떻게 봐야 할까? 지혜로운 솔로몬의 판결인가, 아니면 가짜 재판관의 편파적인 불법 재판인가. 이 작품은 전통적으로 무자비한 유태인 고리대금업자에 대한 기독교인의 자비와 승리를 보여주는 작품으로 해석되어 왔다. 공작과 안토니오의 자비는 샤일록의 무자비와 대비된다. 틀린 해석은 아니다. 샤일록이 무자비하게 계약서를 고집한 것은 사실이니 비난받아 마땅하다.

하지만 공작과 안토니오의 자비는 진정 자비인가? 샤일록에게 자비를 강조하는 포샤는 진정 자비로웠는가? 샤일록의 재판에서 모든 사람들은 일방적으로 안토니오 편에 섰다. 그들은 샤일록의 아픔을 모두 외면했다. 그의 상처받은 마음은 전혀 이해해주지 않았다. 그리고 샤일록에게 일방적으로 불리하게 법을 적용했다. 편파적인 그들의 자비와 정의는 선택적 자비, 선택적 정의가 아니었을까. 샤일록은 겨우 생명은 부지했지만 딸과 재산을 잃고 기독교로 개종해야만 했다. 그에게는 가혹한 처벌이다. 그는 베니스 사회에서 철저하게 패배하고 소외된 아웃사이더가 된다. 물론 샤일록에게도 문제는 있었다. 지나치게 경직되고 이기적인 정의를 주장했기 때문이다. 그가 그동안 안토니오에게 당해온 억울함을 이해하지 못하는 것은 아니다. 하지만 그럼에도 불구하고 포샤의 말대로 자비로써 자신의 정의를 조금 완화시켰다면 어땠을까. 아쉬움이 남는다. 샤일록과 안토니오, 그들이 생각하는 정의는 서로 달랐다. 그것은 각자의 입장에서 자신의 욕망을 반영한 이기적인 정의였다. 그런 정의로는 아름다운 세상을 만들 수 없다. 오히려 추악한 지옥이 될 가능성이 높다. 희극치고는 생각이 복잡해지는 작품이다.

포샤의
남편 길들이기

　베니스 법정의 재판은 샤일록의 완패로 끝났다. 안토니오가 생명과 재산을 지킬 수 있었던 것은 로마의 법학박사 덕분이다. 그의 재치 있는 판결이 아니었더라면 안토니오는 죽었을 것이다. 안토니오와 바사니오는 이 법학박사가 변장한 포샤임을 전혀 눈치채지 못한다. 바사니오가 고마운 마음에 샤일록에게 갚으려 했던 돈을 사례금으로 제시한다. 하지만 박사는 사양한다. 뭐라도 고마움을 표시하려고 하자 박사는 그가 끼고 있는 반지를 달라고 요구한다.

　그런데 그 반지는 결혼식 날 포샤가 주었던 첫 번째 선물이다. 그때 바사니오는 아내에게 이렇게 말했었다. "이 반지가 내 손가락에서 떠나는 날은 내 생명도 다하는 날이오. 아! 그땐 이

바사니오가 죽었다고 단언해도 좋소."(3.2.183-185)

바사니오는 아내와의 약속 때문에 이 반지만은 안 된다고 말한다. 대신 베니스에서 가장 비싼 반지를 사주겠다고 제안한다. 그럼에도 박사는 그 반지만을 계속 요구한다. "당신은 말로만 선심을 쓰는 분이군요. 처음에는 무엇이든 요구하라 하더니 이제 와선 사람을 구걸하는 거지꼴로 만들어버리네요."(4.1.434-436)

너무 무안하고 난처한 상황이 되었다. 안토니오마저 자신과의 우정을 생각해서라도 반지를 박사님께 드리라고 말한다. 결국 바사니오는 반지를 박사에게 준다. 이것은 아내 포샤와의 약속 위반이다. 법정서기로 변장한 네리사 역시 자신의 남편 그레시아노를 같은 방식으로 시험한다. 아니나 다를까. 그레시아노도 아내와의 약속을 어기고 반지를 주고 만다.

포샤와 네리사가 원래의 모습으로 벨몬트 집에 먼저 돌아온다. 두 여자는 각자 남편의 소중한 반지를 뺏어 온 것이다. 뒤이어 바사니오와 그레시아노 일행이 집에 돌아온다. 포샤와 네리사는 반지를 요구하며 남편들을 곤경에 빠뜨린다. 바사니오가 자초지종을 설명해보지만 포샤는 사랑의 배신이라고 추궁한다. "당신 마음에는 진실이라곤 없군요. 하늘에 맹세코 저는 당신과 잠자리를 함께하지 않겠어요. 그 반지를 다시 볼 때까지는요."(5.1.189-191)

박사에게 주어버린 반지는 포샤와 바사니오가 맺은 사랑의 징표다. 이것은 마치 안토니오와 샤일록이 맺은 계약의 계약서 bond와 같다. 안토니오가 그 계약 위반 때문에 위험에 빠졌다면 바사니오는 지금 반지 계약 위반으로 인해 위험에 처한 것이다. 포샤가 이렇게 경고한다.

> 그 법학박사라는 분을 절대로 우리 집 가까이 오지 못하게 하세요. 저를 위해 반드시 간직하겠다고 약속했고, 저도 소중히 여겼던 그 보석을 그분이 갖고 있는 이상, 저도 당신처럼 인심 좋게 무엇이든 드릴지도 모르니까요. 내 몸, 아니 남편의 침대라도 드릴지도 몰라요. 그러니 단 하룻밤이라도 집을 비워선 안 됩니다. 눈이 백 개 달린 아르고스처럼 절 감시해야 될 테니까요. 만일 저를 혼자 내버려두시면 그 법학박사님과 제가 한 침대에서 잘지도 모릅니다. (5.1.223-233)

바사니오가 단단히 약점이 잡혔다. 서양 중세문학에서 동그란 반지는 종종 여성의 상징으로 묘사되곤 했다. 그러니까 반지는 포샤의 순결한 성sexuality을 상징한다. 바사니오가 소중한 반지를 남에게 주어버렸듯이 자신도 소중한 정조를 남에게 줄 수도 있다는 경고다. 르네상스 시대에 아내의 성적 배신은 남성들에게 큰 심리적 위협이었다.

궁지에 몰린 바사니오가 다시는 아내와의 약속을 어기지 않겠다고 맹세한다. 심지어 자신의 영혼을 담보로 맹세하면서 사정한다. 이번에도 포샤의 승리다. 이때 포샤가 다시 반지를 돌려주면서 안토니오에게 맹세의 보증인이 돼달라고 요구한다. 안토니오는 자신으로 인해 벌어진 일이기에 거절할 수가 없다. 그는 또다시 보증인이 된다. 물론 이번에는 빚보증이 아니라 사랑의 맹세의 보증인이다. 아마도 한번 보증 잘못 섰다가 큰코다칠 뻔했으니 이번에는 더 철저하게 잘할 것이다.

포샤가 진실을 밝힌다. 자신이 베니스 법정의 로마 법학박사였으며 네리사가 서기였다고 말한다. 증거로 패듀어 벨라리오 박사의 위조된 편지를 제시한다. 모든 오해가 풀렸다. 포샤는 반가운 희소식도 전한다. 난파된 것으로 알려졌던 안토니오의 배 세 척이 무사히 입항했다는 소식이다. 로렌조와 제시카에게는 샤일록의 특별 양도증서를 준다. 샤일록의 사후 재산을 그들에게 상속한다는 내용이다. 모두가 해피 엔딩이다.

『베니스의 상인』은 희극이지만 어두운 구석도 있다. 재판에서 패배한 유태인 샤일록의 모습이 너무 비참해서다. 희극에 어울리지 않는 무거운 장면으로 느껴질 수도 있다. 그래서 셰익스피어는 마지막에 반지 소동 장면을 넣음으로써 극의 분위기를 밝고 유쾌하게 바꿨는지도 모른다. 포샤는 바람둥이가 될 가능성이 농후한 바사니오를 사전에 반지로 제압하는 데 성공했다. 영혼을 걸고 맹세하게 만들었고 보증인까지 세웠다. 확실한 안전장치로 남편을 묶어놓은 것이다. 그런데 문득 궁금하다. 부유해진 바사니오가 사랑의 반지 계약을 과연 지킬 수 있을까?

3장

좋으실 대로

As You Like It

William Shakespeare

아우만 못한
형도 있다

셰익스피어는 이미 알려진 이야기를 소재로 작품을 쓰기도 했다. 물론 기존 이야기에서는 힌트만 얻었을 뿐, 인물들의 이름을 바꾸고 자신만의 독특한 방식으로 재창조했다. 1599년 처음 공연된 『좋으실 대로』도 그중 하나다. 이 작품은 권력과 영토를 차지하려는 형제들 사이의 갈등과 화해를 보여준다. 어쩌면 권력과 재산에 대한 탐욕과 시기심은 인간 본연의 모습일지도 모른다. 셰익스피어는 이런 주제를 비극으로 무겁게 다루기도 했다. 하지만 『좋으실 대로』는 이런 무거운 주제를 가볍고 유쾌하게 다룬다. 그래서 이 작품은 희극적이면서도 철학적이다. 셰익스피어가 보여주는 철학적 개그의 세계로 들어가보자.

올란도Orlando가 늙은 하인 애덤Adam에게 큰형에 대한 불평을 늘어놓으면서 극이 시작된다. 그는 돌아가신 아버지가 자신 몫으로 남긴 유산을 형이 가로챘다고 말한다. 심지어 동생을 돌보라는 아버지의 유언도 지키지 않는다고 형을 원망한다. 그의 불평을 들어보자.

> 형이라는 자는 나를 시골구석에 처박아두고 귀족 가문의 자손답게 교육을 시키기는커녕 빈둥거리게 방치하고 있어요. 내가 외양간에 갇힌 소와 다를 게 뭡니까. 아니 오히려 형의 말보다도 못한 팔자죠. 말들은 윤기가 번지르르 흐를 만큼 잘 먹이고, 비싼 돈을 주고 조련사까지 고용하고 있다고요. (1.1.6-12)[*]

그의 불평이 사실이라면 문제가 있는 형이다. 동생을 하인들과 함께 밥을 먹이고, 짐승처럼 무식하게 만들고 있으니 말이다. 응당 동생도 귀족 가문의 아들답게 신사로 성장하도록 좋은 교육을 받게 해주어야 하지 않는가. 오히려 가축인 말은 비싼 조련사를 고용해 돌보면서 말이다. 동생이 형에게 불만을 가질

---

[*] 윌리엄 셰익스피어, 『셰익스피어 5대 희극』, 셰익스피어연구회 옮김, 서울: 아름다운날, 2020. 우리말 번역은 주로 이 책을 참고하여 인용했으며 필요한 부분은 필자가 수정하여 번역했음.

만하다. "형은 나를 무식하게 만들어 내 훌륭한 성품을 없애려는 속셈인 거야. 나는 내 핏줄 속에 아버지의 도도한 정신을 이어받았다고 자부했는데, 그런 정신이 이런 노예살이에 항거하기 시작한 거야. 난 이제 더 이상 참을 수가 없어."(1.1.18-23)

결국 올란도는 큰형 올리버Oliver에게 항의한다. "형님은 제 만형이 아닌가요? 형님은 귀족 가문의 아들답게 저를 돌봐주셔야 하지 않나요? 이 몸에도 형님처럼 아버지의 피가 흐른다고요I have as much of my father in me as you."(1.1.44-50)* 올리버는 동생의 반항을 용납하지 않는다. 오히려 누구 앞에서 함부로 지껄이냐며 동생을 때린다. 동생도 지지 않고 형에게 덤빈다. 급기야 형제간에 뒤엉켜 주먹다짐이 오간다. 동생 힘이 더 세서 형이 밀린다. 집안의 늙은 하인 애덤이 두 형제를 뜯어말린다. "제발 참으세요. 돌아가신 아버님을 생각해서라도 의좋게 지내셔야죠."(1.1.63-64) 형제간에 볼썽사나운 모습이지만 우리 인생에서도 그리 드물지 않은 장면이다.

올란도가 아직도 분이 안 풀려 씩씩거리면서 소리친다. "아버지는 형님께 저를 교육시키라고 유언하셨어요. 그런데 형님

---

* Shakespeare, William. *As You Like It*, The Arden Shakespeare, Ed. Agnes Latham, London and New York: Routledge and Methuen & Co. Ltd., 1989. 이후 원문 인용은 이 책을 참고 바람.

은 저를 농사꾼으로 길렀어요. 신사다운 품격과는 아주 담을 쌓았죠. 하지만 저의 몸에서 아버지의 성품이 자라고 있으니 더 이상 참을 수가 없어요. 그러니 저한테 교육을 시켜주거나 아니면 유언대로 서푼어치밖에 안 되는 유산이라도 내 몫을 주세요. 그걸로 그냥 내 인생을 살겠어요."(1.1.67-74) 형 올리버는 동생과 싸우고 싶지 않다며 일단 동생 몫을 주겠다고 말한다. 하지만 이것은 진정성이 없는 면피성 발언이다.

올리버는 평생 동안 충성을 다 바친 늙은 하인 애덤에게도 화를 낸다. 그에게 "늙은 개old dog"(1.1.81)라고 욕하자 애덤은 "늙은 개라고요? 평생 동안 나리를 뒷바라지하느라 이가 몽땅 빠졌는데 고작 답례가 이건가요?"(1.1.82-83)라면서 서운해한다. 곰곰이 생각해보니 참 섭섭한 말인 것 같다. 늙어 이가 다 빠지도록 평생을 봉사했는데 말이다. 올리버의 인성에 문제가 있어 보인다. 올리버는 좋은 형제 관계도 유지하지 못하고, 가문의 충복 애덤의 존경도 받지 못하는 인물이다.

그렇다면 올리버는 왜 동생 올란도를 그렇게 미워하는 걸까. 그 이유는 그가 씨름장사 찰스와 나누는 대화에서 엿볼 수 있다. 프레드릭 공작Duke Frederick이 주최하는 씨름대회가 곧 열릴 예정이다. 공작 휘하의 최고 씨름장사 찰스가 올리버를 찾아와 말한다. "당신의 동생 올란도가 신분을 감추고 저와 한판 승부를 겨룰 것이라는 소식을 들었습니다. 저와 맞설 경우 팔다리가 온전히 남아나지 못할 겁니다. 제가 생각해서 말씀드리는 건데 저는 아직 젊고 약한 동생 분을 패대기치고 싶지 않습니다."(1.1.122-129) 한마디로 위험하니 동생을 씨름대회에 출전시키지 말라는 것이다.

하지만 올리버는 뜻밖의 말을 한다. "자네 마음대로 하게. 그녀석의 손가락이 아니라 목이라도 부러뜨린다면 내 원이 없겠네."(1.1.144-145) 오히려 올란도를 죽여줬으면 좋겠다는 것이다. 그러면서 동생이 세상에 둘도 없는 나쁜 놈이라고 비난한다. 찰스는 내일 씨름판에서 동생을 혼내주겠다고 약속하고 돌아간다.

너무 못된 형 아닌가. 찰스가 퇴장한 후 올리버가 이렇게 자신의 속마음을 밝힌다.

이젠 그 애송이 동생 놈을 부추겨야겠군. 그놈이 씨름에서 지면 정말 춤이라도 출 거야. 왠지 주는 거 없이 미운 놈이거든. 그놈은 학교 문턱에도 가지 않았건만 유식할뿐더러 품위가 있고 신사다워. 게다가 마음씨까지 착해서 세상 사람들로부터 사랑을 독차지하고 있지. 특히 그놈을 잘 아는 내 하인 놈들은 그 녀석에게 홀딱 빠져 있으니, 명색이 주인인 내 평

판만 점점 더 나빠질 수밖에 없단 말이지. 이 씨름꾼이 해치
워줄 테니 얼른 그놈을 선동해서 씨름판에 나가게 해야겠다.

(1.1.162-171)

올리버가 동생을 미워하는 것은 시기심 때문이다. 교육은 못
받았지만 귀족의 혈통이 흐르는 동생은 품격이 있다. 그래서 사
람들에게 사랑과 존경을 받는데 형이 이를 시기하는 것이다. 형
만 한 아우 없다지만 올리버는 동생만도 못한 형이다. 친형도
그러는데 하물며 남은 어떨까. 훌륭한 사람이라도 칭찬하기보
다는 깎아내리려고 애쓰는 것이 인간의 마음이다. 남을 칭찬하
는 것은 쉬운 일이 아니다. 아무나 할 수 없다. 인격이 성숙한
사람만이 남을 칭찬할 수 있다.

거친 씨름꾼은 이겼지만
약한 사랑에는 굴복하다

올리버는 씨름꾼 찰스에게서 궁중 소식을 듣는다. 궁중 소식에 밝은 찰스에 의하면 공작의 동생 프레드릭이 형님을 추방하고 공작 자리를 찬탈했다고 한다. 동생이 반란을 일으켜 형을 쫓아낸 것이다. 그래서 형님 시니어 공작Duke Senior과 일부 신하들은 추방되어 지금 아든 숲the Forest of Arden에서 로빈 후드처럼 칩거하고 있다고 한다. 궁중의 공작 형제들도 올리버와 올란도처럼 뒤틀린 형제 관계에 있다. 이들은 시기와 질투, 탐욕, 왕위 찬탈로 얼룩진 부패한 형제들이다.

이에 반해 작품 속의 자매 관계는 사뭇 대조적이다. 로잘린드Rosalind와 실리아Celia는 사촌 자매간이지만 우애가 돈독하다. 로잘린드는 쫓겨난 시니어 공작의 딸이고, 실리아는 왕위를 찬탈한 프레드릭 공작의 딸이다. 실리아의 간청으로 로잘린드는 추방되지 않고 궁궐에서 함께 지낸다. 형의 딸을 추방하고 싶지만 딸의 간청을 받아들인 것이다.

로잘린드가 추방된 아버지 생각에 우울해하자 사촌동생 실리아가 위로한다. 언니에게 밝은 표정을 지으라면서 실리아가 이렇게 말한다.

> 우리 아버지가 돌아가시면 언니가 틀림없이 이 집의 상속자가 될 거야. 나는 아버지가 큰아버지한테서 강제로 빼앗은 것을 언니에게 되돌려줄 생각이니까. 내 이름을 걸고 약속할게.
> (1.2.17-20)

자신의 아버지가 빼앗은 왕국을 원주인인 언니에게 돌려주겠다는 것이다. 실리아의 마음이 착하다. 탐욕스런 아버지와는 달라도 너무 다르다. 두 여성이 보여주는 자매 관계는 남자들의 탐욕스런 형제 관계와 완전히 다르다.

기분 전환을 위해서 두 자매는 심심풀이로 연애놀이나 하자고 말한다. 공주들이 나누는 사랑에 관한 대화가 재밌다. 이들은 행운의 여신이 여자들에게 주는 선물이 공평하지 못하다고 말한다. 모든 것이 완벽한 미인은 드물다는 것이다.

행운의 여신이 주는 선물은 늘 엉뚱한 곳에 가 있잖아. 특히 인심 좋고 눈먼 여신이 여자들에게 베푸는 은총은 어처구니 없는 경우가 많거든. 아름다우면 정조가 부족하고, 정조가 곧 으면 미모가 부족하지.

her benefits are mightily / misplaced, and the bountiful blind woman doth / most mistake in her gifts to women. / 'Tis true, for those that she makes fair, she scarce / makes honest; and those that she makes honest, she / makes very ill-favoredly. (1.2.33-38)

드디어 궁중에서 씨름대회가 열린다. 천하장사 전문 씨름꾼 찰스에게 청년 올란도가 도전장을 낸 것이다. 누가 봐도 이것은 무모한 도전이다. 프레드릭 공작이 도전을 포기하라고 권해보지만 소용없다. 올란도를 동정하는 로잘린드와 실리아가 만류해도 그의 도전 의지를 꺾지 못한다. 목숨을 생각해서 기권하라고 권하는 공주들에게 올란도는 이렇게 말한다.

두 분의 따뜻한 눈길과 마음을 느끼면서 한번 싸워보겠습니다. 만일 제가 저자한테 패한다 하더라도 명예라고는 눈곱만큼도 없는 사나이가 수치를 당하는 것뿐이며, 설령 죽는다 해도 죽고 싶어 안달하는 사나이가 죽는 것뿐입니다. 게다가 저는 슬퍼해줄 친구도 없으니 친구들에게 폐를 끼치는 것도 아닙니다. 무일푼의 빈털터리라서 이 세상에 해를 끼칠 염려도 없습니다. (1.2.175-180)

장자상속제라는 가부장주의 문화 속에서 철저하게 소외된 올란도의 절망적인 고백이다. 더 이상 잃을 것이 없다는 말이다. 유산도 없고 탐욕스런 형에게 대접도 못 받는 그의 상황을 잘 대변해준다. 안타까운 심정으로 로잘린드와 실리아는 그를 응원한다.

그런데 모두의 예상과 달리 올란도가 씨름꾼 찰스에게 승리한다. 큰소리치던 찰스가 땅바닥에 널브러진다. 프레드릭 공작이 용감하고 힘센 올란도에게 호감을 갖고 이름을 묻는다. 그가 로랜드 드 보이스 경Sir Rowland de Boys의 막내아들 올란도라고 소개하자 공작은 크게 실망한다. 공작이 이렇게 말한다. "다른 사람의 아들이라면 좋았을걸. 하필 그 사람의 아들이라니. 자네의 부친은 후덕한 사람이었지만 나와는 평생 원수로 지냈지. 자네가 다른 가문의 후손이었다면 이 일로 난 무척 흐뭇했을 것이네. 잘 가게."(1.2.212-217) 올란도의 선친이 과거 자신과 정치적으로 대립했다는 것이다. 그런 이유로 올란도는 공작에게 냉대를 당한다.

공작과 달리 로잘린드와 실리아는 올란도를 칭찬한다. 올란도가 씨름에서 둘러메친 것은 찰스만이 아니었다. 로잘린드가 그에게 마음을 빼앗겼기 때문이다. 그녀는 자신의 목걸이를 선물로 준다. 그리고 가다가 아쉬운 듯 돌아서서 말한다. "오늘 정말 대단했어요. 당신이 때려눕힌 사람은 그자만이 아니었어요."(1.2.243-244) 로잘린드가 그를 사랑하게 된 것이다.

사랑에 빠진 것은 올란도 역시 마찬가지다. 그도 로잘린드에 대한 사랑을 느끼지만 표현하지 못한다. 목걸이를 받은 그가 마치 얼어붙은 듯 아무 말도 못한다. "왜 나는 감사하다는 말도 못하지? 이제 교양은 송두리째 사라지고 몸만 남은 허수아비란 말인가? 생명이 없는 인형에 불과한 건가?"(1.2.239-241) 원래 사랑하는 사람 앞에서는 벙어리가 되는 것이다. 그는 사랑하는 마음을 표현하지 못하는 자신이 원망스러울 뿐이다. 사랑에 빠진 청춘들이 보여주는 전형적인 모습이다.

눈치 빠른 르보Le Beau가 이 모습을 보고 이렇게 말한다. "오, 가엾은 올란도, 찰스보다 훨씬 약한 자에게 나가떨어졌구나."(1.2.249-250) 맞는 말이다. 찰스 같은 천하장사 씨름꾼도 둘러메친 올란도가 가냘픈 여성 로잘린드에게 나가떨어진 것이다. 사랑이란 그런 것 아니겠는가.

프레드릭 공작의 신하인 르보가 올란도에게 빨리 궁중을 떠나라고 충고한다. 기분이 언짢아진 공작이 올란도에게 해코지를 할지도 모른다는 것이다. 하지만 그는 마땅히 돌아갈 곳이 없다. 집으로 돌아가면 형 올리버가 마찬가지로 그에게 해코지를 하려 들 것이기 때문이다. 올란도는 "오, 정녕 내가 갈 길은 고난의 가시밭길이란 말인가? 포악한 공작한테서 포악한 형에게로 돌아가야 하다니"(1.2.277-278) 하면서 궁궐을 떠난다. 정말로 집에서 그를 기다리고 있는 것은 더 포악한 형이다. 형 올리버가 씨름에서 승리한 동생을 죽이려 하기 때문이다.

우리는 추방당하는 게 아니라
자유를 찾아 떠나는 거야

올란도와 사랑에 빠져버린 로잘린드가 아무 말이 없다. 큐피드의 황금화살을 맞은 것이다. 실리아는 갑자기 우울해진 언니에게 이유를 캐묻는다. 추방당한 아버지 때문이냐고 묻자 로잘린드는 "내 아이의 아버지가 될 사람 때문"(1.3.11)이라고 대답한다. 그러면서 자신은 지금 온통 가시덤불을 뒤집어쓴 기분이라고 말한다. 옷에 묻은 가시는 털어내면 그만이지만 마음에 박힌 가시는 어떻게 할 수가 없다고 토로한다. 그렇다. 사랑은 달콤하지만 때론 마음에 박힌 가시처럼 아프게 한다. 로잘린드의 말은 사랑에 빠진 소녀의 감정을 잘 보여준다.

이때 화가 난 프레드릭 공작이 등장해서 로잘린드에게 추방 명령을 내린다. "열흘 안에 20마일 밖으로 떠나거라. 그렇지 않으면 죽음을 면치 못할 것이다."(1.3.39-41) 로잘린드는 자신은 숙부를 거역한 적도 없고 반역자도 아니라고 호소한다. 하지만 소용없다. 공작은 추방 이유를 이렇게 말한다. "네 아버지의 딸이라는 사실만으로도 충분하다."(1.3.54) 그러니까 전 공작 형님의 딸이라는 이유로 추방한다는 것이다.

실리아가 로잘린드를 두둔하며 아버지에게 호소한다. "언니가 반역자라면 저도 반역자예요. 우리는 한시도 떨어진 적이 없으니까요."(1.3.68-69) 친자매도 아닌 사촌지간이지만 두 공주의 자매애가 매우 가상하다. 아버지의 형제 관계와는 전혀 딴판이다. 실리아의 애원에도 불구하고 프레드릭 공작이 말한다.

넌 저 애의 속마음을 몰라서 그래. 저 애가 얼마나 교활한지. 단정한 외모와 인내심으로 사람들의 호감과 동정심을 한 몸에 받고 있어. 이 어리석은 것아, 저 애가 네 명예를 빼앗아가고 있다고. 저 애만 없다면 너의 재능과 미덕이 훨씬 더 빛난단 말이지. 그러니 잠자코 있어라. (1.3.73-77)

올리버가 동생의 인기를 시샘했듯이 프레드릭 공작 역시 로잘린드의 인기를 시기한다. 숙부의 왕위 찬탈과 패륜을 묵묵히 감내하고 있는 공주 로잘린드에게 사람들이 동정과 호감을 보이는 것이다. 하지만 프레드릭 공작은 자신의 딸이 받아야 할 공주로서의 호감을 로잘린드가 가로채고 있다고 생각한다. 그는 권력에 대한 탐욕뿐 아니라 시기심도 많은 인물이다.

하지만 이 같은 상황에서도 로잘린드와 실리아의 우애는 변하지 않는다. 실리아는 아버지가 자신을 추방한 것이라면서 언니와 불행을 함께 나누겠다고 말한다. "언니 혼자 불행을 짊어질 생각은 하지 마. 나는 언니의 슬픔을 함께 나눌 거야. 우리의 불행에 새파랗게 질린 하늘에 걸고 맹세하건대 난 언니와 함께 갈 거야."(1.3.98-101) 로잘린드와 함께 자신도 집을 떠나겠다는 것이다.

이들은 로잘린드의 아버지가 있는 아든 숲으로 도망가기로 결심한다. 하지만 젊은 여성들이 숲으로 도피하는 것은 위험할 수도 있다. 황금을 노리는 도둑도 있지만 여성의 미모를 노리는 도둑도 있다. "너무 위험해. 미인은 황금보다 더 도둑들의 침을 흘리게 한단 말이야Beauty provoketh thieves sooner than gold."(1.3.106) 고민 끝에 안전을 위해 로잘린드가 남자로 변장한다. 허리춤에는 단검을 차고, 손에는 사냥용 창을 든다. "마음속엔 겁을 담고 있어도 겉모습은 늠름한 사나이로 보일 테니까. 세상의 많은 남자들도 실제로는 겁쟁이들이지만 겉으로는 용감한 척 허세를 부리는 거라고."(1.3.114-118) 변장을 하니 남들

눈에는 이들이 남매처럼 보인다.

이들은 이름도 바꾼다. 로잘린드는 제우스의 시동 가니메데Ganymede로, 실리아는 외톨이라는 의미의 엘리나Aliena로 바꾼다. 로잘린드는 이름을 뛰어난 미모로 제우스의 사랑을 받았던 가니메데로 정함으로써 공주로서의 정체성을 유지한다. 하지만 실리아는 얼굴에 흙을 바르고 남루한 복장을 함으로써 공주의 정체성을 포기한다. 이것은 작품 말미에서 로잘린드가 다시 공주로 복귀하는 것의 복선이 된다.

실리아는 보석과 돈도 챙긴다. 독립적으로 생존할 수 있는 대책을 준비하는 것이다. 그녀가 말한다. "우리는 추방당하는 것이 아니라 자유를 찾아 떠나는 거야Now go we in content / To liberty, and not to banishment."(1.3.133-134) 그렇다. 때로는 더 큰 자유를 위해서 스스로를 추방할 필요도 있다. 안락함을 포기하고 거친 들판으로 나가야 성장과 발전이 있는 법이다. 실리아는 공주로서의 안락한 궁궐을 버리고 스스로 도전하는 삶을 선택한다. 추방이 아니라 진정한 자유를 찾아 스스로 떠나는 것이다. 스스로 자신의 굴레를 벗어나는 일! 이것은 용기 있는 자만이 할 수 있다. 이렇게 이들은 아든 숲으로 간다.

씨름대회에서 찰스를 이긴 올란도가 집으로 돌아왔다. 하인 애덤은 친절하고 용감하고, 게다가 힘까지 센 올란도를 칭찬한다. 그러면서도 그를 책망한다. 그의 미덕이 오히려 화를 불러왔기 때문이다.

　도련님, 그것도 모르세요? 사람에 따라선 미덕이 도리어 원수가 된다는 거 말예요. 도련님의 경우가 그래요. 도련님의 미덕은 오히려 웃으며 뺨을 치는 신성한 배신자랍니다. 장점을 지닌 사람이 도리어 화를 당하는 세상이라고요.
　Know you not master, to some kind of men, / Their graces serve them but as enemies? / No more do yours. Your virtues, gentle master, / Are sanctified and holy traitors to you. / O what a world is this, when what is comely / Envenoms him that bears it! (2.3.10-15)

　장점과 미덕이 도리어 화를 초래하는 세상이라는 것이다. 올란도가 형 올리버에게 미움을 받는 이유도, 로잘린드가 프레드릭 공작에게 추방당하는 이유도 모두 그들의 미덕에 있다. 한마디로 시기와 질투 때문이다. 튀어나온 못이 망치를 맞는다고 한다. 우리가 사는 세상은 어떨까?
　애덤은 올란도에게 빨리 피하라고 귀띔해준다. 동생을 시기하는 올리버가 오늘 밤 그의 방에 불을 질러 죽이려 한다는 것이다. 올란도는 이제 도망갈 수밖에 없는 처지가 됐다. 하지만 그는 무일푼이라 도망갈 여비도 없다. 이때 애덤이 평생 모은 품삯 500크라운을 그에게 준다. 그러면서 자신이 끝까지 모시겠다고 말한다. 참으로 충직한 하인이다. 올란도와 애덤은 시기와 살인의 음모가 있는 집을 떠나 아든 숲으로 간다.

올란도가 집을 나오는 것은 변화와 성장의 시작을 의미한다. 둥지를 벗어나서 홀로 서는 과정이기 때문이다. 로잘린드와 실리아도 이미 그곳으로 향했다. 이들이 아든 숲에서 서로 만날 수 있을까?

완벽한 사람도 없고,
완벽한 세상도 없다

4

　로잘린드와 실리아, 올란도와 애덤은 폭력적인 집을 나와서 아든 숲으로 간다. 아든 숲the Forest of Arden은 어떤 곳일까. 그곳은 억압받는 사람들이 폭군의 폭력으로부터 도피하는 안식처다. 작품 속의 아든 숲이 실제로 어디인지는 명확하지 않다. 아테네 인근의 숲이라고 보는 학자도 있고, 셰익스피어 고향 인근의 숲이라고 주장하는 학자도 있다. 분명한 것은 아든Arden이 셰익스피어의 어머니 메리 아든Mary Arden의 성과 같다는 것이다. 그렇다면 아든 숲은 어머니의 가슴처럼 따뜻하고 안락한 공간, 즉 '어머니의 숲'이라고 볼 수 있다. 폭력으로 고통받는 사람들에게 평안을 주는 이상적인 공간이다.

　동생에게 왕위를 찬탈당한 시니어 공작도 아든 숲으로 도피해서 살고 있다. 이곳에서 그는 반역자 동생에 대한 원망과 분노를 표출하지 않는다. 빼앗긴 왕관에 대한 아쉬움도 없다. 오히려 아든 숲에서 사냥과 풍류를 즐기면서 유유자적하고 있다. 그는 숲속에서의 생활이 권력 암투가 난무하는 궁중 생활보다 더 낫다고 말한다. 물론 그럴 수 있다. 새소리, 물소리, 바람 소리 들리는 자연 속에서의 목가적인 삶이 도시의 치열한 삶보다 더 평화로우니까. 시니어 공작이 추종자들에게 이렇게 말한다.

여보게들 귀양살이가 어떤가? 이러한 생활도 익숙해지니 저 궁중 생활보다 낫지 않은가? 이 숲이 서로 험담만 일삼는 궁중보다 위태롭지도 않고, 계절의 변화를 직접 피부로 느낄 수 있으니 좋지 않은가 말이오. (…) 이렇게 속세에서 멀리 떨어져 산속에 살다 보니 나무들의 말을 듣고, 흘러가는 개울물을 책으로 삼고, 돌멩이에서도 신의 가르침을 듣지 않소? 그러니 나는 이 생활에서 벗어나고 싶지가 않구려.
And this our life, exempt from public haunt, / Finds tongues in trees, books in the running brooks, / Sermons in stones, and good in everything. (2.1.1-17)

아든 숲은 정치적 암투와 치열한 생존 경쟁이 난무하는 궁중과 다르다. 이곳에서의 삶은 나무에게서 설교를 듣고, 흘러가는 개울물을 책으로 삼고, 돌멩이에게서 신의 음성을 들을 정도로 평화롭다. 그야말로 사람들이 동경하는 아름답고 이상적인 곳이다.

하지만 낭만적인 아든 숲에도 삶의 고통과 역경은 있는 법이다. 아든 숲은 "엄동설한의 차가운 바람이 사납게 휘몰아쳐서 살을 저미는 듯하고, 온몸이 오그라들 정도로 추운"(2.1.6-8) 곳이다. 안락하고 풍요로운 궁궐과 달리 이곳에서는 한겨울 추위와 배고픔을 해결해야 한다. 숲속에서 그런 현실적인 문제를 해결하는 일은 쉽지 않다. 결국 세상에 완벽한 이상향은 없다. 일방적으로 좋기만 한 낙원은 현실에는 없는 유토피아Utopia다.

낭만적인 아든 숲에는 추위와 배고픔만 있는 것이 아니다. 그곳에는 냉혹한 삶의 역설과 부조리도 존재한다. 시니어 공작 일행은 자신들의 배고픔을 해결하기 위해서 죄 없는 사슴들을 사냥한다. 그것도 사슴들의 영토인 이 숲에서 말이다. 시니어 공작이 말한다. "자, 그럼 사슴 사냥이나 가볼까? 그런데 저 멍청한 사슴은 하필이면 제 영토에서 그 통통하게 살찐 엉덩이에 화살을 맞아야 하는구나. 참으로 애석한 일이다."(2.1.22-24) 사슴 입장에서 보면 억울한 일 아니겠는가. 그들이 볼 때 시니어 공작 일행은 자신들의 영토를 침범한 찬탈자이자 폭군이다.

그렇다면 이들이 왕국을 찬탈한 동생 프레드릭 공작과 다를 게 무엇이란 말인가?

시니어 공작의 일행들 중에는 이 같은 아이러니를 비판하는 "우울증에 걸린 제이퀴즈melancholy Jaques"(2.1.26)가 있다. 그는 사슴 사냥을 하는 시니어 공작이 공작을 추방한 동생보다 더 나쁘다고 꼬집는다. 제이퀴즈는 동료 귀족에게 이렇게 탄식한다.

사냥꾼의 화살을 맞은 수사슴이 다리를 절룩거리며 왔습니다. 얼마나 신음 소리를 내는지 사슴의 가죽이 찢어질 것만 같았습니다. 차마 눈뜨고 볼 수 없을 정도로 주먹만 한 눈물 방울을 주르륵 흘리면서 말이죠. 그 사슴이 세차게 흐르는 개울가에 서서 얼마나 많은 눈물을 흘려대는지 시냇물이 불어날 지경이었습니다. (2.1.34-43)

셰익스피어의 묘사가 매우 사실적이다. 마치 화살을 맞은 수사슴의 아픔이 우리 마음에도 전해지는 듯하다. 부질없이 개울물에 눈물을 보태는 사슴을 보면서 제이퀴즈가 또다시 탄식한다. "너도 세상의 속물들처럼 유산을 분배해주는구나. 지금도 넘쳐나는데 네 몫까지 얹어주다니."(2.1.47-48) 죽어가는 사슴이 개울가에서 눈물 흘리는 것이 개울물에 자신의 유산을 분배

해주는 것이라고 한다. 셰익스피어다운 멋진 표현이다.

이렇게 화살을 맞은 수사슴은 고통스럽게 죽어간다. 하지만 배부른 다른 사슴들은 이 불쌍한 사슴을 본척만척하면서 지나간다. 무정하기 짝이 없다. 이를 보고 제이퀴즈는 이렇게 말한다. "당연한 일이야. 불행해지면 친구도 멀어지는 법이지'Tis right, thus misery doth part / The flux of company.'"(2.1.51-52) 그렇다. 사슴이나 사람이나 마찬가지다. 사람도 잘나갈 땐 친구가 많지만 힘들고 어려울 땐 다 떠나고 없는 법이다. 제이퀴즈가 분노한다. "썩꺼져라, 살찌고 기름진 것들아! 세상인심이 그럴진대 너희라고 다르겠느냐. 저 불쌍한 것을 돌아볼 필요가 없겠지."(2.1.54-57) 그는 자신들이 "폭군보다 더한 자들이라서 연약한 사슴을 위협하고 죽이면서 그들의 보금자리를 침범했다"(2.2.60-63)라고 자책한다.

물론 우울한 제이퀴즈의 실없는 넋두리로 치부할 수도 있다. 하지만 그의 말을 곱씹어보면 그 속에 뼈가 있다. 인생에 대한 예리한 통찰이다. 폭군의 피해자인 시니어 공작은 아든 숲에서 자기 역시 사슴을 죽이는 폭군이 된다. 나는 피해자라고 말하지만 나 역시 가해자가 되기도 한다. 영역만 다를 뿐 찬탈자와 찬탈당한 자의 구분이 모호하다. 물론 시니어 공작도 생계를 위해서 어쩔 수 없이 사슴을 사냥한다. 그렇다 하더라도 사슴에게는 고통이고 아픔이다.

어쩌면 우리에게 아픔과 고통을 주는 사람들도 마찬가지일지 모른다. 내가 그렇듯이 그들도 어쩔 수 없이 나에게 고통을 줄 수도 있다. 그렇다면 지나치게 상대를 원망하고 증오할 필요는 없지 않겠는가. 제이퀴즈의 사슴 이야기는 상대방 입장에서 바라보기를 가르쳐준다. 결국 완벽한 사람도 없고, 완벽한 세상도 없다.

5

하인을 위해
음식을 구해 오는 주인

　로잘린드와 실리아, 그리고 그들과 함께 따라온 광대 터치스턴Touchstone이 아든 숲에 다다랐다. 이들은 모두 배가 고프고 지쳐 있다. 로잘린드는 너무 힘들어 울고 싶지만 남자로 변장했기에 여자 앞에서 울 수가 없다고 말한다. 이때 지나가던 목동 코린과 실비어스에게 허기를 해결하고 쉬어갈 집이 있는지 묻는다. 코린은 도와주곤 싶지만 가진 게 없다고 한다. 그러면서 자신의 주인이 목장을 팔려고 내놓았다는 사실을 전한다. 로잘린드와 실리아는 가져온 돈으로 목장을 사고 그곳에서 전원생활을 시작한다.

　젊은 목동 실비어스는 지금 사랑에 빠져 있다. 늙은 코린이 볼 때 그의 행동은 멍청하기 짝이 없다. 핀잔을 들은 실비어스가 항변한다. "저처럼 남이 듣기 싫어하든 말든 자나 깨나 애인을 자랑해본 적이 없다면 영감님은 사랑한 게 아니에요."(2.4.34-36) 실비어스 말이 맞다. 사랑에 빠진 사람을 이성적으로 판단하면 곤란하다. 원래 사랑은 이성적이지 않으니까. 남들이 볼 때 바보처럼 보인다면 그는 정말 사랑에 빠진 것이다.

광대 터치스턴도 자신이 했던 사랑의 바보짓을 말한다. "애인의 빨랫방망이에다 키스도 하고, 어떤 때는 그녀의 고운 손으로 짠 젖소 젖꼭지에도 키스를 했지요. 완두콩깍지를 그녀라고 가정한 뒤 콩알 두 개를 꺼냈다가 다시 집어넣으며 슬픈 목소리로 이렇게 말했죠. '나를 위해 이것을 몸에 지녀요'라고."(2.4.48-50) 남들이 보면 영락없는 바보짓이다. 실비어스와 터치스턴의 사랑 이야기가 로잘린드의 마음을 건드린다. 그녀도 지금 올란도를 사랑하고 있어서다. 그녀는 동병상련의 심정을 느낀다.

올란도와 애덤이 아든 숲에 다다랐다. 그들도 배가 많이 고프고 지쳐 있다. 늙은 애덤은 배가 고파 더 이상 못 가겠다며 쓰러진다. 그러자 올란도가 말한다. "나를 위해서라도 힘을 내요! 눈앞에 저승사자가 와 있더라도 물리쳐봐요. 내가 먹을 것을 가지고 금방 올 테니 제발 정신 차려요."(2.6.8-11) 그는 애덤을 편안한 곳에 뉘어준 후 음식을 구하러 간다. 하인이 음식을 구해서 주인에게 대접하는 것이 정상이지만 올란도는 반대로 한다. 주인이 지친 하인을 위해서 음식을 구하러 가는 것이다.

시니어 공작과 귀족들이 산적 같은 복장으로 아든 숲속에 등장한다. 그들은 수확한 열매와 사냥한 음식으로 식사하려고 모였다. 이들이 음식을 먹으려는 순간 칼을 뽑아 든 올란도가 나타난다. 그는 칼을 휘두르며 거칠게 먹을 것을 요구한다. "굶다 보니 예의범절이고 체면이고 가릴 처지가 아니오. 나도 도시에서 자랐기에 예절은 알고 있소. 하지만 지금 그 음식에 손을 대면 모두 죽여버리겠소."(2.7.95-100) 올란도가 강도로 돌변한 것이다. 그것도 고작 약간의 음식을 얻기 위해서 말이다. 그의 말대로 굶다 보니 체면이고 예절이고 다 소용없게 됐다.

올란도의 난폭한 행동에 시니어 공작은 점잖게 대응한다. 원하는 것이 무엇인지 묻고, 배가 고프면 와서 먹으라고 친절하게 말한다. 친절과 호의에 감동한 올란도가 무례한 행동을 사과한다. "그렇게 친절하게 말씀하시니 몸 둘 바를 모르겠습니다. 무례함을 용서해주십시오. 여기엔 모두 야만인들만 사는 줄 알고 거친 말과 난폭한 행동을 했습니다."(2.7.106-108) 상대의 거친 말과 난폭한 행동에 똑같이 대응하는 것이 능사는 아니다. 때로는 부드러운 호의와 친절이 상대를 굴복시키는 더 강력한 무기가 된다.

올란도가 칼을 집어넣으며 이렇게 말한다. "새끼 사슴처럼 제가 먹이를 구해 오기를 기다리는 노인이 있습니다. 그 노인은 오로지 나에 대한 충성심으로 무거운 다리를 끌고 여기까지 험난한 길을 왔습니다. 나이와 배고픔으로 허약해진 그 노인에게 먼저 먹이기 전에는 제가 먹을 수 없습니다."(2.7.128-133) 시니어 공작은 그자를 데려올 때까지 기다리겠다고 말한다. 올란도는 음식을 먹지 않고 애덤을 데리러 간다.

이 모습을 본 시니어 공작이 세상에는 자신들보다 더 어려운 사람들도 많다고 말한다. "보다시피 우리만 불행한 것은 아니요. 이 넓은 세상이란 무대에선 우리가 연기하는 장면보다 더 비참한 연극이 벌어지고 있소."(2.7.136-139) 그러자 제이퀴즈는 세상이라는 무대에서 벌어지는 인생연극의 7막을 설명한다. 그의 설명이 재밌다.

이 세상은 하나의 무대고 모든 인간은 제각각 맡은 역할을 위해 등장했다가 퇴장해버리는 배우에 지나지 않지요. 그리고 살아생전에 여러 가지 역할을 하는데 연령에 따라 7막으로 나눌 수 있습니다. 제1막에서는 아기 역을 맡아 유모 품에 안겨 울며 보채고 있죠. 제2막은 개구쟁이 아동기로 아침 햇살을 받으며 가방을 들고 달팽이처럼 마지못해 학교로 가죠. 제

3막에서는 사랑하는 연인들이 서로를 그리워하며, 강철도 녹이는 용광로처럼 한숨을 짓고, 애인을 향해 세레나데를 부르지요. 제4막은 군대 가는 시기로 이상한 표어나 명예욕에 불타올라 걸핏하면 눈에 핏발을 세우고, 대포 아가리 속으로라도 달려들려고 하죠. 제5막은 법관으로 뇌물을 받아먹어 뱃살이 두둑해지고, 눈초리는 날카롭고 현명한 격언과 진부한 말들을 능란하게 늘어놓으며 자신의 역할을 훌륭하게 해내죠. 제6막에는 수척한 늙은이가 나오는데 콧등에는 돋보기가 걸쳐 있고, 허리에는 돈주머니를 차고, 젊었을 때 해질세라 아껴둔 긴 양말은 정강이가 말라빠져 헐렁하고, 사내다웠던 굵은 목소리는 애들 목소리처럼 가늘게 변해 삑삑 소리를 내죠. 마지막으로 제7막은 파란만장한 인생살이를 끝맺는 장면으로 제2의 유년기랄까, 이도 다 빠지고 오로지 망각의 시간으로 눈은 침침하고, 입맛도 없고, 세상만사가 모두 허무할 뿐이죠. (2.7.139-166)

제이퀴즈가 요약하는 인생 7막, 맞지 않는가? 셰익스피어의 인생에 대한 통찰이 놀랍다. 독자 여러분은 지금 인생 몇 막에서 열연하고 계시는지.

올란도가 지친 애덤을 업고 등장한다. 시니어 공작 일행은 그를 환대하며 함께 음식을 먹는다. 충성스런 늙은 종 애덤에게 올란도는 인간적인 정으로 대한다. 시니어 공작은 올란도가 충신 로랜드 경의 아들임을 알고는 그를 더 환영한다. 그들은 음식을 먹은 후에 동굴에 가서 지나온 얘기를 나누기로 한다.

예수에게도
안티가 있었다

프레드릭 공작은 딸 실리아가 도망간 사실을 알게 된다. 로잘린드와 광대 터치스턴도 보이지 않는다. 하녀가 공주들이 평소 씨름대회에서 찰스를 이긴 젊은이를 매우 칭찬했다고 전한다. 화가 난 공작은 당장 올란도를 잡아 오라고 명령한다. 만일 그자가 없으면 그의 형 올리버라도 잡아 데려오라고 말한다.

올란도는 이미 형을 피해 아든 숲으로 도피했기 때문에 올리버가 대신 끌려왔다. 프레드릭 공작이 실리아가 사라진 것에 대해서 올리버를 심문한다. 올리버는 씨름대회 이후로 동생을 본 적이 없고, 동생을 사랑한 적도 없다고 말한다. 하지만 공작은 당장 동생을 1년 안에 잡아 오라고 명령한다. 그리고 그의 집과 토지를 몰수하고 추방시킨다. 올리버는 이제 자신이 살기 위해

좋으실 대로　147

서라도 동생 올란도를 반드시 잡아 와야 하는 처지가 됐다. 올리버가 동생을 찾아 나선다.

아든 숲에서 터치스턴은 로잘린드와 실리아를 도와서 목동생활을 하고 있다. 평생을 목동으로 살아온 코린이 그와 목동생활에 대해서 대화를 나눈다. 먼저 선배 목동 격인 코린이 터치스턴에게 숲속에서의 양치기 생활이 마음에 드느냐고 묻는다. 터치스턴은 목동 생활이 좋기도 하고 싫기도 하다면서 이렇게 말한다.

목동 생활 자체는 좋지만 별 볼 일 없는 생활인 것 같네요. 이런 생활은 한적해서 좋지만 너무 고독해서 별로예요. 전원생활이라는 점에서는 마음에 들지만 궁중 생활이 아니라서 지루하고, 검소해서 좋지만 풍족하지 못하니까 배가 고파 탈입니다. (3.2.13-21)

전원생활이 한적해서 좋지만 적적하고, 낭만적이지만 지루하다고 한다. 검소해서 좋지만 풍족하지 못해 먹을 게 별로 없다는 것이다. 세상에 완벽한 것은 없다. 어느 쪽이든 다 장점과 단점이 있다. 그 말은 이쪽이든 저쪽이든 어느 쪽을 선택해도 큰 문제가 없다는 말이다. 이것은 이 작품의 주제이기도 하다.

이것이든 저것이든, 내 뜻이든 당신 뜻이든 별 차이가 없다. 그러니 당신 '좋으실 대로' 해도 된다는 것이다.

터치스턴은 코린을 궁중에도 가본 적이 없는 시골 촌뜨기라고 놀린다. 그러니 궁중 예법을 모른다는 것이다. 하지만 코린은 "궁중의 예법은 시골에서는 꼴불견일 뿐이죠. 시골 풍속이 궁중에서 웃음거리가 되는 것처럼요"(3.2.44-46)라고 응수한다. 그의 말대로 궁중 사람들은 상대방 손에 입 맞추며 인사하지만 시골 목동들에게 그것은 불결한 행위일 수 있다. 하루 종일 양을 만지는데 양털에는 기름기가 많다. 게다가 양의 상처를 치료하다 보면 손에 타르 약이 묻을 때가 많다. 궁중 사람들 손에서는 향기가 날지 모르지만 목동 손에서는 불쾌한 냄새가 날 수도 있다. 이렇듯 모든 것은 상대적이고 상황에 따라 다를 수 있다. 이것을 무시하고 내 입장에서의 생각을 상대방에게도 무조건 요구하는 것은 짧은 생각이다. 나의 편견이고 아집에 불과할 수 있다.

이들의 대화를 더 읽어보자. 코린은 목동으로 살아온 자신의 삶에 자부심을 느낀다. "저는 평생 열심히 일하며 살아왔습니다. 단지 먹고살기 위해 일했죠. 하지만 누구의 미움도 사지 않았고, 남의 행복을 시샘하지도 않았습니다. 내 고통은 혼자 삼켰지만 남의 기쁨엔 함께 기뻐했죠. 내 유일한 자랑거리는 양이 풀을 뜯는 것과 새끼 양이 젖을 빠는 걸 지켜보는 일입니다."(3.2.71-75) 이 정도면 흠잡을 데 없이 착하고 성실하게 살아온 삶이다. 그는 목동이라는 자신의 직업에도 충실했다.

하지만 사람 마음이 다 같지는 않다. 내 생각과 달리 이상하게 생각하는 사람들이 항상 있다. 목동으로서 성실히 살아온 코린의 삶에 대해 터치스턴은 이렇게 말한다.

그것도 당신의 우직한 죄악이오. 암양과 숫양을 한데 몰아넣어 교미나 붙이면서 겨우 밥벌이를 하는 거 아닌가. 목에 방울 단 우두머리 양의 뚜쟁이 노릇이나 하고, 일년생 암양을 암컷에게 버림받은 늙은 수컷에게 속임수로 붙여주다니, 이래도 자네가 곤장감이 아닌가. 이래도 지옥에 떨어지지 않는다면 악마도 양치기만은 사양할걸세. (3.2.76-82)

아니 목동이 암양과 숫양을 교미 붙여 번식시키는 것은 당연한 일 아닌가? 하지만 터치스턴은 어린 암양과 늙은 수컷을 교미시키는 것이 속임수라고 탓한다. 그것은 곤장을 맞고 지옥에 떨어질 뚜쟁이 노릇이라고 말한다. 목동 입장에서는 당연한 일인데 터치스턴은 비난한다. 물론 희극적 익살이겠지만 말이다.

모든 사람이 나처럼 생각해주기를 바라면 내가 상처받기 쉽다. 사람 마음은 다 다르다. 심지어 가족처럼 아주 가까운 사람들도 그렇다. 그리고 언제나 삐딱하게 보는 안티는 존재한다. 그 선한 예수도 안티가 있지 않았던가. 이것을 인정해야 내 마음이 편하다. 그리고 자유롭다. 남들의 야박한 평가에 쉽게 휘둘리지 않을 수 있으니 말이다.

올란도는 로잘린드에 대한 연정을 시로 써서 아든 숲속 나뭇가지에 걸어둔다. 로잘린드가 그 종이쪽지를 읽으며 등장한다. "인도를 다 뒤져봐도 로잘린드같이 귀중한 보배는 없나니, 그녀의 미덕은 바람을 타고 온 세상에 떨치네. 오묘하게 그린 그림도 로잘린드에 비하면 추악할 뿐이다."(3.2.86-91) 전형적인 사랑의 시다.

실리아도 올란도가 쓴 다른 편지를 읽으면서 등장한다. "왜 이곳은 이토록 쓸쓸한 사막일까? 사람이 살지 않아서인가? 아니다. 나무마다 혀를 매달아 사랑의 말을 토해내도록 할까?"(3.2.122-125) 사랑은 사람을 외롭게도 한다. 사랑을 제대로 표현할 수 없을 때 오히려 우리는 더 외롭다. 지금 올란도의 마음이 그렇다.

셰익스피어가 대필해준 아이스크림처럼 달콤한 올란도의 연애편지를 읽어보자.

나는 예쁜 나뭇가지마다, 말끝마다 로잘린드의 이름을 쓰리라. 읽는 모든 사람에게 가르쳐주리라, 신께서 온갖 솜씨로 그녀를 만들었다고. 신이 자연에게 명령하여 헬레나의 마음이 아니라 그 예쁜 얼굴을, 클레오파트라의 위엄을, 아틀란타의 빠른 걸음을, 루클리스의 정숙함을 그녀에게 주었다. 로잘린드의 빼어난 얼굴과 눈동자, 심장은 신들의 정성으로 빚어졌다네. 이 모든 것이 신의 은총이니, 내 목숨이 살아 있는 한 그녀의 노예로 살리라.

But upon the fairest boughs, / Or at every sentence end, / Will I Rosalinda write, / Teaching all that read to know/ The quintessence of every sprite / Heaven would in little show. / Therefore Heaven Nature charg'd / That one body should be fill'd / With all graces wide-enlarg'd. / Nature presently distill'd / Helen's cheek, but not her heart, / Cleopatra's majesty, / Atalanta's better part, / Sad Lucretia's modesty. / Thus Rosalind of many parts /

By heavenly synod was devis'd / Of many faces, eyes, and hearts, / To have the touches dearest priz'd. / Heaven would that she these gifts should have, / And I to live and die her slave. (3.2.132-151)

올란도가 묘사하는 로잘린드는 그리스 신화에 나오는 판도라Pandora의 모습이다. '모든 선물을 받은 자' 판도라, 그녀는 신들로부터 여성의 모든 아름다움과 미덕을 선물로 받은 여인이다. 올란도는 로잘린드를 신화에 나오는 최고 여신급 여성들로 묘사하고 있다. 헬레나는 트로이 전쟁을 유발할 정도로 당대 최고의 미인 아니었던가. 신화에서 헬레나가 최고 미인이지만 사랑의 배신을 했기 때문에 마음은 빼고 얼굴만 주었다고 한다. 숲속에서 만날 수 없는 로잘린드이기에 신화 속 달리기를 잘하는 여인 아틀란타에 비유한다. 그리고 클레오파트라의 위엄과 루클리스의 정숙함을 지녔다고 묘사한다. 르네상스 시대에 사랑하는 여성에게 바치는 최고의 찬사다.

이 작품은 전형적인 셰익스피어의 낭만희극, 즉 로맨틱 코미디다. 코미디답게 인물들의 유쾌하고 재치 있는 대화가 자주 등장한다. 로잘린드와 실리아가 이 연애편지에 대해 얘기하는 장면도 재치로 넘쳐난다. 로잘린드는 시를 쓴 사람이 올란도임을 짐작하면서도 모른 척 시치미를 떼고 묻는다. 실리아는 능청스럽게 뜸을 들이며 말한다. "산과 산도 지진이 나면 서로 만나는데 친구와 친구가 만나는 건 왜 이리 어려울까?"(3.2.181-182) 조급해진 로잘린드가 실리아에게 말한다. "이렇게 남태평양을 항해하는 것처럼 날 지루하게 애태우지 말고 제발 속 시원히 말해봐. 네가 말더듬이였으면 좋겠어. 그러면 머뭇거리다가도 한순간에 왈칵 쏟아낼 것 아냐? 병에서 술이 쏟아져 나오듯이 말이야. 제발 네 입을 틀어막은 병마개를 빼다오. 시원한 소식을 마실 수 있게 말이야."(3.2.193-200) 사랑에 빠진 새침한 소녀의 모습이 상상이 된다.

실리아가 말한다. "언니 물음에 대답하려면 거인의 입을 빌려야겠어. 그렇지 않고서야 어떻게 요 조그만 입으로 한꺼번에 그걸 다 말해."(3.2.221-224) 올란도를 좋아하는 로잘린드는 그에 관해 질문도 많다. 그가 사냥꾼 복장을 하고 숲에 나타났다고 하니까 "어머나, 이젠 내 심장을 쏘려고 왔나 보구나"(3.2.242) 하면서 호들갑을 떤다. 위트 넘치는 두 소녀의 대화가 유쾌하고 발랄하다.

이때 올란도와 제이퀴즈가 등장해서 대화한다. 이들의 대화도 재치로 넘쳐난다.

제이퀴즈 제발 부탁이오. 앞으로는 나무껍질에 연서를 새겨
서 나무를 괴롭히지 마십시오.

올란도 나 역시 부탁하건대 제 시를 엉터리로 읽어 왜곡시키
지 말아주십시오.

제이퀴즈 로잘린드가 애인 이름이오?

올란도 예.

제이퀴즈 난 그 이름이 마음에 들지 않소.

올란도 당신 마음에 들자고 지은 이름이 아니오.

제이퀴즈 그 애인 되는 분 키는 얼마나 되오?

올란도 이 뜨거운 가슴에 와 닿을 정도요.

제이퀴즈 우리 여기 앉아서 세상 푸념이나 하는 게 어떻겠소?

올란도 신세타령이나 하고 싶지 않습니다. 그래봐야 내 자신
의 결점만 보이니까요.

제이퀴즈 실은 여기서 바보를 찾고 있었는데, 당신을 만난 거요.

올란도 바보가 개울물에 빠졌더군요. 들여다보면 보일 겁니다.

제이퀴즈 그럼 내 모습이 보이겠군요.

올란도 그게 바보가 아니라면 헛것이겠죠.

제이퀴즈 당신과 더 이상 할 얘기가 없소. 잘 가시오, 상사병
선생.

올란도 가신다니 반갑군요. 잘 가시오, 우울증 선생. (3.2.255-287)

참으로 재치 만점의 대화다. 특히 신세타령이나 하면 내 결점만 보인다는 말도 공감이 간다. 그렇다. 세상 푸념이나 해봐야 별로 좋을 게 없다. 본인은 물론이고 듣는 사람에게도 부정적인 기운만 전할 뿐이다. 나쁜 일은 과거로 보내버리고 좋은 것을 말하는 게 현명하다. 그것이 나쁜 일의 악순환을 끊고 선순환으로 바꾸는 방법이다.

나무 뒤에서 대화를 엿듣고 있던 로잘린드와 실리아가 올란도 앞에 나타난다. 올란도는 남장을 한 로잘린드를 알아보지 못하고 남자로 착각한다. 로잘린드는 그의 상사병을 치료해주겠다고 제안한다. 그가 동의하자 자신을 애인으로 가정하고 날마다 자신의 집에 찾아오라고 말한다. 자신을 로잘린드라고 부르면서 말이다. 올란도는 이것에도 동의한다. 그래서 올란도는 상사병을 치료받으러 매일 로잘린드의 집에 찾아온다. 치료법은 그를 로잘린드라고 가정하고 그에게 사랑 고백을 연습하는 것이다. 물론 올란도는 상대 남자가 자신이 사랑하는 로잘린드인 줄은 전혀 모른다. 이 연습을 통해서 로잘린드는 그를 자신이 원하는 남자로 교육시킨다. 로잘린드는 참 똑똑하고 재치 있는 여성이다.

사랑의 맹세는 술집 웨이터의 틀린 계산서처럼 엉터리다

아든 숲에서는 여러 커플의 남녀가 사랑의 꽃을 활짝 피운다. 광대 터치스턴은 순박한 양치기 소녀 오드리에게 구애한다. 너무 순진한 시골 처녀라서 유혹하는 그의 말을 잘 알아듣지도 못한다. 답답한 그가 말한다. "자기 시를 남들이 이해하지 못하거나 자신의 재치가 받아들여지지 않으면 싸구려 여인숙에서 비싼 호텔 방값을 지불하는 것 이상으로 심한 상처를 입는 법이지."(3.3.9-12) 오드리는 시인이 뭔지도 모른다. 그녀가 시가 정직한 거냐고 묻자 터치스턴은 이렇게 답한다.

가장 진실한 시란 가장 허황된 거짓말이야. 하지만 연인들은 그러한 시에 취하고 맹세를 하지. 다 허황된 것인데 말이야.

for the truest poetry is the most feigning, and lovers are

given to poetry; and what they swear in poetry may be said

as lovers they do feign. (3.3.16-18)

바보광대지만 여자를 유혹하는 말솜씨가 제법이다. 그리고
사랑을 보는 통찰력도 있다.

터치스턴은 세상에는 "뿔 달린 괴물horn-beasts"(3.2.44)이 많다
고 말한다. "뿔 달린 괴물"은 셰익스피어 당시 성적으로 부정한
아내를 둔 남편을 의미했다. 부정한 배우자를 둔 사람은 이마에
뿔이·난다는 속설 때문이다. 하지만 그는 부정한 아내라도 없는
것보다는 있는 게 낫다며 올리버 마텍스트 신부에게 결혼식을
부탁한다. 하지만 그는 신부를 넘겨줄 부친이 없으면 결혼이 성
립될 수 없다며 거절한다. 제이퀴즈가 부친 역을 맡겠다고 나선
다. 아든 숲에서 광대 터치스턴은 이렇게 사랑을 얻는다.

양치기 목동 실비어스도 소녀 목동 피비를 사랑한다. 그가
피비에게 무릎 꿇고 구애하지만 그녀는 냉담하다. 이 모습을 지
켜본 로잘린드가 피비를 꾸짖는다. "너는 왜 저 남자를 멸시하
냐? 네 얼굴도 그렇게 아름답지는 않아. 솔직히 어두운 침실이
아니라면 네 침대에 갈 마음이 전혀 생기지도 않는데 왜 이리
거만하게 구는 거냐?"(3.5.37-40) 로잘린드는 실비어스에게도

말한다. "자넨 왜 저런 여자 꽁무니를 따라다니는가. 탄식과 눈물을 뿌릴 정도로 예쁜 여자도 아닌데 말이야. 저 여자의 콧대를 세워준 건 거울이 아니라 당신이오. 거울을 보면 금방 알 수 있는 미모도 당신 같은 사람 때문에 착각하는 거요."(3.5.49-54) 그러자 이번에는 피비가 로잘린드에게 무릎을 꿇는다. 소녀 피비가 남장을 한 소녀 로잘린드에게 반한 것이다. 피비가 로잘린드에게 구애한다. "제발 1년 내내 꾸중을 해도 좋으니 내 곁에만 있어주세요. 이 남자의 사랑보다 당신의 꾸지람이 더 좋답니다."(3.5.64-65) 코미디 같은 상황이다. 당연히 로잘린드는 사랑할 수 없다고 거절한다.

로잘린드가 오늘은 우울하다. 올란도가 약속을 어기고 집에 오지 않아서다. 그녀는 올란도의 머리칼이 붉은 "배반자의 색깔dissembling colour"(3.4.6)이라고 말한다. 이 말에 실리아는 한술 더 뜬다. "유다의 머리칼보다 더 붉을 거야. 그의 키스는 유다의 키스처럼 배반의 키스였을 거고."(3.4.7-8) 이건 위로인가? 염장 지르기인가? 중세 서양에서 배신자 유다의 머리칼은 붉게 그려졌다. 그리고 '유다의 키스'는 보통 배신을 상징한다.

사랑에 대한 실리아의 표현들이 재밌다. 유쾌하면서도 그 속에 통찰력이 빛난다. 그녀는 올란도의 사랑이 "빈 술잔이나 벌레가 갉아먹은 호두처럼 속이 텅 빈 것"(3.4.23)일 수 있다고 말한다. 로잘린드가 순진하게 사랑의 맹세를 믿으려 하자 이렇게 반박한다.

> (사랑의 맹세를) 과거에 했다고 해서 현재도 하는 것은 아냐. 게다가 사랑의 맹세는 늘 술집 웨이터의 말처럼 엉터리라고. 틀린 계산서를 가지고 억지를 쓰는 거야.
>
> 'Was' is not 'is'; the oath of a lover is no stronger than the word of a tapster. They are both the confirmer of false reckonings. (3.4.27-29)

맞는 말 아닌가? 과거에 맹세했다고 지금도 똑같다는 법은 없다. 그리고 사랑의 맹세는 술집 웨이터의 틀린 계산서와도 같다. 내가 마신 술값과 청구받은 술값이 다른 것처럼 내가 상대에게 준 사랑과 받는 사랑이 다를 수 있다. 내가 사랑한 만큼 상대는 나를 사랑해주지 않을 수도 있다. 그래서 연인들은 종종 서로 틀린 사랑의 계산서를 갖고 다툰다.

드디어 올란도가 나타났다. 약속 시간보다 한 시간 늦었다. 그가 한 시간 정도는 대수롭지 않다는 듯 말하자 로잘린드는 "사랑의 약속을 한 시간이나 어기다뇨! 사랑의 1분을 천분의 일로 나누어 그 한 토막이라도 어기는 남자라면 큐피드의 화살이

심장에서 벗어난 사람일 거예요"(4.1.42-46)라면서 화를 낸다. 올란도는 사과한다.

이어서 로잘린드와 올란도의 사랑 문답이 시작된다. 이것은 로잘린드가 미래의 남편에게 하는 교육이자 경고라고 할 수 있다. 로잘린드는 허황된 환상이 아닌 현실적인 사랑의 모습을 교육시킨다. 그녀는 사랑에 대한 주체적인 생각을 거침없이 말한다. 남자가 시간을 어긴다면 차라리 뿔 달린 달팽이를 애인으로 삼겠다고 말한다. 그리고 달팽이의 뿔은 당신같이 시간 약속을 어기는 남자로 인해 생겼다는 것이다. 그러니까 결국 아내의 부정은 귀가 시간을 지키지 않는 불성실한 남편 때문이라는 것이다.

로잘린드가 "나는 당신의 아내가 될 수 없다"(4.1.87)라고 말하자 올란도는 "그럼 나는 죽을 것이다"(4.1.88)라고 답한다. 그러자 로잘린드는 사랑 때문에 죽은 남자는 없다고 잘라 말한다. 모두 거짓말이라는 것이다. 올란도가 말한다. "나는 그녀가 인상을 찌푸리기만 해도 죽을 거요."(4.1.105) 하지만 로잘린드는 "이 손에 걸고 맹세하지만 그녀가 찌푸린다 해도 파리 한 마리 죽지 않을 거예요"(4.1.106)라고 대답한다. 너무나 직설적인 '팩트 폭력'인가? 그녀는 허황된 사랑보다는 현실적이지만 진실한 사랑을 원한다.

로잘린드가 묻는다. "로잘린드와 결혼한 후 얼마나 사시겠어요?"(4.1.135) 그가 "언제까지나 영원히요"(4.1.137)라고 대답한다. 그러자 로잘린드가 말한다. "영원히라는 말 대신에 하루만이라고 말하세요. 남자란 사랑을 속삭일 때는 꽃피는 춘삼월이다가도 결혼하는 순간부터 엄동설한이 됩니다. 여자 역시 처녀일 땐 오월이지만 결혼하고 나면 변덕스런 날씨가 되죠."(4.1.138-141) 올란도가 "과연 나의 사랑스런 로잘린드도 그럴까? 그녀는 총명한 여자인데"(4.1.149-150) 하면서 믿지 못한다. 하지만 로잘린드는 이렇게 말한다.

여자는 총명할수록 통제할 수가 없어요. 여자의 총명함을 가볍게 보지 마세요. 여자의 총명함을 문으로 막으면 창문으로 달아나고, 창문을 닫으면 열쇠구멍으로 달아나고, 열쇠구멍을 막으면 굴뚝으로 연기와 함께 달아난답니다.
Or else she could not have the wit to do this. The wiser; the waywarder. Make the doors upon a woman's wit, and it will out at the casement; shut that, and 'twill out at the keyhole; stop that, 'twill fly with the smoke out at the chimney. (4.1.152-156)

아내의 외도를 막기 어렵다는 말이다. 여기서 "총명wit"은 셰익스피어 당시 말 그대로 재치나 총명함을 의미하는 동시에 여성의 생식기관을 의미하기도 했다. 따라서 다분히 성적인 암시가 들어 있는 셈이다. 로잘린드는 이 대목에서 당신의 아내가 심지어 이웃집 남자의 침대로 갈 수도 있음을 경고한다. 이것은 불편한 얘기지만 올란도에게는 현실적인 예방주사다. 그러니까 아내를 더 많이 사랑하고 아내에게 잘하라는 경고도 된다. 그녀는 『한여름 밤의 꿈』의 헬레나와는 다르게 능동적인 여성이다. 자신이 주체적으로 사랑을 정의하고 자신이 원하는 사랑으로 유도한다. 그런 의미에서 그녀는 현대적인 여성이다.

올란도가 두 시간 동안만 그녀를 떠나 있겠다고 말한다. 시니어 공작의 식사에 초대받았기 때문이다. 로잘린드는 단 1분이라도 늦으면 안 된다고 경고한다. 올란도는 반드시 약속을 지키겠다고 다짐하고 떠난다. 그가 떠난 후 실리아는 언니를 비난한다. 언니가 너무 직설적인 말로 여자들을 모독했다는 것이다. 하지만 로잘린드는 올란도를 그만큼 사랑한다면서 그가 돌아오기를 기다린다.

9

복수심을 이긴
올란도의 형제애

올란도가 또다시 약속을 어겼다. 돌아오기로 한 약속 시간이 지났는데도 나타나지 않는 것이다. 이때 한 남자가 로잘린드 앞에 나타난다. 바로 올란도의 큰형 올리버다. 그가 올란도의 안부와 함께 그의 피 묻은 손수건을 전한다. 올리버는 동생이 숲속에서 자신을 구해준 사연을 이렇게 전한다.

도토리나무 아래에 누더기 차림의 털북숭이 남자가 누워 잠을 자고 있었습니다. 그 사람 목에는 번들번들한 시퍼런 구렁이가 감겨 있었고요. 그 징그러운 구렁이 대가리가 자는 사람의 입을 향해 다가서고 있었죠. 그 순간 올란도가 나타나자 구렁이는 칭칭 감은 몸을 풀고 덤불 속으로 사라졌습니다. 그런데 숲속에는 굶주린 암사자가 머리를 땅바닥에 붙이고 살쾡이처럼 눈을 번쩍이며 그 남자를 노려보고 있었어요. 이것을 본 올란도가 그 남자에게 접근했습니다. 가보니 자기 큰형이었어요. (…) 두 번이나 등을 돌려 그냥 갈까 했으나 복수심보다 더 강한 핏줄은 형에게 복수할 수 있는 기회를 빼앗아 갔습니다. 올란도는 사자에게 뛰어들어 단번에 쓰러뜨렸지요. 이 소동 때문에 나는 불행한 잠에서 깨어났고요. (4.3.102-132)

올란도는 구렁이와 사자 때문에 위험에 처한 형 올리버를 구해줬다. 그는 두 번이나 그냥 못 본 체하고 돌아설까 망설였다. 하지만 그는 자신을 죽이려고 찾아온 형에게 복수가 아닌 형제애를 보여주었다. 여기서 구렁이와 사자는 올란도의 내면에 있는 강한 복수심을 상징한다. 동물적이고 강력한 본능이자 폭력적인 욕망이다. 하지만 그는 이것을 극복했다. 아든 숲에서 형제간의 복수 욕망이 용서와 사랑으로 바뀐 것이다.

실리아가 묻는다. "그분을 여러 차례 죽이려 했던 사람이 당신이잖아요?"(4.3.134) 그러자 올리버가 대답한다. "그랬습니다만 지금은 아니오. 과거의 내가 어떤 인간이었는지 아무리 질타한다 해도 나는 할 말이 없소. 하지만 지금 나는 새로 태어났소."(4.3.135-137) 동생의 용서로 인해 포악했던 형도 새로운 인간으로 변모했다. "불행한 잠에서 깨어났고요from miserable slumber I awak'd"(4.3.132)라는 올리버의 말은 그가 유산에 대한 탐욕과 동생에 대한 시기와 증오에서 벗어났음을 의미한다. 두 형제는 얼싸안고 눈물을 흘렸다고 한다. 서로 화해한 것이다. 악행을 꼭 악행으로 갚아야만 하는 것은 아니다. 때론 용서가 폭력의 악순환을 끊고 더 좋은 결과를 가져오기도 한다.

올리버는 동생이 자신을 시니어 공작에게 안내했다고 말한다. 시니어 공작은 새 옷과 음식을 주면서 서로 우애 있게 지내라고 당부했다. 올란도는 사자에게 팔을 물려 피가 흐르는 중에도 로잘린드를 불렀다고 전한다. 로잘린드에 대한 그의 사랑이 얼마나 큰지를 보여주는 대목이다. 그는 올란도가 약속을 어긴 이유를 전하고 용서를 빌기 위해서 왔다고 말한다. 로잘린드는 올란도의 피 묻은 손수건을 보고 기절한다.

사자에게 물렸던 올란도의 상처는 회복되었다. 올리버는 실리아와 결혼하겠다고 말한다. 두 사람이 금세 사랑에 빠진 것이다. 그러면서 아버지의 유산을 모두 동생에게 양도하고 자신은 아든 숲에서 양치기로 살겠다고 말한다. 올란도는 이에 동의하고, 올리버는 내일 결혼식을 올리기로 한다.

올란도가 형의 결혼식을 부러워하자 로잘린드가 말한다. "나를 믿어주세요. 나는 세 살 때부터 마술사의 지도를 받아 신통력이 있답니다. 그분의 술법은 심원한 것이지 절대로 악마의 마법이 아니랍니다. 당신이 여태껏 표현한 것처럼 진실로 로잘린드를 사랑한다면 당신 형님이 실리아와 결혼식을 올릴 때 당신도 로잘린드와 결혼할 수 있게 해드리죠. 당신이 진정으로 원한다면 당신 눈앞에 그녀를 데려다줄 수 있어요. 헛것이 아니라 진짜 로잘린드 말예요."(5.2.59-63) 그가 정말로 로잘린드를 사랑한다면 내일 그녀를 데려다줄 수 있다는 것이다.

정말 가능할까? 만약 그렇게만 된다면 로잘린드와 실리아, 그리고 올란도와 올리버, 이들은 서로가 원하는 상대와 행복한 결혼식을 올리게 된다. 약간 의심도 들지만 올란도는 로잘린드를 믿고 결혼식을 준비한다.

당신이 행복하면
나도 행복하다

 올리버와 실리아의 결혼식 날이 밝았다. 정말 로잘린드의 말대로 된다면 올란도의 결혼식 날이기도 하다. 올란도는 시니어 공작과 숲속 사람들을 결혼식에 초대했다. 결혼식에 앞서 로잘린드가 시니어 공작에게 먼저 확인한다. "한 가지 확실하게 해 둘 게 있습니다. 공작님께서는 만일 제가 로잘린드를 데려오면 올란도에게 즉시 주겠다고 하셨죠?"(5.4.5-7) 그리고 올란도에게 묻는다. "당신도 내가 그녀를 데려오면 아내로 맞는다고 하셨죠?"(5.4.9) 또 피비에게도 묻는다. "피비, 나와 결혼할 생각이 없어지면 충실한 양치기와 결혼한다고 했지?"(5.4.13-14) 모두들 그렇다고 대답한다. 시니어 공작은 로잘린드가 자신의 딸과 꼭 닮았다고 말하지만 변장한 딸을 알아보진 못한다. 로잘린드는 퇴장해서 남자의 복장을 벗고 여자 옷으로 갈아입는다. 다시 원래의 로잘린드 공주로 돌아온 것이다.

결혼식에 참석한 제이퀴즈가 말한다. "틀림없이 노아의 대홍수가 다시 올 모양이오. 저렇게 동물들이 쌍쌍으로 오고 있으니 말이오."(5.4.35-36) 오늘 이 자리는 여러 커플들의 합동결혼식이기 때문이다. 터치스턴이 신부 오드리를 보면서 이렇게 말한다. "얼굴은 못생겼지만 그래도 제 것입니다. 진주가 더러운 조개껍질 속에 있는 것처럼 정숙이라는 보물은 구두쇠처럼 못생긴 여자한테 있는 법이죠Rich honesty dwells like a miser sir, in a poor house, as your pearl in your foul oyster."(5.4.57-61) 즐겁고 유쾌한 결혼식 분위기가 연출된다.

음악이 연주되고 결혼의 신 하이멘Hymen과 함께 아름다운 공주 로잘린드와 실리아가 등장한다. 하이멘이 선포한다.

땅 위의 것들이 화합하면 기쁨은 하늘에 닿으리. 공작이여, 따님을 맞으라. 결혼의 신 하이멘이 하늘에서 공주를 데려왔으니 공주의 손을 젊은이의 손에 얹게 하라. 이미 서로의 마음은 하나가 되었도다.

Then is there mirth in heaven, / When earthly things made even / Atone together. / Good Duke receive thy daughter,

/ Hymen from heaven brought her, / Yea brought her hither, / That thou mightst join her hand with his / Whose heart within his bosom is. (5.4.107-114)

로잘린드는 자신이 시니어 공작의 딸이고 올란도의 신부라고 밝힌다. 그리고 피비에게는 "그대가 여자인 이상 나는 그대와 결혼할 수 없소"(5.4.123)라고 말한다. 시니어 공작은 꿈만 같은 현실에 행복해한다. 이렇게 네 쌍의 커플은 하이멘의 축복 속에서 결혼식을 올린다.

이때 죽은 로랜드 경의 차남 제이크스 드 보이스Jaques de Boys가 등장한다. 그는 올란도의 둘째 형이다. 그가 반가운 소식을 전한다.

프레드릭 공작은 이 숲에 유력한 인사들이 모인다는 소식을 듣고 강력한 군사를 이끌고 진격 중이었습니다. 그 목적이 형님을 사로잡아 처형하자는 것이었지요. 그런데 이곳에 막 들어섰을 무렵 한 수도자를 만났는데, 그 자리에서 마음을 바꾸어 속세를 버리고자 하셨답니다. 따라서 공작의 지위를 추방된 형님께 반환하고, 또한 다른 유배된 자들의 영토도 모두 반환한다는 전갈입니다. (5.4.153-163)

결혼식에 좋은 선물이 아닐 수 없다. 형의 왕위를 찬탈했던 프레드릭 공작이 형을 죽이러 아든 숲에 왔다가 개심을 했다는 것이다. 올리버가 동생을 죽이러 왔다가 동생과 화해했던 것처럼 프레드릭 공작도 형과 화해한다.

그렇다면 그의 마음을 바꾸도록 만든 수도자는 누구일까? 다양한 해석이 가능하지만 아든 숲이 주는 강력한 치유의 힘일 수도 있다. 아든 숲은 성서의 에덴동산처럼 아름답고 순수한 공간이다. 권력과 물질에 대한 탐욕을 양보로, 살인과 복수의 폭력을 용서로 변화시키는 치유의 공간이다. 도시의 탐욕스런 자본주의와 달리 인간적인 농경 사회의 모습을 보여준다. 이곳은 친구와 적, 찬탈자와 추방된 자의 경계가 사라지는 공간이다. 비평가 노스롭 프라이는 타락한 인간의 마음을 치유하고 교정해주는 이 숲을 '녹색의 세계'라고 부른다. 프레드릭 공작은 이 숲에서 새로운 자아를 발견하고 포악한 마음을 바꾼 것이다.

『좋으실 대로』라는 작품 제목을 다시 생각해보자. '좋으실 대로'는 내 뜻이 아니라 당신 좋으실 대로 하라는 것이다. 시니어 공작은 동생에게 왕국을 빼앗기고 추방됐지만 다시 뺏으려 하지 않았다. 오히려 동생에게 양보하고 아든 숲속에서 살았다. 동생이 '좋을 대로' 하라는 것이다. 하지만 결과적으로 그는 왕국을 돌려받았다. 물론 코미디 개그에서나 있을 법한 일이라고 할 수도 있다. 하지만 셰익스피어는 말한다. 내 뜻과 당신 뜻의 구분이 사라질 때 갈등은 사라진다고. 아내가 행복하면 남편도 행복하다. 고객이 행복하면 기업도 행복하다. 나의 욕망과 아집을 버리고 상대의 뜻에 동의해주는 것이 마음 비우기다. 이것은 나의 행복을 축소하기보다는 오히려 넓혀준다. 나는 어떤 상황에서도 행복할 수 있기 때문이다. 삶의 역설이다.

좋은 선물을 받은 시니어 공작은 축제를 벌인다. 그동안 추방 생활을 함께했던 귀족들에게 응분의 보상을 하겠다고 말한다. 올란도는 남성 신데렐라 같은 인물이다. 아버지의 유산을 물려받은 것은 물론 왕국의 사위도 되었기 때문이다. 이렇게 모든 것이 행복한 결말로 끝난다.

그런데 옥에도 티는 있게 마련이다. 즐거운 축제 분위기에서 뻐딱한 남자 제이퀴즈가 신혼부부들에게 한마디 한다. "사랑의 항해는 두 달 치 식량이 전부라는 것 잊지들 마쇼thy loving voyage is but for two months victuall'd."(5.4.190-191) 달콤한 사랑의 유효 기간이 두 달밖에 안 된다는 것이다. 행복한 결혼식 분위기에는 어울리지 않는 말이다. 동시에 묘한 여운이 남는 말이다. 시니어 공작이 만류하지만 제이퀴즈는 무리를 떠나 혼자 동굴로 들어간다. 그래도 행복한 결혼식 축제는 계속된다.

4장

말괄량이 길들이기

The Taming of the Shrew

William Shakespeare

극중극이 본극보다
더 긴 연극

'배보다 배꼽이 더 크다'는 말이 있다. 셰익스피어 희극『말괄량이 길들이기』가 바로 그렇다. 본극에 삽입되는 극중극이 훨씬 더 길다. 우리가 알고 있는『말괄량이 길들이기』는 본극에서 주정뱅이 슬라이Sly를 착각시키기 위해 공연하는 극중극이다. 본극은 2장으로 매우 짧기 때문에 서극Induction이라고도 부른다. 이후 이 책에서는 편의상 본극이지만 서극으로 칭한다. 이 서극은 짧지만 이어지는 극중극의 해석에 중요한 암시를 준다.

1592년경 초연된『말괄량이 길들이기』는 현대 독자들에게는 다소 불편하게 느껴질 수도 있다. 너무 가부장적이고 반여성적이기 때문이다. 주인공 남성 페트루치오Petruchio는 굶기기, 잠 안 재우기, 창피 주기, 생떼 부리기 등의 방법으로 여성을 길들인다. 타인을 길들인다는 말 자체가 반인권적이라 거부감을 줄 수 있다. 요즘 관점으로 보면 명백한 가정 폭력이다. 그래서 영국작가 조지 버나드 쇼는 이 극이 점잖은 남성이라면 여성과 함께 끝까지 관람할 수 없는 역겨운 극이라고 비난하기도 했다. 게다가 이 극에서 결혼은 남성들 간의 물질적 거래 수단으로 전락된다. 남성들의 속물적인 물질주의가 민낯을 드러낸다. 그래서 이 극은 결혼을 다루는 희극이지만 별로 낭만적이거나 축제적이지도 않다.

이 작품도 셰익스피어 희극, 즉 셰익스피어 코미디다. 기본적으로 웃음을 유발한다. 하지만 그 속에 뼈가 있다. 셰익스피어 시대의 가부장주의 문화에 대한 통렬한 풍자와 비판이 들어 있다. 그래서 이 극의 해석은 그리 단순하지 않다. 정말 제목 그대로 주인공 여성이 길들여졌는가? 언어는 과연 진실을 표현하는가? 누가 길들여지는가? 이러한 몇 가지 중요한 질문이 생길 수 있다. 이제 이탈리아 패듀어Padua에서 벌어지는『말괄량이 길들이기』의 웃기는 코미디 세계로 들어가보자.

막이 오르면 주정뱅이 슬라이가 술집 여주인에게 쫓겨나고 있다. 밀린 술값에다가 깨뜨린 술잔 값도 변상할 능력이 없기 때문이다. 술집 여주인이 "악당 같은 놈rogue"(Induction.1.2)*이라고 욕하자 자신의 가문은 그렇지 않다고 대든다. 술값도 못 내는 주제에 자존심은 있다. 그는 자기 집안이 리차드 왕과 함께 영국으로 건너온 명문가라고 우긴다. 술에 취한 건지 무식한 건지 모르지만 영국으로 건너온 정복왕은 리차드가 아니라 윌리엄이다. 술 취한 그는 이내 길바닥에 쓰려져 잠이 든다.

때마침 사냥에서 돌아오던 영주 일행이 길에 쓰려져 잠든 슬라이를 발견한다. 영주는 그를 보고 짓궂은 장난기가 발동한다. 그를 자신의 집으로 데려가 화려하게 옷을 입혀서 자기를 영주로 착각하게 만들겠다는 것이다.

> 아이고, 이놈 자는 꼴을 보니 흉측한 괴물 같구나. 쿨쿨 자는 모습이 마치 돼지 같아. (…) 자는 얼굴이 아주 징그럽게 보이는데 이 주정뱅이에게 장난 좀 치자. 이 녀석을 내 침실로 옮긴 뒤 좋은 옷으로 갈아입히고, 반지도 끼워주고, 머리맡에는 성찬도 차려주고, 멋지게 차려입은 시종들도 대기시켜 놓는 거야. 그러면 아마 이놈은 자기를 영주라고 착각하지 않을까?
> (Induction.1.33-40)

---

* 윌리엄 셰익스피어, 『셰익스피어 5대 희극』, 셰익스피어연구회 옮김, 서울: 아름다운날, 2020. 우리말 번역은 주로 이 책을 참고하여 인용했으며 필요한 부분은 필자가 수정하여 번역했음.

옆에 있던 사냥꾼이 말한다. "잠을 깨면 자신이 딴 세상에 온 줄 알 겁니다."(Induction.1.42) 영주는 이 주정뱅이를 골려줄 방법을 계속 생각해낸다. 그를 화려한 방으로 옮긴 뒤 방에 온통 야한 그림들을 걸어놓으라고 한다. 그리고 주정뱅이의 더러운 머리에 향수를 뿌리라면서 이같이 지시한다.

그가 깨어나면 음악을 연주하고, 무슨 말이라도 하면 공손하게 "예, 분부만 내리십시오"라고 말해라. 꽃잎이 뜬 장미수가 담긴 은쟁반과 물병을 들고 "영주님, 손을 씻으시지요"라고 말해라. 호사스런 옷들을 들고 서서 어떤 옷을 입으시겠는지 물어보라. 다른 사람은 사냥개와 말 이야기를 해주고, 또 마님께서 영주님의 병환이 깊어 슬퍼하고 계신다고 말해라. 이렇게 해서 이놈을 실성한 사람으로 믿게 만드는 거다. 그런 다음 이놈이 '내 머리가 돈 것 같다'고 말하면 "아니옵니다. 영주님은 분명히 영주님이시옵니다. 지금 꿈을 꾸고 계신 것입니다"라고 대답해라. (Induction.1.49-64)

사냥꾼은 최선을 다해서 그가 영주로 착각하도록 만들겠다고 대답한다. 주정뱅이 크리스토퍼 슬라이Christopher Sly, 그는 막노동꾼 땜장이다. 지금 술값도 못 내서 술집 여주인에게 욕을 먹고 쫓겨난 신세다. 그런데 그가 잠에서 깨어나면 각본에 의해 호사스런 영주 대접을 받을 것이다. 그가 얼마나 황당할까? 어쩌면 자기가 딴 세상에 온 것으로 착각할지도 모른다. 참으로 기발한 생각이다. 재밌기도 하지만 슬라이 입장에서는 가혹한 장난이기도 하다.

영주의 짓궂은 장난은 여기서 그치지 않는다. 슬라이에게 가짜 부인도 만들어준다. 영주가 명령한다.

시동 바돌로뮤Bartholomew에게 가서 귀부인 옷차림을 한 뒤 그 주정뱅이가 자고 있는 방으로 가게 하라. 그리고 귀부인이 남편에게 하는 것처럼 주정뱅이한테 나긋나긋하게 말하라고 일러라. "무엇이든 명령하세요. 소첩은 비록 부족하지만 당신의 아내로서 정성과 사랑을 다 보여드리겠습니다"라고 말하게 하라. 이런 말을 하면서 애정 어린 키스도 하고, 가슴에 얼굴을 파묻고 눈물을 철철 흘리게 해라. 그리고 그것은 환희의 눈물이라고 해라. *15년* 동안이나 의식이 없던 남편이 회복되어서 정말 기쁘다고 하면서 말이다. 소낙비 오듯 눈물을 쏟는 것은 여자의 재주가 아니더냐. 만일 눈물이 안 나오면 양파를 헝겊에 싸서 눈에 비비라고 해라. (Induction.1.104-127)

영주는 슬라이가 잠에서 깬 뒤 부인과 함께 감상할 연극도 준비한다. 배우들에게 특별 공연을 준비시킨다. 이 정도면 영주의 장난이 굉장히 치밀하다. 슬라이가 착각할 만하지 않은가. 그의 반응이 궁금하다.

슬라이의 환상

2

"내가 정말 영주란 말인가?"

영주처럼 잠옷을 입은 슬라이가 호화로운 침실에서 잠이 깬다. 주위에는 화려한 세숫대야와 물병을 든 시종들이 대기하고 있다. 멋진 의복을 들고 있는 하인도 있다. 주정뱅이 슬라이는 여기가 술집이라고 착각했는지 맥주 한잔 더 달라고 소리친다. 하지만 하인 한 명이 "영주님, 백포도주를 드릴까요? 설탕 과일조림을 드릴까요?"(Induction.2.2) 하고 정중하게 묻는다. 또 다른 하인은 "영주님, 오늘은 어떤 옷을 입으시겠습니까?"(Induction.2.3) 하고 묻는다. 어리둥절한 슬라이가 자신은 영주가 아니라고 말한다.

난 크리스토퍼 슬라이라는 사람이오. 그러니 내 앞에서 영주님이니 나리니 그딴 소리 하지 마쇼. 내 생전에 백포도주 따 윈 마셔본 적도 없소. 설탕 과일조림을 주려거든 차라리 쇠고 기조림을 주쇼. 어떤 옷을 입겠냐고? 내 등이 웃옷이요, 내 다 리가 양말이고, 내 발이 구두요. 보슈, 이렇게 발가락이 구두 밖으로 빠져나온 걸 말이요. (Induction.2.5-11)

그래도 하인들은 슬라이가 영주님이라고 말한다. 오히려 신 에게 영주님의 병을 고쳐달라고 호들갑을 떤다. 그에게 흉악한 악령이 씌워졌다는 것이다. 슬라이가 자신은 버튼 히드에 사는 땜장이 슬라이라고 거듭 말하지만 하인들은 듣지 않는다. 고귀 한 혈통과 많은 영토를 가진 영주님이 몹쓸 병에 걸려 허황된 망상을 하고 있다고 계속 우긴다.

음악을 들으라면서 아름다운 음악도 연주해준다. 사랑의 여 신 아프로디테가 미소년 아도니스를 숲속에서 훔쳐보는 로맨 틱한 그림도 보여준다. 그리고 제우스가 이오와 사랑하는 생생 하고 관능적인 그림도 보여준다. 슬라이의 사랑에 대한 욕망을 일깨우는 것이다. 이제 그들은 슬라이가 천하일색의 부인도 있 다고 말한다. 영주님의 병 때문에 눈물로 세월을 보내고 있다고 한다. 결국 슬라이는 자신이 정말 영주인지 의심하기 시작한다.

내가 정말 영주란 말인가? 정말 부인도 있고? 내가 꿈을 꾸는
게 아닐까? 그렇다면 여태까지가 꿈이었단 말인가? 분명 내
가 지금 잠을 자고 있는 건 아닌데. 난 보고 듣고 말하고 있지
않나? 이 향긋한 냄새와 부드러운 침대, 정말 내가 땜장이 크
리스토퍼가 아니라 영주란 말인가? 그래, 그럼 마님을 모셔
오너라. 맥주도 더 가져오고.

Am I a lord, and have I such a lady? / Or do I dream? Or
have I dreamed till now? / I do not sleep. I see, I hear,
I speak, / I smell sweet savours and I feel soft things. /
Upon my life, I am a lord indeed, / And not a tinker, nor
Christopher Sly. / Well, bring our lady hither to our sight, /
And once again a pot o'th' smallest ale.*(Induction.2.66-73)

왜 안 그러겠는가. 슬라이가 착각할 법도 하다. 하인이 대야
를 내밀자 그가 대얏물에 손을 씻는다. 하인은 영주님이 15년
간 꿈속을 헤매다 이제야 제정신이 드셔서 너무 기쁘다고 호들
갑을 떤다. 지난날의 모든 것들은 흉측한 병 때문에 생긴 꿈이

---

* Shakespeare, William. *The Taming of the Shrew*, The Arden Shakespeare.
Ed. Barbara Hodgdon, London: Bloomsbury Publishing Plc, 2019. 이후 원문
인용은 이 책을 참고 바람.

라는 것이다.

드디어 부인이 왔다. 시동 바돌로뮤가 여자로 변장한 것이다. 슬라이가 자신이 정말 15년 동안 꿈을 꾸고 있었는지 묻는다. 부인은 그의 가슴에 얼굴을 파묻고 울먹이며 간드러지게 말한다. "그렇사옵니다. 저에게는 그 세월이 30년처럼 길게 느껴졌지요. 그동안 저는 계속 독수공방했답니다Ay, and the time seems thirty unto me, / Being all this time abandoned from your bed."(Induction.2.111-112) 부인은 남편이 병들었던 긴 세월 동안 너무 외로웠다며 아양을 부린다. 그러잖아도 에로틱한 그림에 의해서 욕정이 자극받은 터였기에 슬라이는 "그렇다면 부인, 자 옷을 벗고 얼른 잠자리에 듭시다"(Induction.2.114)라고 재촉한다. 주위의 하인들도 모두 물러가라고 말한다.

하지만 부인은 하루 이틀만이라도 참고 동침을 잠시 미루자고 능청을 떤다. 의사가 동침하면 병이 도질 수 있다고 경고했다는 것이다. 슬라이는 피가 끓어오르고 살이 달아오르지만 참을 수밖에 없다. 다시 병에 걸리면 큰일이지 않겠는가.

이때 하인이 등장해서 영주님의 쾌유를 축하하는 유쾌한 희극 한 편이 공연된다는 소식을 전한다. 오랫동안 병과 우울증에 시달렸으니 연극을 보면서 기분 전환을 하라는 것이다. 건강과 장수에 도움이 된다며 권하자 슬라이가 응한다. 희극이 춤인지,

묘기인지도 모르는 무식한 슬라이가 얼떨결에 희극을 보게 된다. 그것도 자기 부인을 옆에 앉히고서 말이다. 이렇게 해서 시작되는 연극이 바로 극중극『말괄량이 길들이기』다. 우리가 알고 있는 그 연극이다.

영주의 명령을 받은 사람들의 연기는 완벽했다. 처음에는 꿈인지 현실인지 의심하던 슬라이가 완벽하게 바뀐 환경 속에서 자신의 정체성을 혼동한다. 자기가 진짜 영주라고 착각하는 것이다. 그렇다면 진짜 나는 누구일까? 내가 생각하는 내가 나인가, 아니면 사람들이 말하는 내가 나인가. 나의 정체성은 누가 정하는 것인지 혼란스럽다.

또 한 가지 중요한 질문이 있다. 슬라이가 등장하는 서극과 페트루치오가 등장하는 본극은 어떤 관계일까? 왜 셰익스피어는『말괄량이 길들이기』를 시작하기에 앞서 슬라이의 서극을 먼저 보여주는 것일까? 이 질문에 대한 대답은 다양할 수 있다. 하지만 필자의 견해는 이렇다. 결론부터 말하자면 서극의 슬라이는 본극의 페트루치오와 닮은 꼴이다. 슬라이가 자신이 영주라는 환상, 즉 가짜 현실에 빠져 있듯이 본극의 페트루치오 역시 자신만의 환상, 즉 가짜 현실에 빠져 있는 인물이다. 그렇다면 주인공 남성 페트루치오는 과연 어떤 환상에 빠져 있을까?

카타리나는 왜
말괄량이가 되었을까?

3

막이 오르자 이탈리아 피사Pisa 출신의 청년 루센쇼Lucentio가 문화와 대학의 도시 패듀어에 도착한다. 그는 피사의 상인 빈센쇼Vincentio의 아들이다. 부자 아버지 덕에 이곳에 하인들까지 데리고 유학을 온 것이다. 셰익스피어 당시 영국의 젊은이들은 이탈리아에서 유학하는 것이 유행이었다고 한다. 루센쇼 역시 이곳에서 철학을 공부하겠다고 포부를 밝힌다.

나는 교양 있는 시민들로 이름난 피사에서 태어났고 플로렌스에서 교육받았다. 내 아버지는 세계를 주름잡는 거상 벤티볼리오 가문의 빈센쇼가 아니냐. 그 아들인 나도 사람들의 기대를 저버리지 않고 덕행을 쌓아 이 행운을 헛되이 하지 말아야겠다. 그러니 트래니오, 나는 여기서 미덕으로 행복에 이르는 철학을 공부할 작정이다. 내가 이곳에 온 것은 우물 안 개구리 같은 삶에서 벗어나 깊은 물에서 마음껏 공부하기 위해서다. (1.1.10-20)

예나 지금이나 유학은 젊은이가 더 넓은 세계를 경험하고 견문을 넓히는 좋은 기회다. 다만 비싼 비용이 문제인데 부자 아버지 덕택에 하인까지 데리고 와서 호화롭게 유학할 수 있다니 그는 정말 행운아다. 하인 트래니오Tranio는 너무 딱딱한 공부만 하지 말고 부드러운 시와 음악도 즐기라고 권한다. "하기 싫은 걸 하면 소득도 없지요. 한마디로 말해 도련님이 하고 싶은 공부를 하세요No profit grows where is no pleasure ta'en: / In brief, sir, study what you most affect."(1.1.39-40) 맞는 말이다. 싫은 걸 억지로 하면 별 성과도 없다. 즐기면서 하는 사람을 이길 순 없다. 루센쇼는 이곳에서 정말 철학 공부를 잘할 수 있을까. 하지만 패듀어에 도착한 그의 눈에 처음 들어오는 것은 아름다운 여성 비앙카Bianca다. 과연 계획대로 공부가 될지 두고 볼 일이다.

패듀어의 거부 뱁티스타Baptista에게는 아름다운 두 딸이 있다. 그런데 큰딸 카타리나Katherina와 작은딸 비앙카는 성격이 매우 다르다. 작은딸 비앙카는 상냥하고 얌전하여 구혼자들이 많지만 큰딸 카타리나는 말괄량이 기질이라서 구혼자가 없다. 구혼자는커녕 오히려 패듀어에서 미친 여자 또는 마녀로 통한다. 아버지 입장에서는 큰 걱정거리가 아닐 수 없다. 뱁티스타가 작은딸 비앙카의 구혼자들에게 이렇게 말한다.

여보시오, 이제 그만들 조르시오. 두 분께선 이미 내 결심을 잘 알고 있잖소. 글쎄, 큰딸을 시집보내기 전에는 작은딸을 절대로 줄 수 없소. 만일 두 분 중에 카타리나를 좋아하는 분이 있다면 직접 그 애와 담판을 지으시구려.
Gentlemen, importune me no farther, / For how I firmly am resolved you know: / That is, not to bestow my youngest daughter / Before I have a husband for the elder. / If either of you both love Katherina, / Because I know you well and love you well, / Leave shall you have to court her at your pleasure. (1.1.48-54)

작은딸 비앙카의 구혼자 그레미오Gremio와 호텐쇼Hortensio는 뱁티스타의 제안을 단번에 사양한다. 그레미오는 이렇게 말한다. "담판이 아니라 오히려 재판을 해야겠죠To cart her, rather."(1.1.55) 여기서 '재판하다cart'라는 말은 셰익스피어 당시 잔소리가 심한 여성을 수레에 태워 마을을 돌며 공개적으로 망신을 주던 형벌을 의미한다. 이 단어는 '구애하다'를 의미하는 'court'와 비슷한 발음이다. 따라서 이 말은 셰익스피어 특유의 언어유희 즉 말장난pun에 해당한다.

자존심이 상한 큰딸 카타리나가 아버지에게 화를 낸다. "아버지, 제발 그만두세요. 더 이상 이런 작자들 앞에서 저를 웃음거리로 만들지 마세요."(1.1.57-58) 그녀가 자신을 모욕하는 남자들에게 화가 난 것이다. 하지만 호텐쇼는 더 상냥하게 굴지 않으면 평생 시집갈 수 없을 것이라고 충고한다. 이 말에 카타리나가 거칠게 대꾸한다.

누가 댁더러 그런 걱정해달래요? 난 결혼할 생각 털끝만큼도 없거든요. 그래도 만일 결혼을 한다면 당신 같은 남자를 확실히 손봐줄 거예요. 세 발 달린 의자로 당신의 머리털을 빗겨주고, 당신의 얼굴은 생채기를 내서 피로 화장시켜 줄 겁니다. (1.1.61-65)

한마디로 의자로 남편 머리통을 때리고, 얼굴을 할퀴어서 얼굴에 피 칠을 해주겠다는 것이다. 양갓집 처녀가 할 말은 아니다. 남자들이 그녀를 "악마devil"(1.1.66)로 부르거나 "미쳤다

mad"(1.1.69)라고 말하는 것도 이해가 간다. 이렇게 독설을 퍼붓는 그녀는 패듀어에서 '말괄량이shrew'로 불린다.

여성답지 못한 카타리나의 거침없는 독설은 둘째 딸 비앙카의 여성스러운 "말 없음silence"(1.1.70)과 대조된다. 아버지가 집에 들어가 있으라고 하자 비앙카는 다소곳하게 대답한다. "아버님 분부대로 따르겠습니다. 저는 홀로 책과 악기를 벗 삼아 지내겠어요."(1.1.81-82) 반면에 큰딸 카타리나는 아버지에게 대든다. "왜요? 내가 들으면 안 되나요? 내가 왜 일일이 정해진 대로 따라야 하나요? 내가 앞뒤 분간도 못하는 어린애도 아닌데요."(1.1.102-104) 중세 가부장문화에서 순종은 여성의 미덕이었다. 그런데 카타리나는 아버지의 말에도 순종하지 않는다.

그렇다면 카타리나는 정말로 말괄량이인가? 말괄량이란 일반적으로 말과 행동이 거칠고 여자답지 않은 여자를 의미한다. 하지만 셰익스피어 당시 영국에서는 남편에게 순종하지 않고 잔소리가 심한 아내를 가리키는 말로 주로 사용되었다. 그래서 '말괄량이shrew'라는 단어는 '꾸짖다scold'와 동의어로 인식되었다. 한마디로 여성의 언어(잔소리)는 통제되고 교정되어야 할 죄악으로 여겨졌던 것이다. 여성은 남성의 말에 복종하고 잠잠하라는 의미다. 여성의 말 없는 조용함이 미덕으로 간주된 것도 그 이유다. 하지만 카타리나는 잠잠하지 않고 남성들에게 대꾸

하며 대든다. 부당함에 문제를 제기하는 것이지만 이것은 당시 사회적 규범에 위배된다. 반면에 동생 비앙카는 침묵한다. 루센쇼는 이렇게 조용한 여성 비앙카를 "미네르바Minerva"(1.1.84) 여신으로 칭한다. 결국 두 자매는 마녀와 여신으로 대비되어 평가된다.

카타리나같이 가부장적인 사회 규범에서 어긋나는 여성들은 '말괄량이'로 낙인찍혔다. 이들은 징벌의자cucking stool에 묶여 수레에 태워졌고 온 마을을 돌면서 공개적인 수치를 당하기도 했다. 심하면 고의로 강물에 빠뜨렸다가 꺼내기도 했고, 입에 재갈을 물린 채로 동네를 돌기도 했다. 요즘 관점에서 보면 여성 차별이고 폭력이다.

그러면 카타리나는 왜 말괄량이가 되었을까? 그녀는 어쩌면 환경의 피해자, 즉 만들어진 말괄량이일 수 있다. 그녀가 심리적 학대를 받아왔기 때문이다. 아버지를 비롯해서 주변 남성들이 노골적으로 동생을 편애하고 그녀를 비난한다. 끊임없이 동생과 비교하면서 자신을 마녀 취급한다. 급기야 아버지는 자신을 동생 결혼에 걸림돌로 취급한다. 이런 상황에서 왜 반감이 생기지 않겠는가. 카타리나의 구겨진 자존심과 분노가 그녀를 더욱더 지배문화에 저항적으로 만들었을 것이다. 카타리나는 이유 있는 말괄량이다.

비인기 상품
카타리나 끼워팔기?

비앙카의 구혼자들인 그레미오와 호텐쇼가 곤란한 처지에 놓였다. 비앙카와 결혼하기 위해서는 언니 카타리나의 신랑감을 먼저 구해야 되기 때문이다. 그런데 그녀가 워낙 말괄량이라서 신랑감을 구하기가 쉽지 않다. 아무리 부잣집 딸이라지만 "지옥으로 장가들려는 멍청한 바보a fool to be married to hell"(1.1.122-123)는 없을 테니까 말이다. 하지만 호텐쇼가 이렇게 말한다. "당신이나 나는 그 말괄량이 성깔을 감당할 수 없어서 그렇지, 세상에는 그걸 능가하는 건달들도 있어요. 아무리 결점이 많아도 지참금만 많으면 장가들려는 남자가 있을 거요."(1.1.125-128) 여자가 아무리 드세도 그걸 능가하는 남자라면 얼마나 무지막지한 남자일까. 거의 깡패 수준의 폭력적인 건

달이 아닐까. 게다가 신부의 지참금만 많다면 여자답지 못해도 결혼하려는 남자라면 다분히 속물적인 남자다. 그레미오와 호텐쇼가 어쩔 수 없이 카타리나의 신랑감을 찾아 나선다.

사실 카타리나의 신랑감을 찾는 일은 아버지 뱁티스타가 할 일이다. 영리한 그가 자신의 골칫거리를 둘째 딸의 구혼자들에게 떠넘긴 꼴이다. 뱁티스타는 결혼시장에서 상품성이 떨어지는 큰딸을 꼼수를 써서 처분하려 한다. 큰딸이 먼저 결혼해야 인기 있는 둘째 딸을 결혼시키겠다는 것이다. 이것은 비유적으로 마치 인기 있는 상품을 이용해서 인기 없는 상품을 처분하려는 끼워팔기 상술과 다름없다.

둘째 딸의 구혼자 그레미오가 말한다. "누구든지 그 말괄량이한테 구애해서 침실로 데리고 가고, 그 집에서 그녀를 없애만 준다면 난 그에게 패듀어에서 제일 좋은 준마 한 마리를 선물할 것이오."(1.1.141-144) 신부 아버지 못지않게 큰딸 신랑감 찾기에 적극적으로 나서는 모양새다. 경품을 걸어서라도 신랑감을 구하려는 것이다. 뱁티스타의 전략이 잘 먹혀들고 있다. 사랑과 결혼 문제에 얄팍한 상술 전략을 구사하고 있는 것이다.

둘째 딸 비앙카의 구혼자가 한 사람 더 생겼다. 공부하러 유학 온 루센쇼가 그녀와 사랑에 빠진 것이다. 그는 비앙카에게 첫눈에 반했지만 만날 방법이 없다. 때마침 비앙카의 아버지는 딸을 교육시킬 가정교사를 수소문한다. 루센쇼는 그녀를 만나기 위해 가정교사가 되기로 한다. 이를 위해 하인 트래니오와 옷을 바꿔 입는다. 루센쇼는 가정교사로 변장하고, 하인 트래니오는 주인 루센쇼로 변장한 것이다. 다른 하인 비온델로Biondello에게도 상황을 설명하고 신분이 들통나지 않도록 주의시킨다. 아이러니하게도 미덕과 철학을 공부하러 왔다던 루센쇼가 오자마자 사랑에 빠져 사기 행각을 벌인다.

베로나Verona에서 온 한 남자가 패듀어에 도착한다. 그의 이름은 페트루치오, 호텐쇼의 친구다. 평범해 보이지 않는 인물이다. 하인에게 하는 언행도 매우 거칠다. 신사라고는 하지만 거의 깡패 같은 인물이다. 그가 친구 호텐쇼의 집에 찾아온다. 호텐쇼가 어쩐 일이냐고 묻자 이렇게 대답한다. "그야 젊은이들을 세계로 흩어지게 하는 바람을 타고 왔지. 좁은 고향보다 넓은 세상에서 행운을 잡고 싶어 왔네. 실은 아버지 안토니오께서 돌아가셨거든. 그래서 정처 없는 여행길에 뛰어들었는데 아내를 얻고 돈도 번다면 더 좋을 게 없겠지. 지갑에는 돈이, 고향에는 유산이 있고 말이야. 그래서 세상 구경하러 나온 거라네."(1.2.49-57)

아내도 얻고 돈도 벌고 싶다는 그의 말에 호텐쇼가 반긴다. 잘됐다 싶어 호텐쇼는 조심스럽게 카타리나 얘기를 꺼낸다. 젊고, 미인이고, 교육도 받았고, 돈도 많다고 말한다. 다만 한 가지 단점은 엄청난 말괄량이고 심술궂고 사악한 독설을 하는 여성이라고 말해준다. 하지만 뜻밖에도 페트루치오는 돈만 많다면 그 어떤 단점을 가진 여자라도 상관없다고 말한다.

호텐쇼, 우리 사이에 빈말은 그만두세. 산더미 같은 재산이 있다면 됐네. 난 돈이면 되거든. 그녀가 저 플로렌티어스의 애인처럼 못생겼건, 마녀 시빌 같은 노파건, 아니 소크라테스의 악처 크산티페를 뺨칠 정도로 고약한 여자라도 난 전혀 상관없네. 찬밥 더운밥 가리지 않네. 내 애정은 변함없을 거야. 저 아드리아 해의 성난 파도처럼 성격이 사나워도 말일세. 내가 이곳 패듀어에 온 건 바로 부자 마누라를 얻기 위해 온 게 아닌가. 돈만 생긴다면 누구든지 환영한다네.

Signor Hortensio, 'twixt such friends as we / Few words suffice; And therefore, if thou know / One rich enough to be Petruccio's wife – / As wealth is burden of my wooing dance – / Be she as foul as was Florentius' love, / As old as Sibyl, and as curst and shrewd / As Socrates' Xanthippe or a worse, / She moves me not – or not removes at least / Affection's edge in me – were she as rough / As are the swelling Adriatic seas. / I come to wive it wealthily in Padua; / If wealthily, then happily in Padua. (1.2.65-75)

페트루치오의 말이 참 재밌다. 아무리 돈이 좋다고는 하지만 이건 너무하지 않은가. 결혼할 아내가 돈만 많다면 늙고 추한 노파라도 상관없다는 것이다. 마녀 시빌은 아폴론의 저주를 받아 모래알만큼의 세월 동안 죽지도 않고 늙어만 가는 노파다. 그리고 최악의 악처로 소문난 크산티페 같은 여자도 괜찮다고 한다. 페트루치오는 돈만 벌 수 있다면 이빨 몽땅 빠진 노파라도 상관없이 결혼하겠다는 남자다.

호텐쇼가 다시 한 번 심술궂은 말괄량이라고 경고하지만 페트루치오는 당장 그녀에게 안내해달라고 요구한다. 페트루치오의 하인 그루미오Grumio가 말한다. "악당이니 뭐니 욕설을 퍼부어댄다 해도 우리 주인님 고함 소리 한번이면 쏙 들어갈 겁니다. 말대꾸가 다 뭡니까? 온갖 잡소리 상소리를 퍼부어대면 그 아가씨는 아마 놀라서 고양이 눈처럼 눈이 튀어나올걸요. 우리 주인님 성격을 모르시나 보군요."(1.2.108-114) 그는 정말 대단한 남자다.

그레미오 역시 페트루치오를 반갑게 환영한다. 그가 정말로 카타리나와 결혼해준다면 큰 골칫거리를 해결해주는 셈이니까 말이다. 그레미오가 카타리나의 독설을 거듭 경고하자 페트루치오는 이렇게 말한다.

> 그녀가 아무리 큰소리를 친다 해도 나한테는 소귀에 경 읽기요. 난 왕년에 사자의 포효 소리뿐만 아니라 광풍에 성난 파도가 멧돼지처럼 울부짖는 소리와 대지를 뒤흔드는 천둥소리를 들은 사람이오. 난장판에선 요란한 북소리, 전쟁터에선 병사들의 아우성이며, 군마의 울부짖는 소리, 우렁찬 나팔 소리도 들었소. 그러니 여편네의 혓바닥쯤은 화로에서 군밤 껍질 터지는 소리 정도라고 할 수 있죠. (1.2.199-208)

카타리나가 제대로 된 맞수를 만났다. 페트루치오 역시 보통 남자가 아니다. 그레미오는 그를 헤라클레스라고 추켜세우지만 나쁘게 말하면 무지막지한 건달이다. 최고의 말괄량이와 최고의 건달, 과연 이들의 맞대결은 어떻게 될까? 호텐쇼와 그레미오는 페트루치오가 고맙다. 그래서 만약 결혼이 성사되면 페트루치오의 청혼 비용을 자신들이 부담하겠다고 약속한다.

호텐쇼는 비앙카를 만나기 위해 꼼수를 부린다. 페트루치오에게 자신을 비앙카의 음악 가정교사로 추천해달라고 부탁한다. 가정교사로 변장해서 그녀에게 접근하기 위해서다. 이때 루센쇼로 변장한 트래니오도 등장해서 비앙카의 구혼자 대열에 합류한다. 이들은 나중에는 사랑의 경쟁자로서 당당하게 싸우겠지만 지금은 친구로서 함께 먹고 마시기로 한다.

사랑과 결혼을 위해 남자들이 온갖 편법과 속임수를 다 동원한다. 거기에는 사랑을 가장해서 돈을 추구하는 물질주의도 엿보인다. 결혼이 사랑인지 금전적 사업인지 헷갈린다. 사랑과 결혼 이면에 이런 속물적인 물질주의도 있다. 물론 400년 전 셰익스피어 코미디 속 세상이다. 그렇다면 우리가 사는 오늘날은 다를까?

어깃장으로
'한술 더 뜨기' 전략

회초리를 든 카타리나가 동생 비앙카의 두 손을 묶고 괴롭힌다. 비앙카는 언니에게 뭐든지 할 테니 묶인 손을 풀어달라고 사정한다. 카타리나는 청혼한 남자들 중에서 누구를 가장 좋아하는지, 호텐쇼를 좋아하는지 묻는다. 비앙카는 언니가 그를 원한다면 양보할 수도 있다고 말한다. 하지만 카타리나는 동생을 풀어주지 않고 오히려 더 때린다. 소문대로 카타리나는 엄청난 말괄량이다.

이때 아버지 뱁티스타가 등장해서 카타리나를 나무라고 비앙카를 풀어준다. 아버지는 비앙카에게 못된 언니를 상대하지 말고 들어가서 바느질이나 하라고 말한다. 아버지가 일방적으로 동생 편을 들자 카타리나가 울분을 터뜨린다.

아버진 왜 늘 저 애 편만 들죠? 그래요, 저 앤 아버지의 보배
니까요. 그러니 어서 좋은 신랑을 얻어주시지요. 저 애 결혼
식 날 저는 노처녀답게 맨발로 춤을 출 테니까요. 그리고 처
녀귀신이 되어 지옥으로 갈게요. 그러니 저한텐 어떤 말씀도
하지 마세요. 저는 그저 혼자 앉아 외롭게 울 테니까요. 누군
가에게 분풀이할 수 있을 때까지는요.

What, will you not suffer me? Nay, now I see / She is your
treasure, she must have a husband, / I must dance barefoot
on her wedding day / And, for your love to her, lead apes
in hell. / Talk not to me. I will go sit and weep / Till I can
find occasion of revenge. (2.1.31-36)

셰익스피어 당시에는 노처녀가 죽으면 원숭이들이 그녀를
지옥으로 인도한다고 믿었다. 노처녀는 천국으로 인도해줄 자
식이 없기 때문이다. 그리고 미혼의 노처녀는 동생 결혼식에서
액운을 피하고 남편을 얻기 위해서 노란색 스타킹을 신고 춤을
춰야 한다는 속설이 있었다. 카타리나의 이 말은 노처녀에 대한
당시의 악의적인 사회적 편견을 잘 반영한다.

분노한 카타리나가 방을 뛰쳐나간다. 동생에게 부모님의 사
랑과 관심을 빼앗긴 아이처럼 소외감과 반항심이 진하게 배어

난다. 여동생 비앙카의 "침묵silence"(2.1.29), 즉 그녀의 순응과 얌전함이 카타리나를 더 분통 터지게 만든다. 패듀어 사회의 반여성적이고 가부장적인 문화에 대해서 아무 저항이나 불평 없이 조용히 순응하는 동생이 얄밉다는 것이다. 비앙카의 순응과 침묵이 대조적으로 카타리나를 더 말괄량이로 보이게 만드는 것도 분명하다. 지금 카타리나에게 필요한 것은 차가운 비난과 질시가 아니라 따뜻한 이해와 포용이다.

이때 가정교사로 변장한 루센쇼와 호텐쇼, 루센쇼로 변장한 트래니오, 그리고 그레미오와 페트루치오 일행이 등장한다. 페트루치오는 "미인에다 상냥하고 행동거지가 조신한 딸fair and virtuous"(2.1.43) 카타리나에게 청혼하기 위해서 왔다고 자신을 소개한다. 트래니오 역시 피사의 명문가 빈센쇼의 아들인데 비앙카에게 청혼하기 위해 왔다고 자신을 소개한다. 그리고 루센쇼와 호텐쇼를 딸들을 가르칠 훌륭한 가정교사로 추천한다. 뱁티스타는 이들 모두를 환영하고 두 가정교사를 딸들에게 들여보낸다.

페트루치오는 단도직입적으로 뱁티스타와 결혼 지참금 액수를 흥정한다. 그가 "만일 내가 따님의 사랑을 얻게 된다면 지참금을 얼마나 주시겠습니까?"(2.1.118-119)라고 묻자, 뱁티스타는 "내가 죽으면 절반의 땅과 2만 크라운을 주겠소"(2.1.120-

121)라고 대답한다. 페트루치오는 "그럼 저는 따님이 과부가 될 경우엔 토지며 임대권을 전부 다 따님에게 양도하겠습니다. 자 그럼 세부 항목을 결정하여 계약서를 작성해 서로 교환하시지요"(2.1.122-126)라고 말한다. 이들은 마치 물건을 사고 팔듯이 속전속결로 결혼을 상업적으로 거래한다.

패듀어의 가부장적인 사회에서 결혼은 돈으로 환산된다. 진정한 사랑보다는 금전적 이해관계로써 딸과 아내를 거래하는 것이다. 심하게 표현하면 이들에게 사랑은 돈으로 표현되고 증명되어야 한다. 패듀어 사회의 물질주의적 가치관을 엿볼 수 있는 대목이다. 여기에 결혼 당사자인 여성의 의사는 사실상 고려되지 않는다.

뱁티스타가 그래도 내 딸의 사랑을 얻는 것이 우선이라고 말하자 페트루치오는 자신 있게 말한다.

그것은 찐 호박에 이빨 자국 내는 겁니다. 장인어른, 따님이 아무리 고집이 세다 하더라도 나를 당해낼 수는 없을 겁니다. 맞불 작전을 펴면 됩니다. 작은 불꽃은 미풍으로 잘 타오르지만 강풍에는 곧 꺼지고 말지요. 제가 강풍이라는 말씀입니다. 따님은 저한테 무릎을 꿇을 것입니다. (2.1.131-136)

카타리나가 작은 불꽃이라면 자신은 그 불꽃을 꺼버리는 강풍이라는 것이다. 카타리나보다 더 강력한 말괄량이 기질, 즉 더 지독한 어깃장과 '한술 더 뜨기' 심술로 그녀를 굴복시키겠다는 것이다. 여성을 남성의 거친 우격다짐으로 꺾어버리겠다는 것과 마찬가지다. 이것은 사실상 폭력이다. 따뜻한 이해와 사랑이 필요한데 반대로 더 강한 힘으로 밀어붙이겠다는 것이다. 듣기 민망하고 우려스럽다.

음악교사로 변장한 호텐쇼가 머리에 상처를 입은 채로 나타난다. 카타리나에게 류트 악기를 가르치다가 악기로 머리통을 얻어맞았다는 것이다. 온갖 욕을 하며 난폭하다고 비난하는 호텐쇼의 말에 페트루치오는 "이거 대단한 아가씨로군. 들은 것보다 열 배나 더 사랑스러운데. 어서 만났으면 좋겠네 그려"(2.1.159-161)라며 벌써부터 어깃장을 놓기 시작한다. 비정상적으로 행동하는 카타리나를 제압하기 위해서 자기는 더 큰 비정상으로 대응하겠다는 것이다.

뱁티스타는 페트루치오가 카타리나의 방으로 갈지 아니면 그녀를 여기로 데려올지 묻는다. 페트루치오는 그녀를 이곳으로 데려오라고 말한다. 정상적이라면 남성이 여성에게 찾아가서 구애하는 것이 정상이지만 그는 반대로 행동하는 것이다. 페트루치오가 독백으로 말한다.

어디, 오기만 해봐라. 악담을 한다고? 그럼 나는 나이팅게일처럼 노래한다고 말해야지. 인상을 쓰면 이슬을 머금은 장미처럼 싱그럽다고 하고, 꿀 먹은 벙어리처럼 가만히 있으면 심금을 울리는 웅변이라고 하고, 냉큼 꺼지라고 하면 오히려 더 머물라고 한 것처럼 고맙다고 해야지. 청혼을 거절하면 언제 결혼식을 올릴 것인지 날짜를 물어봐야지.

And woo her with some spirit when she comes. / Say that she rail, why then I'll tell her plain / She sings as sweetly as a nightingale; / Say that she frown, I'll say she looks as clear / As morning roses newly washed with dew; / Say she be mute and will not speak a word, / Then I'll commend her volubility / And say she uttereth piercing eloquence. / If she do bid me pack, I'll give her thanks / As though she bid me stay by her a week; / If she deny to wed, I'll crave the day / When I shall ask the banns, and when be married. (2.1.167-179)

　물론 사랑과 선의로 심술이 난 여성의 마음을 달래주는 것이라면 긍정적이다. 하지만 그게 아니라면 상처받은 카타리나의 마음을 치유하기 어렵다. 오히려 더 화나게 할 것이다. 더 큰 어깃장을 부려서 카타리나를 교정하겠다는 페트루치오의 생각은 독선적이다. 남성의 힘과 권위로 강요한다면 그것은 폭력일 것이다. 과연 그가 카타리나를 변화시킬 수 있을까?

카타리나와 페트루치오의 맞대결

드디어 페트루치오와 카타리나 두 사람이 만난다. 페트루치오는 우선 그녀의 이름을 카타리나가 아닌 케이트Kate로 부른다. 자기 맘대로 상대방을 규정짓겠다는 전략이다. 이름은 그사람의 정체성을 의미하기 때문이다. 카타리나가 자신의 이름을 바로잡으려고 하지만 페트루치오는 이를 무시한다. 그리고 어깃장을 놓으며 정반대로 말한다.

그럴 리가요. 사람들은 모두 케이트라고 부르던데. 어떨 때는 여장부 케이트라고 부르고, 어떨 때는 말괄량이라고 부르더군. 그렇지만 이봐요, 케이트 양, 아가씬 기독교 나라에서 가장 예쁜 케이트랍니다. 여왕님이 납시었던 케이트 홀의 케이트이고, 과자같이 먹고 싶은 케이트 양이죠. 내 말 좀 들어봐요. 당신은 상냥하고 예쁘고 얌전하다고 사람들 칭찬이 자자하더군요. 그러나 그 소문보다 실물이 더 낫다는 얘길 듣고 당신을 아내로 맞으려고 이렇게 발걸음을 옮겼다오. (2.1.184-193)

이들은 첫 대면 장면에서 서로 기선 제압을 위한 치열한 설전을 벌인다. 카타리나는 페트루치오가 "발걸음을 옮겼다 moved"(2.1.193)라고 하자 그가 "옮기기move 쉬운" 싸구려 가구 같은 사람이라고 말한다. 페트루치오가 그럼 와서 걸터앉으라고 하자 그녀는 당나귀에나 걸터앉는 거라고 받아친다. 카타리나가 "당신 같은 촌닭한테 안 잡히는 재빠른 벌"이라고 말하자 페트루치오는 벌처럼 잘 쏘아댄다고 말한다. 그녀가 벌의 침을 조심하라고 하자 그는 벌의 침을 뽑아버리면 된다고 응수한다. 페트루치오가 침이 벌의 꽁무니에 있다고 하지만 카타리나는 혀에 있다고 응수한다. 카타리나의 저항적인 독설은 당대의 남성들에게는 벌의 침과 같이 위험한 것으로 여겨졌다. 길들이거나 제거해야 할 불편하고 위협적인 존재였던 것이다.

페트루치오는 저항하는 카타리나를 완력으로 제압해서 끌어안고 "당신은 곧 내 암탉이 될 거야So Kate will be my hen"(2.1.228)라고 선언한다. 그리고 정반대로 말한다.

당신은 참 상냥해. 거만하고 무뚝뚝하다는 소문은 새빨간 거
짓말이었어. 알고 보니 당신은 싹싹하고 예절 바르고 말씨
도 얌전하고, 얼굴도 봄에 피는 꽃처럼 예쁘고, 찡그릴 줄도
모르고, 앙칼진 계집애처럼 남을 멸시하거나 화낼 줄도 모르
고, 오히려 청혼자들에게 상냥하고 부드럽게 대한단 말이야.
(2.1.244-252)

그는 카타리나를 순결한 달의 여신 다이애나Diana라고 추켜
세운다. 물론 여기서 그의 언어 속에는 진실이 없다. 그저 텅 빈
허언일 뿐이다. 그러고는 일방적으로 자신과의 결혼을 기정사실
화한다.

당신은 나의 아내가 될 거요. 당신 아버지한테 허락도 받았
소. 난 당신이 싫건 좋건 당신과 결혼할 거요. 지참금도 합의
를 봤소. 당신의 미모로 인해 나는 눈이 멀 지경이오. 저 태양
을 두고 맹세컨대 당신은 당신의 아름다움에 사로잡힌 나 외
에 다른 남자와는 절대 결혼할 수 없소. 나는 당신을 길들이
기 위해서 태어난 사람이오. 살쾡이 케이트를 고양이처럼 양
순한 케이트로 길들이는 게 내 임무요.
Thus in plain terms: your father hath consented / That you

shall be my wife, your dowry 'greed on, / And will you, nill you, I will marry you. / Now, Kate, I am a husband for your turn, / For, by this light whereby I see thy beauty – / Thy beauty that doth make me like thee well – / Thou must be married to no man but me, / For I am he am born to tame you, Kate, / And bring you from a wild Kate to a Kate / Conformable as other household Kates. (2.1.271–280)

이 얼마나 무지막지한 일방적 선언인가. 당사자인 카타리나의 의사는 완전히 무시된다. 이것은 사랑일까, 폭력일까. 만일 여성도 호감을 느끼고 있다면 이런 남자가 더 좋을 것이다. 하지만 여성에게 사랑의 감정이 없다면 이것은 끔찍한 폭력이다.

이때 아버지 뱁티스타와 비앙카의 구혼자들이 등장한다. 카타리나는 딸을 이런 미치광이 같은 남자한테 시집보내려고 한다면서 항의한다. 하지만 페트루치오는 그녀가 남들 앞에서는 말괄량이인 체하지만 자기들만 있을 때는 키스를 퍼부으며 사랑을 고백했다고 말한다. 그리고 다음 일요일에 결혼식을 올리기로 합의했다고 말한다. 물론 새빨간 거짓말이다. 그는 이렇게 일방적으로 선언함으로써 카타리나의 반대와 저항을 원천적으로 무력화시킨다. 그리고 자신은 베니스로 돌아가서 결혼식 예복과 반지 등을 준비할 테니 장인어른은 피로연 등 결혼식 준비를 하라고 말한다. 당황스럽지만 너무도 당당하게 말하는 페트루치오의 기세에 눌려 이것은 기정사실이 되어버린다. 강제로 키스하려고 하자 카타리나는 도망친다. 얼떨결에 사람들은 그의 약혼을 축하한다고 말한다. 일방적으로 결혼을 선언한 페트루치오는 결혼식 준비를 핑계로 퇴장한다.

페트루치오는 일단 카타리나와의 첫 번째 맞대결에서 승리했고 기선 제압에 성공했다. 그는 자신이 카타리나를 길들이기 위해서 태어난 사람이라고 했다. 보기 민망한 카타리나 길들이기의 서막이 열린 셈이다. 페트루치오를 어떻게 봐야 할까. 화끈하고 당찬 멋진 남자인가? 아니면 무지막지한 건달인가? 목소리 큰 사람이 이긴다고 한다. 남의 말은 듣지도 않고 무조건 우격다짐으로 우기는 사람이 있다. 페트루치오도 그런 사람이다. 상대하기 참 피곤한 사람이다. 여성 입장에서는 더욱더 그럴 것이다.

당신은 내 딸에게
무엇을 줄 수 있습니까?

7

페트루치오는 결혼식에서 입을 예복과 필요한 물건을 준비
한다는 핑계로 떠났다. 그가 떠난 후 카타리나의 아버지 뱁티
스타는 이렇게 말한다. "자, 여러분, 이제 나는 무역상이 된 셈
이오. 위험한 시장에서 큰 수익을 보든지 쫄딱 망하든지 하겠
지요Faith, gentlemen, now I play a merchant's part / And venture madly on a
desperate mart."(2.1.330-331) 큰딸 카타리나의 결혼을 마치 해외
무역 거래에 비유하는 것이다. 당시 해외무역은 위험한 투기에
가까웠다. 말 그대로 "위험한 시장desperate mart"이다. 상선이 장
거리 항해 도중 난파되거나 해적을 만날 위험성이 상존했기 때
문이다. 트래니오 역시 "물건을 쌓아두었다가 썩히는 것보다는
팔아서 이득을 보는 게 낫지요'Twas a commodity lay fretting by you; /

'Twill bring you gain, or perish on the seas"(2.1.332-333)라고 맞장구친다. 카타리나가 마치 결혼시장에서 거래되는 상품처럼 느껴진다. 현대 여성주의 관점에서 보면 비판의 소지가 다분하다.

　패듀어 남성들의 물질주의적이고 속물적인 결혼관은 둘째 딸 비앙카의 신랑감을 결정하는 과정에서도 적나라하게 드러난다. 이제까지 골칫거리였던 큰딸 문제가 해결되자 상품성이 높은 둘째 딸 비앙카에 대한 본격적인 거래가 시작된다. 나이든 구혼자 그레미오와 젊은 트래니오가 각자의 장점을 내세워 경쟁한다.

　　그레미오 　당신같이 젊은 사람의 사랑은 내 사랑만 못할 것이오.
　　트래니오 　당신 같은 노인의 사랑은 여자를 얼어붙게 만들죠.
　　그레미오 　당신 같은 애송이가 여자를 먹여 살릴 수 있겠소?
　　　여자를 부양하는 것은 늙은이가 더 잘하는 것이오.
　　트래니오 　당신같이 늙은 사람이라면 여자들이 먹으려고도 하
　　　지 않을걸요.
　　GREMIO　Youngling, thou canst not love so dear as I.
　　TRANIO　Graybeard, thy love doth freeze.
　　GREMIO　But thine doth fry. Skipper, stand back. 'Tis age
　　　that nourisheth.

TRANIO But youth in ladies' eyes that flourisheth.

(2.1.341-344)

트래니오는 청춘을 내세우고, 나이 든 그레미오는 여자를 먹여 살릴 수 있는 경제력을 강조한다. 젊음과 경제력, 어느 것이 더 중요할까? 누구 주장에 더 공감하는가?

뱁티스타는 그레미오의 말에 더 공감하는 것 같다. 그래서 마치 상품을 경매하듯 남성의 경제력, 즉 딸에게 줄 유산을 기준으로 딸의 신랑감을 정하겠다고 말한다. "승부는 계약서에 따라서 할 것입니다. 두 분 중에 내 딸에게 더 많은 유산을 남겨주는 사람에게 비앙카를 드리겠소. 그레미오 씨, 당신은 내 딸에게 무엇을 줄 수 있습니까?"(2.1.346-349) 그러자 패듀어의 부유한 늙은이 그레미오가 자신의 재산을 당당하게 자랑한다.

당신도 알다시피 시내에 있는 내 집에는 은접시, 황금으로 만든 패물, 대야, 물병이 가득 쌓여 있을 뿐만 아니라, 각종 비단과 금화가 가득 들어 있는 상아궤짝도 있습니다. 그리고 옷장에는 화려한 무늬의 이불과 비싼 의복, 진주를 박은 터키 방석, 금실로 수놓은 비단이 가득하고, 양은그릇, 놋그릇 등 필요한 모든 가재도구들이 산더미처럼 쌓여 있지요. 또한 농장

에는 젖소 100마리와 살찐 황소 120마리가 서성거리고 있고
요. 사실 나는 늙었습니다. 그러니까 내일이라도 내가 죽으면
내 재산은 모두 따님 것이 됩니다. (2.1.350-365)

그레미오는 셰익스피어 당시 신흥 부르주아 계층의 대표적
인 인물이다. 지금 그가 자랑하고 있는 물건들은 당시 부유층이
소유했던 각종 수입품과 사치품이다. 그는 자신만만하게 자신
의 재력을 과시하면서 비앙카를 달라고 요구한다.

트래니오 역시 질 수 없다. 그도 자신의 부를 과시한다. 다
만 본인의 부가 아니라 아버지의 재산이라는 점에서 약점이 있
다. 하지만 그는 외아들 상속자로서 고향 피사에서 가장 값비
싼 집 네댓 채를 따님에게 주겠다고 말한다. 그레미오의 패듀어
집보다 더 좋은 집들이다. 그리고 기름진 농토에서 매년 받는
2,000크라운의 소작료를 따님에게 주겠다고 말한다. 그러자 그
레미오가 마르세유 항구에 정박해 있는 자신의 선박까지 주겠
다고 목소리를 높인다. 트래니오 역시 자신의 아버지가 가지고
있는 상선들을 모두 주겠다고 맞선다. 이들은 비앙카에 대한 사
랑이 아니라 재산으로 경쟁한다. 유치하고 속물적이다.

뱁티스타는 일단 트래니오의 제안이 더 좋다고 판단한다. 하
지만 그는 노련한 상인답게 사위가 그의 아버지보다 먼저 죽는

만약의 경우까지 계산한다. 사위의 재산이 아니라 아버지 재산이기 때문이다. 뱁티스타는 그런 상황을 대비해서 트래니오에게 부친의 유산상속 동의서를 요구한다. 계산이 매우 철저하다. 트래니오가 자신은 아직 젊고, 아버지는 늙었다고 말하지만 그레미오는 "죽음이란 나이순으로 찾아오는 게 아니오"(2.1.395)라고 일축한다. 맞는 말 아닌가. 뱁티스타는 일주일 안으로 부친의 동의서를 받아 오지 못하면 비앙카를 그레미오에게 주겠다고 선언한다.

비앙카 경매 게임에서 후순위로 밀린 그레미오가 가시 돋친 말을 한다. "자네 부친이 바보인가? 아들에게 전 재산을 물려주고 빌어먹게. 체, 웃기지 말라구. 그래 이탈리아의 늙은 여우가 자식한테 그렇게 만만할 줄 아는가?"(2.1.405-406) 트래니오의 부친이 멍청하게 아들과 며느리에게 전 재산을 물려주진 않을 것이라는 말이다.

어쨌든 계획대로 된다면 뱁티스타가 최고의 승자일 것이다. 인기 있는 둘째 딸을 이용해서 인기 없는 큰딸까지 쉽게 결혼시켰기 때문이다. 게다가 두 딸의 결혼으로 최고의 유산도 받아냈다. 장사로 치자면 하자 상품 끼워팔기로 최고의 수익을 올린 셈이다. 노련한 거상의 진면목을 보여준다.

이제 공은 트래니오에게 넘어왔다. 비앙카와 결혼하기 위해서는 거의 전 재산을 상속해준다는 아버지의 동의서가 필요하다. 그런데 과연 아버지가 동의해줄까? 공부하라고 아들을 패듀어로 유학 보냈는데 공부는 안 하고 결혼부터 하겠다는 것이다. 그것도 전 재산을 신부에게 유산으로 주면서 말이다. 동의해주지 않을 가능성이 높다. 그렇다면 어떻게 해야 하나. 트래니오는 아버지의 동의서를 위조하는 수밖에 없다고 판단한다. 이들은 지금 변장한 상태다. 그러니까 이제 변장한 가짜 루센쇼가 그의 진짜 주인 루센쇼를 위해서 가짜 아버지를 만들어내서 가짜 동의서를 받아내야 하는 상황이다. 물론 주인의 결혼을 위해서다. 하지만 모든 것이 가짜투성이고 가짜가 판치는 세상이 된다. 트래니오의 말대로 "아버지가 자식을 만드는 법인데, 이 혼담의 경우는 자식이 아버지를 만든다."(2.1.412-414) 정말로 코미디 개그 같은 상황이다.

8

공부는 안 하고 연애하는
가정교사와 학생

　장소는 뱁티스타의 집에 있는 비앙카의 방이다. 가정교사로 변장한 호텐쇼와 루센쇼가 비앙카에게 교습을 하고 있다. 호텐쇼가 교습을 핑계로 비앙카의 몸에 너무 가깝게 다가가자 루센쇼가 안달이 난다. 불안한 그는 언니 카타리나에게 혼났던 것을 잊었냐고 경고한다. 급기야 두 가짜 가정교사들은 서로 비앙카를 먼저 가르치겠다고 다투기 시작한다. 다툼이 계속되자 비앙카가 그들 사이를 막아서며 단호하게 말한다.

　아, 두 분 선생님들, 제발 싸우지들 마세요. 제 공부는 제가 알아서 선택할 테니까요. 그걸 놓고 싸운다면 저를 모욕하는 거예요. 게다가 저는 시간표에 얽매이는 건 딱 질색이거든요.

그러니 두 분 다 이리 앉으세요. 음악 선생님은 악기 조율을 먼저 하고 계세요. 조율이 끝날 때쯤엔 이 선생님 강의도 끝날 테니까요. (3.1.16-23)

뜻밖에 비앙카가 맹랑하다. 평소 알려진 대로 다소곳한 규수의 모습이 아니다. 오히려 선생님을 가르치고 훈계한다. 자기 공부는 자기가 알아서 선택할 것이고, 시간표에 얽매이는 것도 싫다고 단호하게 말한다. 선생님들(사실은 구혼자들이지만)이 생각했던 얌전한 비앙카의 모습이 아니다. 그렇다면 여태까지 얌전한 모습은 모두 가짜였을까?

학생 비앙카의 정리로 교습 순서가 정해졌다. 음악 선생 호텐쇼는 잠시 대기하고 문학 선생 루센쇼가 먼저 수업을 진행한다. 이윽고 돌팔이 선생 루센쇼의 엉터리 라틴어 번역 수업이 시작된다. 그의 수업은 수업이 아니라 사실상 연애질이다. 그는 라틴어 문장을 읽어준 다음 이렇게 번역한다.

내 이름은 루센쇼, 아버지는 피사의 빈센쇼, 당신의 사랑을 얻기 위해 이렇게 변장했고, 나중에 정식으로 청혼하러 올 루센쇼는 내 하인 트래니오로, 나를 가장하고 있지만 사실은 저 어릿광대의 눈을 속이기 위해서요. (3.1.31-36)

엉터리 학생 비앙카도 맞장구친다. 이번엔 자신이 번역하겠다면서 이렇게 번역한다. "전 당신을 몰라요. 전 당신을 믿지 않아요. 저분께 들리지 않도록 주의하세요. 우쭐대면 안 돼요. 그러나 단념하진 마세요."(3.1.41-43) 마치 부모가 비싼 교습비를 지불하고 개인 과외를 시켰는데 공부는 안 하고 딴짓하는 학생과 비슷하다. 얌전한 고양이 부뚜막에 먼저 올라간다고 했던가. 비앙카를 모범생이라고 생각하는 아버지와 구혼자들이 착각하는 것인지도 모르겠다.

이번에는 호텐쇼의 음악 수업이 이어진다. 호텐쇼는 루센쇼에게 자신이 수업하는 동안 방에서 나가달라고 요구한다. "당신은 좀 나가주었으면 좋겠소. 내 수업은 삼중주로는 진행되지 않소이다You may go walk, and give me leave awhile; / My lessons make no music in three parts."(3.1.57-58) 두 가짜 선생은 자신들이 좋아하는 비앙카에게 가까이 접촉할까 봐 서로 의심하고 경계한다. 호텐쇼와의 음악 수업에서도 비앙카는 자신의 강한 개성을 주장하면서 평판과는 다른 모습을 보여준다.

이때 하인이 등장해서 오늘 공부는 그만하라는 아버지의 명령을 전한다. 내일 있을 카타리나의 결혼식을 위해서 방 꾸미는 일을 도우라는 것이다. 이들은 수업을 중단한다. 호텐쇼가 비앙카와 루센쇼의 관계를 눈치챘다. 그는 비앙카가 저런 엉터리

사기꾼에게 넘어갈 정도로 지조 없는 여자라면 미련 없이 다른 여자를 찾겠다고 말한다.

겉모습만 보고 사람을 정확히 알 수는 없다. 비앙카 역시 평판과 달리 당돌하고 자기주장이 강한 측면도 있다. 얌전하고 천사처럼 보이는 비앙카지만 사실은 다를지도 모른다. 카타리나와 비앙카, 두 자매 중에서 누가 더 진짜 말괄량이일까? 글쎄, 아직 판단하기 어렵다.

악마 같은 신랑과
미치광이 같은 결혼식

오늘은 카타리나와 페트루치오의 결혼식 날이다. 신부 가족을 비롯한 많은 하객들이 결혼식을 보기 위해 모여 있다. 모든 결혼식 준비는 끝났다. 다만 예정된 시간이 한참 지났는데도 정작 신랑 페트루치오가 도착하지 않는다. 기다리던 장인 뱁티스타가 동네 웃음거리가 되었고 집안 망신이라며 걱정한다. 신부 카타리나 역시 큰 모욕감을 느낀다. "망신을 당하는 건 바로 저라고요. 마음에도 없는데 결혼을 강요당했단 말예요. 그런 반미치광이 녀석이 제멋대로 청혼하고서는 결혼식 날엔 꽁무니를 빼다니요."(3.2.8-17) 일방적으로 호들갑을 떨면서 청혼하더니 정작 결혼식 날에는 나타나지 않는 신랑! 황당하고 무책임하기 짝이 없다. 신부 카타리나 입장에서는 어이없게 희롱당한 느낌이 들 것이다. 신부가 수치심과 모욕감에 울음을 터뜨리며 집 안으로 들어간다.

신랑 페트루치오는 왜 오지 않는 것일까? 이것은 그의 의도적인 작전이다. 페트루치오의 '말괄량이 길들이기', 즉 '아내 길들이기'가 본격적으로 시작된 것이다. 첫 단계는 '신부 애태우기'다. 그는 일부러 결혼식 시간에 늦어서 신부를 기다리게 만든다. 신부 마음을 애타게 만든 다음 뒤늦게 나타나는 것이다. 일종의 '신부 기 꺾기' 작전이다.

그다음은 '신부에게 창피 주기'다. 결혼식장에 늦게 도착한 신랑 페트루치오는 새신랑에겐 전혀 어울리지 않는 기괴한 복장으로 나타난다. 하인 비온델로가 전하는 그의 모습을 보자.

지금 오고 있는 페트루치오 님의 차림새 말인데요, 새 모자에 헌 가죽조끼를 입고, 바지는 세 번이나 뒤집어 꿰맨 것이고, 촛대를 담았던 헌 장화의 한 짝은 죔쇠로 죄어 있고, 그것도 다른 짝은 끈으로 묶여 있습니다. 그리고 어디 무기창고에서 꺼내 온 듯한 녹슨 헌 칼을 차고 있는데, 칼자루는 부러지고, 칼집 끝의 쇠 덮개는 날아갔으며, 칼끝은 두 쪽으로 갈라졌답니다. 말을 타긴 했는데 낡은 안장은 좀이 먹고, 등자는 천하에 걸작인 데다, 말은 비저병에 걸려 콧물이 줄줄 흐르고 황

달에 말굽엔 종기가 나고 등뼈는 굽고, 위턱은 헐고, 전신은 통통 붓고, 관절염에 절룩거리고, 기생충이 끓고, 어깻죽지는 금이 가고, 뒷다리는 안짱다리라서 딱 붙었습죠. 양가죽의 고삐는 어찌나 잡아당겼던지 몇 번이나 끊어진 걸 다시 이었고, 배띠는 여섯 군데나 기운 것이고, 낡은 융단으로 만든 밀치끈도 밧줄로 몇 군데씩 어어 댄 것입니다. (3.2.43-61)

한마디로 결혼식에 참석하는 새신랑이 아니라 거지 부랑자의 복장이다. 신랑 페트루치오의 모습은 상식을 파괴하는 남성 말괄량이, 아니 미치광이의 모습을 보여준다. 결혼식에 전혀 어울리지 않는 괴상망측한 복장으로 등장하는 것이다. 이것 또한 신부에게 수치심을 주어서 제압하려는 고도의 계획된 심리전이다.

트래니오가 그런 괴상망측한 복장으로 결혼식을 할 수 없으니 자기 옷을 빌려주겠다고 제안한다. 그러자 페트루치오는 이렇게 거절한다. "신부는 나하고 결혼하는 것이지 내 의복하고 결혼하는 게 아닙니다. 지금 쓸데없는 얘기로 시간을 끌 때가 아닙니다. 어서 신부한테 가서 사랑의 키스를 퍼부어 남편의 권리로 아내를 봉인해야겠습니다."(3.2.116-122)

여기서 끝이 아니다. 그는 카타리나보다 한술 더 뜨는 기행과 어깃장으로 그녀의 수치심을 계속 유발한다. 수치심은 여성을 통제하는 강력한 수단이 되기 때문이다. 일반적으로 여성은 남성보다 수치심에 더 민감하다. 따라서 수치심을 유발해서 아내를 길들이려는 페트루치오의 황당한 기행이 이어진다.

페트루치오는 결혼식장에서 카타리나를 아내로 삼겠냐는 신부神父의 질문에 너무 큰 소리로 대답한다. 그가 너무 크게 대답하는 바람에 신부가 깜짝 놀라 성경책을 땅에 떨어뜨린다. 신부가 떨어진 성경책을 집으려 하자 그는 신부에게 주먹질을 가한다. 주례를 서는 신부를 때리다니 세상에 이런 몰상식이 어디 있는가. 그는 깡패처럼 "어떤 놈이든지 덤벼봐"라고 소리 지르며 욕설을 퍼붓는다. 결혼식을 올리는 신랑의 모습이 전혀 아니다. 신부 카타리나는 겁에 질려 벌벌 떨고 있다. 술을 가져오라고 하더니 큰 소리로 "건배"를 외치고는 술을 마신다. 술잔에 남은 술은 교회 집사 얼굴에 뿌린다. 집사가 남은 술 찌꺼기라도 먹고 싶어 하는 눈치를 보였기 때문이란다. 그러고는 카타리나의 목을 붙잡고 교회가 떠나갈 정도의 큰 소리를 내면서 키스를 퍼붓는다.

이것은 결혼식이 아니라 시정잡배 건달의 행패와 다름없다. 그레미오는 그런 미치광이 같은 결혼식을 평생 본 적이 없다고 혀를 내두른다. "그 녀석은 신랑이 아니라 악마요, 악마!why, he's a devil, a devil, a very fiend!"(3.2.154) 신부 카타리나를 말괄량이 악마라고 비난했던가? 그레미오는 그런 신랑에 비하면 신부는 "어린 양이고, 순한 비둘기고, 순진한 바보she's a lamb, a dove, a fool, to him"(3.2.156)에 불과하고 말한다. 이런 폭력적인 상황에서 신부 카타리나는 얼마나 창피하고 불안했을까? 상상만 해도 화가 난다.

난장판 결혼식을 마친 페트루치오는 결혼식 피로연에도 참석하지 않고 당장 신부를 데리고 떠나겠다고 말한다. 장인 뱁티스타가 부탁해도 거절한다. 신부 카타리나가 애원도 해보고, 저항도 해보지만 소용없다. 급기야 페트루치오는 그녀를 붙잡고 이렇게 선언한다.

그렇게 두 발을 구르고 반항해도 소용없어. 아무리 발버둥쳐도, 당신이 좋든 싫든, 이제 난 당신의 주인이라고. (사람들을 향해) 이 여자는 내 소유물이요, 내 집이요, 내 가구요, 내 밭이요, 내 말이요, 내 소요, 내 당나귀요, 나의 전부이자 내 것이란 말이오. 그러니 누구든지 감히 이 여자한테 손을 대기만 해보시오. 내 가만두지 않을 테니. 그루미오, 칼을 빼라. 우린 지금 도둑 떼에 둘러싸여 있다. 네가 사나이라면 나와 아씨를 호위하라. 여보, 백만 대군이 몰려온다 해도 나는 당신을 지켜줄 것이오.

Nay, look not big, nor stamp, nor stare, nor fret, / I will be master of what is mine own. / She is my goods, my chattels; she is my house, / My household-stuff, my field, my barn, / My horse, my ox, my ass, my anything, / And here she stands. Touch her whoever dare, / I'll bring mine action on the proudest he / That stops my way in Padua. − Grumio, / Draw forth thy weapon, we are beset with thieves; / Rescue thy mistress, if thou be a man. / − Fear not, sweet wench, they shall not touch thee, Kate; / I'll buckler thee against a million. (3.2.228-240)

그는 이제 카타리나가 자신의 소유물이라고 선언한다. 아내를 자신의 논밭, 가축 같은 소유물로 선언함으로써 자신이 절대적인 주인임을 각인시키고 주종 관계를 설정한다. 현대의 관객이 듣기엔 매우 불편한 대사다. 더욱 뻔뻔한 것은 결혼식 하객들을 도둑 떼로 가정하고, 자신은 마치 이들로부터 아내를 보호하는 정의로운 기사인 척한다는 점이다. 황당해하는 하객들을 뒤로한 채 그는 카타리나를 거의 납치하다시피 데려간다.

하지만 뱁티스타는 그냥 부부 금실이 매우 좋은 것이라고 좋게 해석해버린다. 신부 아버지로서 너무 무책임하다. 여동생 비앙카도 무정하다. 언니가 미치광이니까 미치광이 신랑과 결혼한 것이라고 말한다. 같은 여성이고 자매로서 심한 말 아닌가. 언니의 상황에 대해서 아무런 문제의식이 없다. 하객들은 신랑 신부도 없이 결혼식 피로연을 한다.

친절로 아내 죽이기

눈과 진흙으로 엉망진창이 된 그루미오가 페트루치오의 시골집에 도착한다. 페트루치오가 빨리 난로를 피워놓으라고 하인을 먼저 보낸 것이다. 추위에 온몸이 얼음덩어리처럼 얼었다. 그는 집 안의 하인들에게 빨리 난로를 피우고 주인 내외를 맞을 준비를 하라고 재촉한다. 그루미오는 동료에게 주인 내외가 산길에서 낙마한 얘기를 한다. 카타리나가 진흙 구덩이로 떨어졌는데 페트루치오는 말에 깔린 아내는 아랑곳하지 않고 엉뚱하게 자신만 욕하고 때렸다는 것이다. 넘어진 아내에게 먼저 신경 쓰는 것이 당연하지만 일부러 무시하는 것이다. 아내의 자존심을 꺾기 위해서다. 결국 카타리나는 진흙 구덩이 속에서 스스로 겨우 기어 나왔고, 오히려 고래고래 욕을 하며 하인을 때리는 페트루치오를 말렸다고 한다. 페트루치오의 '한술 더 뜨기' 억지 전략이다. 결혼식장에서처럼 그의 막무가내식 기행은 집에서도 계속된다.

집에 도착한 페트루치오는 하인들에게 더욱 신경질을 부리며 난폭하게 행동한다. 저녁 식사를 가져와라, 물을 가져와라, 구두를 벗겨라, 쉴 새 없이 명령하면서 하인들을 다그친다. 그는 하인들이 제대로 명령을 수행하고 있는데도 그들을 욕하고 때리면서 행패를 부린다. 보다 못한 카타리나가 하인들을 옹호하며 사정한다. "제발 용서해주세요. 실수잖아요."(4.1.142) 그래도 그는 계속 욕하고 때리면서 험악한 분위기를 조성한다. 일부러 그러는 것이다.

그러면서도 카타리나에게는 편히 쉬라고 말하고 아내를 끔찍이 위하는 척한다. 어르고 뺨 치는 격이다. 그는 아내가 배고플 거라며 하인들에게 저녁 식사 준비를 재촉한다. 사실 먼 길을 오느라 매우 시장한 상황이다. 게다가 결혼식 피로연에도 참석하지 않고 왔으니까 시장한 것은 분명하다. 하지만 막상 하인들이 양고기 요리를 가져오자 '고기가 탔다', '싫어하는 고기만 가져왔다'는 등 생트집을 잡으며 음식과 식기를 내던진다.

배가 고픈 카타리나가 말한다. "제발 화 좀 내지 마세요. 당신만 괜찮다면 제가 볼 땐 고기는 멀쩡한데요."(4.1.157-158) 하지만 그는 고기가 바싹 탔기 때문에 건강에 좋지 않다고 말한다. 의사를 핑계대면서 탄 고기가 간에도 좋지 않고 화를 잘 내게 만든다고 우긴다. 그런 독약을 먹느니 차라리 건강을 위해서 오늘 밤은 굶자고 말한다. 생떼를 부리면서도 마치 아내를 너무나 사랑하고 걱정하는 남편인 양 행세하는 것이다. 말 그대로 "친절로 아내 죽이기a way to kill a wife with kindness"(4.1.197)다. 카타리나 입장에서는 아내를 사랑해서 그런다는데 뭐라고 말하기도 어렵다. 교묘하고 교활한 전략이다.

페트루치오는 카타리나를 굶긴 채로 첫날밤을 치를 침실로 데려간다. 하인들의 말에 의하면 그는 침실에서도 아내를 재우지 않고 괴롭힌다. 하인이 이들의 첫날밤 침실 모습을 이렇게 설명한다. "지금 정절에 관해 설교를 하시는 중인데, 어찌나 고함을 지르고 욕을 해대는지, 아씨는 매에 쫓기는 꿩처럼 갈피를 못 잡고 그저 멍하니 앉아 계실 뿐이라네."(4.1.172-174) 어떤 모습인지 머릿속에 그려진다. 긴 설교와 잔소리로 신부가 밤을 새도록 만든다. 잠 안 재우기 전략이다.

페트루치오가 잠시 방에서 나와 하는 독백을 들어보자. 그의 의도를 정확히 알 수 있다.

일단 남편으로서 기선을 제압했군. 이제 좀 좋아지겠지. 아무것도 먹지 못했으니 배가 고파 죽을 지경일 거야. 하지만 배가 부르면 길들일 수가 없어. 또 하나, 주인의 부름대로 야성의 매를 길들이려면 못 자게 하는 거야. 아무리 사나운 놈도 그렇게 하면 사육사의 명령에 고분고분해진다지. 아내는 오늘 아무것도 못 먹었어. 앞으로도 계속 못 먹게 해야지. 그리고 어젯밤엔 한잠도 자지 못했는데 오늘 밤도 못 자게 해야겠다. 아까 그 양고기처럼 잠자리를 가지고 괜히 생트집을 잡아 베개는 저쪽으로, 이불은 이쪽으로, 요는 저쪽으로, 손에 닿는 대로 모두 내던져야지. 그런 일을 하면서도 이게 다 아내를 위해서 하는 것처럼 해야지. 어쨌든 조는 기색만 보이면 마구 떠들고 악을 써서 한숨도 못 자게 하는 거야. 마치 친절을 가장해서 아내를 잡는다고나 할까! 이렇게라도 해서 저 미치광이 같은 고집을 바로잡고 말겠어.

Thus have I politicly begun my reign, / And 'tis my hope to end successfully. / My falcon now is sharp and passing empty, / And till she stoop she must not be full-gorged, / For then she never looks upon her lure. / Another way I have to man my haggard, / To make her come and know her keeper's call: / That is, to watch her, as we watch these kites / That bate, and beat, and will not be obedient.

/ She ate no meat today, nor none shall eat; / Last night she slept not, nor tonight she shall not. / As with the meat, some undeserved fault / I'll find about the making of the bed, / And here I'll fling the pillow, there the bolster, / This way the coverlet, another way the sheets. / Ay, and amid this hurly I intend / That all is done in reverend care of her; / And in conclusion she shall watch all night, / And if she chance to nod I'll rail and brawl / And with the clamour keep her still awake. / This is a way to kill a wife with kindness, / And thus I'll curb her mad and headstrong humour. (4.2.177-198)

페트루치오는 마치 사육사가 동물을 사육하고 길들이듯이 아내를 길들이려 한다. 특히 아내 굶기기, 잠 안 재우기 같은 행동은 심각한 폭력이다. 인간의 가장 기본적인 욕구이자 기본권을 통제하고 이용한다는 점에서 야만적이다. 물론 셰익스피어 당시 서양문화에서 결혼은 아내에 대한 남편의 지배를 합법화했다. 하지만 조지 버나드 쇼의 말대로 점잖은 상식을 가진 사람이라면 보기에 너무 불편하다. 오늘날의 관점에서 볼 때 이 극은 여성에 대한 남성의 폭력적 지배를 보여주는 반여성적, 반인권적 연극으로 비판받을 만하다. 그리고 겉으로는 사랑과 친절을 가장한다는 점에서 위선적이다. 혹시 우리도 겉으로는 사랑과 친절을 말하지만 사실은 상대를 괴롭히고 있지는 않을까? 더 나아가 길들이고 지배하려고 하지는 않는가. 우리 주변에도 페트루치오 같은 사람은 없는지 우려스럽다.

11

가짜 부자가 가짜 계약서를
작성하는 '가짜가 판치는 세상'

　돌팔이 가정교사 루센쇼와 엉터리 학생 비앙카가 나무 그늘 아래서 수업을 하고 있다. 학생이 책 내용이 뭐냐고 묻자 선생이 이렇게 대답한다. "그건 바로 내 전공인데 사랑의 기술에 관한 겁니다I read that I profess, *The Art of Love*."(4.2.8) 학생이 그걸 좀 가르쳐달라고 하자 선생은 어렵지 않다면서 학생과 키스를 한다. 공부는 무슨 공부, 이들은 지금 연애 중이다. 이렇게 불량한 수업 장면을 트래니오와 호텐쇼가 숨어서 지켜보고 있다. 이 모습을 본 호텐쇼는 자신이 음악 선생이 아님을 고백하고 더 이상 비앙카를 사랑하지 않겠다고 말한다. 그리고 자신을 오랫동안 흠모하는 돈 많은 미망인과 사흘 안에 결혼하겠다고 말한다.

　이제 루센쇼와 비앙카의 결혼을 방해하는 경쟁자가 없다. 다만 문제는 루센쇼의 아버지로부터 유산상속 동의서를 받는 것이다. 이것은 비앙카의 아버지가 요구한 필수 조건이다. 그렇다고 고향에 있는 아버지에게 동의서를 요구할 수도 없는 노릇이다. 그래서 이들은 가짜 아버지를 구해 그에게 아버지 역할을 하도록 만드는 방법을 택한다. 완전히 속임수다.

트래니오는 드디어 루센쇼의 아버지 빈센쇼와 비슷한 외모를 가진 사람을 찾아냈다. 맨튜어Mantua에서 온 상인이다. 그에게 자신의 부친을 닮았다며 접근한다. 그러고는 맨튜어 공작과 이곳 공작 사이에 시비가 일어 지금 정세가 매우 위험하다고 겁을 준다. 모두 거짓말이다. 이렇게 겁을 준 후 그에게 잠시 자기 집에 머물 것을 제안한다. 상인은 고맙다며 제안에 응한다. 결국엔 자기가 곧 결혼할 예정이니 부친의 복장으로 갈아입고 결혼에 보증을 서달라고 부탁한다. 이게 설득인지 협박인지 모르겠다. 사기꾼도 보통 사기꾼이 아니다.

결국 루센쇼의 아버지 빈센쇼로 변장한 상인이 뱁티스타를 만난다. 그는 마치 트래니오의 아버지처럼 아들의 결혼을 승낙하고 비앙카에게 유산을 물려줄 것에 동의한다. 뱁티스타는 이 상인이 가짜 아버지임을 당연히 모른다. 감쪽같이 속은 것이다. 이들은 트래니오의 숙소에 가서 계약서를 작성하기로 한다. 루센쇼의 다른 하인 비온델로가 루센쇼에게 이 소식을 전한다. 뱁티스타가 지금 "가짜 아들deceitful son"(4.4.82)과 "가 짜 아버지deceiving father"(4.4.82)를 만나 "가짜 계약서counterfeit assurance"(4.4.91)를 작성하고 있으니 주인님은 빨리 비앙카를 데리고 교회로 가서 결혼식을 올리라고 말한다. 걱정했던 유산 상속 동의서 문제가 해결됐기 때문이다. "제가 알고 있는 건 지 금 다들 모여서 가짜 계약서 작성에 바쁘다는 거예요. 그러니 도련님도 빨리 아가씨와 계약을 하세요. 당장 판권 독점을 해버 리시라는 겁니다. 신부와 서기, 몇몇 입회인을 데리고 빨리 교 회로 가세요."(4.4.90-93) 아들도 가짜, 아버지도 가짜, 작성하는 유산 계약서도 가짜다. 모든 것이 가짜다. 정말로 이 동네는 가 짜가 판치는 요지경 세상이다. 물론 웃기기 위해 꾸며낸 희극적 상황이다. 그러나 이것을 통해 우리가 사는 진짜 세상을 살짝 엿볼 수도 있지 않을까.

　루센쇼는 패듀어에 철학과 미덕을 공부하러 왔다. 그런데 그 는 이곳에 와서 미덕은커녕 사기 행각만 배운다. 셰익스피어 당 시에도 이탈리아로 유학 갔다 오는 것이 영국 젊은이들에게 인 기였다고 한다. 당시 이탈리아는 영국보다 앞선 르네상스의 발 달로 인해 무신론적 사고와 마키아벨리즘 같은 진보적 사고가 성행했다. 전통적 관점에서 볼 때 이런 학문은 사기성이 농후한 불순한 철학이고 문화다. 루센쇼는 이탈리아 유학을 통해 기만과 사기 같은 진보적 문화에 물든 영국 청년의 이미지를 보여준다.

또한 루센쇼는 하인 트래니오와 복장을 바꿔 입는다. 복장은 그 사람의 신분과 정체성을 나타낸다. 복장을 서로 바꿔 입으면 주인과 하인도 바뀐다. 하인 트래니오가 루센쇼의 옷을 입고 주인 루센쇼 역할을 한다. 사람들도 그를 루센쇼로 인식한다. 그렇다면 우리의 정체성은 나의 옷이 결정하는 것이다. 그것은 고정불변하지 않으며, 절대적이지도 않다. 그저 내가 입고 있는 사회적 옷이 나를 결정한다. 자리가 사람을 만든다고 했다. 사장님 자리에 앉으면 사장처럼 보이는 것이다. 주정뱅이 슬라이도 영주 옷을 입혀놓으니 그럴듯한 영주 같지 않던가.

12

누가 진정한
말괄량이인가?

　결혼 후 첫날밤을 보낸 신부 카타리나는 어떻게 되었을까. 폭군 같은 남편 때문에 결혼식 날이지만 하루 종일 굶었고 한잠도 자지 못했다. 다음 날 배가 고픈 카타리나가 하인 그루미오에게 먹을 것을 부탁하지만 거절당한다. 주인인 페트루치오의 허락 없이는 음식을 줄 수 없다는 것이다. 배고픈 카타리나의 자존심 상하는 하소연을 들어보자.

　갈수록 남편의 심술이 더욱 기승을 부리는구나. 그이는 날 굶겨 죽이려고 결혼했나 봐. 우리 친정집 문간에 나타난 거지들도 애원하면 동냥을 얻어 갑니다. 친정집이 아니라 다른 곳에서도 마찬가지죠. 그런데 한 번도 애걸해보지 않은, 아니 애

결할 필요조차 없었던 내가 지금 배가 고파 죽을 지경이에요. 게다가 잠도 자지 못해 머리는 빙빙 돌아요. 그런데도 그이는 줄곧 소리만 질러대고 있으니, 무엇보다 기가 막힌 건 그게 다 나를 사랑하기 때문이라는 거예요. 글쎄 내가 먹거나 자는 날엔 당장 죽을병에라도 걸릴 거라고 생각하는 것 같아요. 제발 먹을 것 좀 가져다주세요. 뭐든 상관없으니까요!

The more my wrong, the more his spite appears. / What, did he marry me to famish me? / Beggars that come unto my father's door / Upon entreaty have a present alms; / If not, elsewhere they meet with charity. / But I, who never knew how to entreat, / Nor never needed that I should entreat, / Am starved for meat, giddy for lack of sleep, / With oaths kept waking and with brawling fed; / And that which spites me more than all these wants, / He does it under name of perfect love, / As who should say, if I should sleep or eat / 'Twere deadly sickness or else present death. / I prithee, go and get me some repast – / I care not what, so it be wholesome food. (4.3.2-16)

너무 애처롭고 딱하다. 패듀어의 내로라하는 부잣집 큰딸 카타리나가 지금 거지처럼 먹을 것을 간청하고 있다. 그것도 방금 결혼해서 시집온 새댁이 말이다. 새 신부에게 이렇게 모질게 대하는 페트루치오는 관객들의 분노를 유발할 만하다. 더군다나 이 모든 것이 아내를 사랑하기 때문이라니 더욱 화가 난다. 그루미오 역시 주인 명령을 핑계로 배고픈 그녀를 조롱한다. 음식이 너무 자극적이네 어쩌고 하면서 소고기는 빼고 겨자만 가져다주겠다고 말한다. 그녀의 말대로 음식이 아니라 음식 이름이나 먹이려고 하는 것과 다름없다. 이젠 하인한테까지 조롱당하는 신세가 됐다.

이때 페트루치오가 음식이 담긴 접시를 들고 등장한다. 그는 사람을 다 죽게 만들어놓고 기운 내고 밝은 표정을 지으라고 말한다. 그러면서 자신이 손수 만들었다는 음식을 내민다. 카타리나가 음식을 집어 들자 먼저 감사하다는 인사부터 하라고 요구한다. 허기진 카타리나가 감사 인사 없이 음식을 먹자 음식 접시를 뺏어버린다. 정말 치사한 사람이다. 카타리나는 어쩔 수 없이 고맙다고 인사한다. 그러자 다시 접시를 내려놓고 굶어 죽지 않을 만큼만 먹게 하고는 다시 접시를 치워버리게 한다. 완전히 동물 길들이는 것과 마찬가지다. 물론 희극이니까 웃어야 하지만 솔직히 별로 웃기지 않다. 그의 행동이 야비하고 폭력적으로 느껴진다.

페트루치오는 아내에게 멋진 옷을 입고 친정집에 다녀오자고 제안한다. 비단옷과 모자, 금반지, 스카프, 부채, 팔찌 등으로 치장하고 친정에 가서 잔치를 벌이자고 '말잔치'를 벌인다. 그러나 정작 장신구 상인이 와서 주문한 모자를 내놓자 모자가 작다고 생트집을 부리며 집어던진다. 카타리나는 괜찮은 모자라고 말한다. "그게 지금 유행하는 거예요. 얌전한 부인들은 다 그런 모자를 써요."(4.3.71-72) 하지만 그는 "당신도 얌전해지면 씌워주리다. 그때까진 안 되오"(4.3.73)라면서 거절한다. 이런 모자를 쓰고 싶으면 빨리 얌전해지라는 셈이다.

이번에는 재단사가 등장해서 주문했던 옷을 가져온다. 페트루치오는 이번에도 옷소매가 대포 구멍 같네, 주전자 같네 하면서 생트집을 잡는다. 결국 옷차림이 뭐가 중요하냐면서 그냥 입은 대로 가자고 한다. 정말로 말로만 하는 '말잔치'가 돼버렸다.

페트루치오는 시간도 제멋대로 정하고 제멋대로 해석한다. 카타리나가 지금은 두 시고, 지금 출발해도 저녁 식사 전까지 친정집에 도착하지 못할 것이라고 말한다. 그러자 자신의 말에 아내가 트집을 잡는다면서 친정집 방문을 취소해버린다. 그러면서 "오늘은 가지 않겠다. 시계가 몇 시를 가리키든 내가 말한 대로 아씨가 시간을 말해야 떠날 것이다I will not go today, and ere I do, / It shall be what o'clock I say it is"(4.3.193-194)라고 결정해버린다.

모든 것은 자기가 정하겠다는 것이다. 옳고 그름에 상관없이 아내의 주관적 의견 제시는 절대 용납하지 않겠다는 의미다. 철저하게 자기중심적이다. 그렇다면 누가 진정한 말괄량이인가? 말괄량이가 꼭 여성이어야만 하는 것은 아니다. 교정되고 순화되어야 할 사람은 카타리나가 아니라 페트루치오 자신이 아닐까? 옆에서 보고 있던 친구 호텐쇼의 말이 정답이다. "대단한 호걸이야. 이제는 태양에게까지 호령을 하는군Why so, this gallant will command the sun."(4.3.195) 정말이지 그는 벽을 문이라고 내미는 사람이다. 물론 아내를 길들이기 위해서 일부러 그런 거라고 변명할 수 있다. 그러나 꼭 그럴까. 평소에는 그러지 않을 것이란 보장이 없다. 살면서 이런 사람 만나지 않는다면 행운이다.

내가 그렇다고 하면
해는 달이고, 영감은 아가씨다 *13*

페트루치오와 카타리나, 그리고 호텐쇼와 하인들이 길가에서 쉬고 있다. 지금 패듀어에 있는 카타리나의 친정집으로 가고 있는 중이다. 결혼 후 첫 친정 나들이다. 카타리나로서는 설레는 친정 나들이다. 그런데 페트루치오가 맑은 하늘에 뜬 해를 보고 달이라고 우긴다. 어깃장 부리기가 또 시작된 것이다. 이들의 대화를 들어보자.

페트루치오 거참 달빛이 참 곱고 밝구면!

카타리나 달이라고요? 해예요. 지금 이 시각에 달이라뇨?

페트루치오 아니오, 저건 달이오.

카타리나 아니에요, 저건 해예요.

페트루치오 내 이름을 걸고 단언컨대 저건 달이오. 내가 그렇다면 그런 거요, 당신이 친정집에 가고 싶다면. (하인들에게) 여봐라, 그만 돌아가자. 아씨가 내 말에 토를 다는구나.

PETRUCHIO Good Lord, how bright and goodly shines the moon!

KATHERINA The moon? The sun; It is not moonlight now.

PETRUCHIO I say it is the moon that shines so bright.

KATHERINA I know it is the sun that shines so bright.

PETRUCHIO Now by my mother's son – and that's myself – / It shall be moon or star or what I list / Or e'er I journey to your father's house. / (To Grumio) Go on and fetch our horses back again. / – Evermore crossed and crossed, nothing but crossed. (4.5.2-10)

대낮에 달이라니, 페트루치오가 또 억지를 부린다. 하지만 카타리나는 친정집에 가기 위해서 그의 말에 동의를 해줄 수밖에 없다.

카타리나 제발 그냥 가세요. 저게 달이든 태양이든 상관없어요. 촛불이라고 해도 그렇게 부를게요.

페트루치오 글쎄, 달이라니까!

카타리나 맞아요, 저건 달이에요. (4.5.12-15)

카타리나는 이제 그가 팥으로 메주를 쑨다고 해도 그냥 따라
준다. 차라리 그게 편하다. 그랬더니 이번에는 그가 또 아니라
고 말을 바꾼다. "아니야, 당신은 거짓말쟁이야. 저건 고마운 해
야."(4.5.18) 아니, 이건 또 뭔가? 해를 보고 달이라고 우겼다가
이번에는 다시 해라고 말하는 것이다. 변덕이 죽 끓듯 한다. 카
타리나가 대답한다.

> 그렇다면 저건 해예요. 당신이 아니라면 아니에요. 모든 건
> 당신 뜻대로 되는 거예요. 달도 당신 마음처럼 늘 변하지요.
> 당신이 뭐라고 부르든 저도 당신 뜻에 따를 생각이에요.
> Then God be blest, it is the blessed sun, / But sun it is not,
> when you say it is not, / And the moon changes even as
> your mind. / What you will have it named, even that it is, /
> And so it shall be so for Katherine. (4.5.19-23)

카타리나가 현명하게 잘 말했다. 절대 복종을 원하는 독불장
군하고 입씨름해봐야 덕 될 것이 하나도 없다. 복종과 순종은

다르다. 강요에 의한 것은 순종이 아니다. 그는 상식도, 아내의 개성도 인정하지 않는다. 오로지 자신이 절대적인 지배자다. 그 앞에선 해도 달도 서로 바뀔 수 있다. 소설 『1984』에 등장하는 빅브라더가 생각난다. 2+2는 4가 아니라 지배자가 정하는 것이 정답인 것처럼 모든 정답은 페트루치오 자신이 정한다. 그것에 대한 복종을 원하는 것이다. 이런 사람과의 결혼 생활은 암울한 디스토피아dystopia가 아닐까.

이들은 산길에서 루센쇼의 진짜 아버지 빈센쇼를 만나게 된다. 빈센쇼는 유학 중인 아들을 방문하기 위해서 패듀어로 가고 있는 중이다. 그는 아주 늙은 사람이다. 페트루치오가 그를 보고 이렇게 말한다.

아가씨! 어딜 가세요? 케이트, 이 아가씨 좀 보시오. 얼마나 천사처럼 아름답게 생겼습니까! 불그스레한 두 볼, 영롱한 눈동자, 예쁘고 멋진 아가씨 아니오? 여보, 이 아가씨 좀 안아드리구려. (4.5.28-35)

길 가는 영감보고 아름다운 아가씨라고 말한다. 이게 제정신인가? 정상인의 관점에서 보면 완전히 미친 게 틀림없다. 하지만 카타리나는 이제 그의 성격을 알기 때문에 그에게 동조해준다. 그녀가 노인을 보고 말한다.

꽃망울처럼 젊고 어여쁜 아가씨, 어딜 가세요? 집은 어디세요? 저렇게 예쁜 따님을 가진 부모님은 얼마나 좋을까. 그리고 아가씨를 아내로 삼는 남자는 얼마나 행복할까. (4.5.38-42)

그러자 페트루치오가 정색을 하고 야단친다. "아니 당신 미쳤소? 이분은 남자요, 노인이란 말이오. 늙어서 쭈글쭈글하고 생기라곤 전혀 없는 노인네한테 아가씨라니? 그 무슨 당치 않은 소리요."(4.5.44-45) 카타리나가 즉시 사과한다. "할아버지 용서하세요. 제가 잘못 봤어요. 어쩌나 햇빛이 눈부신지 모든 게 초록빛으로 보여서요."(4.5.46-48) 누가 봐도 미친 것은 페트루치오 본인이다. 물론 카타리나를 길들이기 위해서 그런다는 것은 안다. 남편으로서 자신의 권위와 주장을 절대적으로 확립하겠다는 의도라는 것도 안다. 하지만 독선이 너무 심하다.

빈센쇼는 자신을 소개하고 아들 루센쇼를 만나러 가는 길이라고 말한다. 페트루치오와 호텐쇼는 아들이 훌륭한 아가씨와 결혼할 것이라고 알려준다. 지참금도 많은 좋은 집안의 여자라는 것도 말해준다. 그들은 함께 패듀어로 향한다.

얌전한 딸 비앙카가
아버지를 속이고 비밀결혼을 하다니!

14

루센쇼와 비앙카가 몰래 집을 빠져나와 교회로 뛰어간다. 아버지도 모르게 비밀결혼을 하기 위해서다. 루센쇼의 진짜 아버지 빈센쇼가 루센쇼의 집에 도착한다. 빈센쇼가 노크하며 아들을 찾자 가짜 아버지 상인은 자신이 루센쇼의 아버지라고 주장한다. 상인은 오히려 빈센쇼가 자신의 이름을 사칭한다고 화를 낸다. 가짜가 진짜한테 화를 내는 것이다. 하인 비온델로 역시 주인인 빈센쇼를 알고도 모른 척한다. 아예 상인이 루센쇼의 진짜 아버지라고 거짓말을 한다. 진짜 아버지 빈센쇼가 곤경에 빠진 것이다.

화가 난 빈센쇼가 자신을 몰라보는 비온델로를 때리자 트래니오가 몽둥이를 들고 나온다. "대관절 어떤 놈이 내 하인을 때리는 거냐?"(5.1.57) 그를 본 빈센쇼가 기가 막힐 노릇이다. 하인 트래니오가 아들의 옷을 입고 있기 때문이다. 그의 말을 들어보자.

어떤 놈이냐고! 햐, 이 망할 녀석 좀 보게. 비단 저고리에 벨벳 바지, 새빨간 외투에 모자라. 아이고 내 팔자야! 아들 녀석 유학 보내느라 등이 휘었건만, 아들 녀석과 하인 놈은 돈을 이렇게 탕진하고 있으니.

What am I, sir? Nay, what are you, sir! O immortal gods! O fine villain! A silken doublet, a velvet hose, a scarlet cloak and a copatain hat! O, I am undone, I am undone. While I play the good husband at home, my son and my servant spend all at the university. (5.1.58-62)

빈센쇼는 자신의 하인 트래니오를 잘 알지만 주변 사람들은 그를 피사의 부잣집 아들 루센쇼로 잘못 알고 있다. 당연히 사람들은 빈센쇼를 미친 노인네로 오해한다. 트래니오가 시치미를 떼고 자기 주인에게 이렇게 말한다.

여보시오, 옷차림으로 봐선 점잖은 신사분 같은데 하시는 말씀은 꼭 미친 사람 같구려. 이봐요, 영감. 내가 진주와 금으로 도배를 하건 말건 당신이 무슨 상관이오? 난 아버지 덕택으로 이렇게 지내고 있단 말이오. (5.1.65-68)

셰익스피어 당시 벨벳 바지와 빨간 외투 등은 매우 비싼 의복이었다. 요즘으로 치자면 고가의 해외 수입 명품이라고 할까. 당시 영국의 사치금지법에 의해 일반인들은 입을 수 없었던 귀족 부잣집 아들의 복장이다. 예나 지금이나 부모가 힘들게 번 돈을 자식들은 쉽게 쓴다. 부모는 근검절약하지만 자식은 절약하지 않는다. 그때도 버는 사람 따로 있고, 쓰는 사람 따로 있었나 보다.

빈센쇼가 하인 트래니오의 아버지는 돛을 꿰매는 날품팔이 노동자라고 말한다. 그리고 그가 세 살 때부터 길러온 하인이라고 말한다. 빈센쇼는 트래니오가 자신의 아들 루센쇼를 죽이고 아들 행세하고 있다고 주장한다. 하지만 아무도 그의 말을 믿지 않는다. 오히려 트래니오는 경관을 불러서 미친 노인네를 감옥에 가두라고 말한다. 진짜 아버지 빈센쇼가 미친 사람으로 몰려서 감옥에 갈 처지가 되었다. 대혼란이 일어난 것이다.

이때 루센쇼와 비앙카가 교회에서 비밀결혼을 마치고 돌아온다. 그들이 이 소동에 직면한다. 바로 눈앞에서 자신의 진짜 아버지를 만난 것이다. 이제까지 꾸며온 모든 음모가 들통나는 순간이다. 비온델로는 그냥 모르는 체 잡아떼라고 한다. 하지만 진짜 아버지를 본 진짜 아들 루센쇼는 이 순간 무릎을 꿇고 용서를 빈다. 이 모습을 본 비온델로, 트래니오, 상인은 모두 도망간다.

당황스럽기는 뱁티스타도 마찬가지다. 그 역시 뭐가 뭔지 전혀 모르겠다. 그가 볼 때 미친 노인 앞에 무릎을 꿇은 이 사람은 비앙카의 가정교사 캠비오이기 때문이다. 도대체 예비 사위 루센쇼가 어디 있냐고 묻자 루센쇼가 이렇게 대답한다.

네, 지금 따님과 결혼식을 마치고 온 제가 진짜 루센쇼입니다. 가짜들이 어르신의 눈을 속이고 있는 틈에요.
Here's Lucentio, right son to the right Vincentio, / That have by marriage made thy daughter mine / While counterfeit supposes bleared thine eyne. (5.1.106-108)

비앙카는 아버지에게 가정교사 캠비오가 사실은 루센쇼라고 말해준다. 뱁티스타가 감쪽같이 속았다. 그것도 루센쇼와 딸 모두에게 속았다. 가정교사 캠비오가 루센쇼였다는 것도 충격적이다. 그런데 딸 비앙카가 그 가정교사와 비밀결혼을 했다는 것

은 더 큰 충격이다. 아버지인 자신의 허락도 없이 말이다. 그 얌
전한 딸이 나를 속이고 선생과 비밀결혼을 하다니. 얌전한 고양
이가 부뚜막에 먼저 올라간 격이다. 그렇다면 비앙카는 정말 얌
전한 건가? 루센쇼는 이렇게 변명한다.

모든 것은 사랑 때문입니다. 비앙카의 사랑을 얻기 위해서 트
래니오가 제 행세를 하고 다닌 겁니다. 그가 이 도시에서 그
역할을 한 덕분에 저는 행복의 항구에 도착했습니다. 모두 제
가 시켜 저지른 짓이니, 아버님, 저를 용서해주세요.
Love wrought these miracles. Bianca's love / Made me
exchange my state with Tranio / While he did bear my
countenance in the town, / And happily I have arrived at
the last / Unto the wished haven of my bliss. / What Tranio
did, myself enforced him to; / Then pardon him, sweet
father, for my sake. (5.1.114-120)

빈센쇼는 진짜 아버지답게 아들을 용서한다. 그리고 뱁티스
타가 원하는 대로 유산상속 계약서에 동의하겠다며 사태를 진
정시킨다. 우여곡절이 있었지만 해피 엔딩이다.

이 소동을 지켜보던 페트루치오가 카타리나에게 키스를 요

구한다. 카타리나가 대낮에 길바닥에서 부끄럽다고 하자 그럼 다시 시골집으로 돌아가겠다고 억지를 부린다. 친정집 코앞까지 왔는데 다시 돌아갈 수는 없지 않은가. 카타리나는 하는 수 없이 부끄럽지만 남편이 원하는 대로 길바닥에서 키스를 해준다. 뭐든지 자기 맘대로 요구하고, 따르지 않으면 협박하는 페트루치오의 행패는 여기서도 계속된다.

카타리나와 페트루치오, 누가 길들여지는가?

15

가짜 아들, 가짜 아버지 소동이 잘 마무리됐다. 그리고 모두 각자의 짝을 만나 결혼했다. 이들은 루센쇼의 집에 모여서 결혼 축하 파티를 하고 있다. 이 자리에는 세 쌍의 신혼부부가 있다. 페트루치오와 카타리나, 루센쇼와 비앙카, 그리고 호텐쇼와 미망인 커플이다. 양쪽의 아버지와 그레미오도 참석했다.

대화 중에 호텐쇼의 아내가 된 미망인과 카타리나가 신경전을 벌인다. 미망인이 카타리나를 말괄량이 아내로 취급하기 때문이다. 미망인은 페트루치오가 말괄량이 아내 때문에 고생한다는 뜻으로 이렇게 말한다. "댁의 남편은 당신한테 애를 먹고 있잖아요. 자기가 그러니까 내 남편도 그러려니 생각하는 겁니다 Your husband, being troubled with a shrew, / Measures my husband's sorrow by his woe."(5.2.29-30) 그러니까 자기는 남편한테 말괄량이 짓을 하지 않는다는 뜻이다.

두 여자 사이에 설전이 오가자 남편들은 각자 자신의 아내를 응원한다. 비앙카는 이 모습을 보고 사람들이 서로 "뿔horn"(5.2.42)로 들이받고 싸운다는 표현을 한다. "뿔"은 셰익스피어 당시 부정한 아내를 둔 남편의 이마에 생기는 뿔이다. 그리고 동시에 남성의 성기phallus를 암시하는 말이기도 했다. 공개 석상에서 조신한 새 신부가 입에 담기에는 민망한 표현이다. 비앙카가 맹랑하지 않은가. 듣고 있던 시아버지 빈센쇼가 "우리 며느리도 이제 눈을 떴나? 제법이네Ay, mistress bride, hath that awakened you?"(5.2.43)라고 말할 정도니까. 식사 후 카타리나와 비앙카, 그리고 미망인 세 명의 신부들은 자리를 떠서 다른 방으로 간다.

사람들은 페트루치오의 아내 카타리나가 말괄량이 아내라고 말한다. 트래니오는 페트루치오가 자신이 사냥한 사슴에게 오히려 물린 것 같다고 그를 조롱한다. 뱁티스타 역시 페트루치오가 세상에 둘도 없는 말괄량이를 아내로 얻었다고 말한다. 하지만 페트루치오는 이를 인정하지 않는다. 살짝 자존심이 상한 그가 재밌는 내기를 제안한다.

그건 장인어른이 모르시는 말씀입니다. 우리 그럼 각자 자기
아내를 불러볼까요? 누가 가장 빨리 오는지, 가장 빨리 오는
아내가 가장 순종적인 아내일 겁니다. 돈을 걸어서 가장 빨리
오는 쪽이 갖도록 합시다. (5.2.66-70)

각자 아내를 불러서 누가 가장 빨리 오는지 내기를 하자는
것이다. 이것을 보면 각자의 아내가 얼마나 순종적인 아내인지
알 수 있기 때문이다. 모두 동의한다. 그리고 각자 100크라운의
돈을 건다. 비앙카가 가장 순종적일 것으로 확신하는 뱁티스타
는 루센쇼에게 상금의 절반을 책임지겠다고 말한다. 얌전한 비
앙카부터 미망인, 카타리나 순서로 각자 하인을 보내서 나오라
고 부른다.

결과는 모두의 예상을 빗나갔다. 비앙카는 바빠서 못 온다고
말하고, 미망인은 오히려 필요하면 남편이 오라고 말한다. 하지
만 카타리나는 군말 없이 즉각 나타난다. 페트루치오의 압승이
다. 모두들 기적이고 귀신의 조화라고 말한다. 페트루치오는 이
런 변화가 귀신의 조화가 아니라 "평화와 사랑의 조화이고, 사
랑과 행복을 알리는 징조"(5.2.114-115)라고 말한다. 글쎄, 과연
그럴까? 폭력과 학대로 강요한 복종이 아닌가? 그것이 과연 부
부의 평화와 사랑, 그리고 조화와 행복을 가져올지 의문스럽다.

남편의 일방적인 오해이고 착각일 가능성이 높다. 하지만 감동한 뱁티스타는 그에게 상금으로 2만 크라운을 더 준다. 추가 결혼 지참금이자 딸을 길들여준 것에 대한 보답이다.

으쓱해진 페트루치오가 카타리나에게 다른 부인들도 데려오라고 명령한다.

> 가서 부인네들을 데려오시오. 만일 오지 않겠다면 때려서라도 잡아끌고 오세요. 자, 얼른 가서 당장 이리로 데려와요.
> Go fetch them hither; If they deny to come, / Swinge me them soundly forth unto their husbands. / Away, I say, and bring them hither straight. (5.2.109-111)

정말로 카타리나가 다른 부인들을 데리고 나왔다. 더욱 의기양양한 페트루치오는 멀쩡한 카타리나의 모자가 어울리지 않는다며 벗어서 발로 짓밟으라고 말한다. 그러자 카타리나는 시키는 대로 모자를 벗어 던지고 발로 밟는다. 모두들 놀란다.

예상과 달리 비앙카는 왜 불러냈냐며 남편에게 따진다. 그리고 자신을 미끼로 돈을 건 남편이 미련하다고 화를 낸다. 페트루치오가 카타리나에게 이렇게 고집 세고 불순종하는 부인들을 교육 좀 시키라고 명령한다. 설교 따윈 필요 없다며 미망인이 반발하자 저 미망인부터 교육시키라고 말한다. 그러자 카타리나는 아내들을 교육하는 일장 연설, 아니 아내의 의무에 대한 설교를 한다.

우선 얼굴부터 환하게 펴세요. 깔보는 듯한 눈은 거두시고요. 그건 자기의 주인이며 지배자이며 군주인 남편한테 상처가 되는 짓이니까요. 결국 서리를 맞아 떨어지는 감꼭지처럼 자기 자신을 그렇게 만드는 거예요. 어느 모로 보나 화가 난 여자는 맑은 물에 돌을 던져 흙탕물이 된 것처럼 흉하고 불결해 보이지요. 남편이 아무리 목이 마르다 해도 입을 대고 먹고 싶은 마음이 들까요? 남편은 우리의 생명이자 보호자이며 군주입니다. 남편이 오로지 아내를 위해 자나 깨나 뼈 빠지게 일을 하니까 우리가 집에서 안심하고 지낼 수 있는 거예요. 그런데도 남편은 아내의 사랑과 고운 얼굴과 순종밖에는 바라는 게 없죠. 그렇게 보면 아내가 할 일은 참으로 하찮은 거죠. 아내가 고집을 부리고, 짜증을 내고, 남편의 의사를 거역한다면, 그게 배은망덕이 아니고 뭐겠어요? 그야말로 평화를 위해 무릎 꿇어야 할 때 선전 포고를 하는 격이죠. 저는 여자의 좁은 소견머리가 부끄럽기 그지없답니다. 여자의 살결이 왜 부드럽고 약한 줄 아세요? 그건 마음과 기분이 부드러워서 그런 걸 거예요. 당신들은 콧대만 높지 별것도 아닌 존재들이에요. 나도 한때는 여러분처럼 교만하고, 고집이 세서 누구한테 지는 걸 못 참았죠. 하지만 깨닫고 보니 그건 지푸라기처럼 하찮은 것이더라고요. 마치 계란으로 바위를 치는 격이었죠. 아무리 강한 것처럼 보여도 그래요. 그러니 쓸데없는 오만함을 버리세요. (5.2.142-183)

카타리나의 설교는 충격적이다. 남편을 아내의 "생명이자 보호자이며 군주thy life, thy keeper, thy sovereign"(5.2.152-153)라고 표현한다. 그야말로 가부장주의의 정수를 보여준다. 그것도 남편이 아닌 아내의 입에서 이런 말이 나오다니. 이론의 여지없이 페트루치오의 완벽한 승리다. 모두들 그의 승리를 인정하고 축하한다. 페트루치오는 의기양양하게 아내를 데리고 침실로 간다. 사람들은 그가 "지독한 말괄량이a curst shrew"(5.2.194)를 최고 순한 여자로 길들였다며 기적이라고 칭송한다. 정말이지 헤라클레스의 12대 과업에 견줄 만한 일이다.

그런데 자꾸 의문이 든다. 카타리나는 정말 길들여졌을까? 충격적인 그녀의 마지막 연설은 과연 진심인가, 아니면 연기인가? 그녀의 언어 표현이 진정 그녀의 마음인가? 혹시 그녀가 표면적인 복종을 통한 지배 전략을 구사하고 있는 것은 아닌지?

설사 지배까지는 아니더라도 복종을 겉으로만 연기하고 있는 것은 아닐까. 어쩌면 그것은 약자인 여성이 선택할 수 있는 지혜로운 현실적 대안일지도 모른다.

다시 이 연극의 서극으로 돌아가보자. 서극에서 주정뱅이 슬라이는 자신이 영주라고 착각한다. 주변 사람들이 그를 영주처럼 떠받들기 때문이다. 하지만 이것은 진실이 아니라 그를 착각시켜 골려주기 위한 진짜 영주의 장난이다. 지금까지 우리가 본 『말괄량이 길들이기』는 착각에 빠진 슬라이가 가짜 부인과 함께 보는 극중극이다. 그렇다면 페트루치오는 서극의 슬라이가 아닐까? 그것을 암시하기 위해서 셰익스피어가 서극을 맨 앞에 미리 제시했는지도 모른다.

페트루치오는 자신이 카타리나를 길들였다고 생각한다. 하지만 정작 길들여지는 것은 페트루치오 자신이 아닐까. 사람들은 종종 자기가 이겼다고 착각하며 산다. 하지만 이기고도 지고, 지고도 이기는 게 인생이다. 물론 웃긴 코미디니까 그냥 가볍게 웃어넘겨도 무방하다. 그렇지만 카타리나에게 연민의 정을 느끼는 독자라면 이렇게 전복적으로 해석해도 좋을 듯하다. 그러면 불편함이 다소라도 누그러질 테니까 말이다.

❧

5장

십이야

──── ❧ ────

T w e l f t h   N i g h t

W i l l i a m   S h a k e s p e a r e

오빠의 죽음을
슬퍼하는 두 여동생

『십이야』는 1601년 영국을 방문한 이탈리아 오시노 공작을 환영하기 위해 쓰였다고 한다. 당시 엘리자베스 1세 여왕의 궁중에서 초연된 것으로 추측된다. 작품 제목 '십이야Twelfth Night'는 기독교 축제인 예수 공현 축일을 의미한다. 예수 탄생을 축하하러 온 동방박사들을 기념하기 위한 것이다. 크리스마스로부터 열두 번째 되는 날로 1월 6일에 해당된다. 그래서 이 작품의 공연도 1601년 1월 6일 초연되었다. 작품의 중심 줄거리는 당시 잘 알려졌던 이탈리아 민담을 바탕으로 하고 있다. 사랑때문에 서로 속고 속이는 어리석은 인간의 모습을 보여주는 내용이다.

이 작품은 셰익스피어의 전형적인 낭만희극에 속한다. 재기

발랄한 말장난과 유쾌한 풍자, 로맨틱한 사랑과 결혼 등 낭만희극적 요소가 모두 등장한다. 하지만 다른 희극 작품과 달리 이 작품에서는 다소 어두운 분위기도 감지된다. 행복한 희극의 세계에서 소외되는 우울한 인물도 있기 때문이다. 이들은 희극의 축제 분위기를 깨뜨리는 위협적인 존재들이다. 실제로 이 작품은 셰익스피어가 무거운 비극 작품을 본격적으로 쓰기 시작한 시기와 비슷한 시기에 쓰였다. 셰익스피어 희극의 후반부이자 비극의 서곡序曲이라고나 할까. 공교롭게도 이 작품은 광대 페스테Feste가 부르는 우울한 노래로 끝난다. 그 노래에서는 "비가 내리네"라는 후렴구가 반복된다. 인생이란 맑은 날만 있는 게 아니라 비 오는 궂은 날도 있다는 암시가 아닐까.

막이 오르면 사랑에 빠진 일리리아Illyria의 오시노Orsino 공작이 등장한다. 백작의 딸 올리비아Olivia를 짝사랑하는 것이다. 우울한 감정에 빠져 있는 그가 음악을 들으면서 탄식한다. "음악이 사랑을 살찌우는 양식이라면 계속 연주해라. 질리도록 들어 싫증이 나버리면 사랑의 식욕도 사라질 테니 말이다."(1.1.1-3)* 신하들이 사냥을 권해보지만 별 관심이 없다. "사

---

* 윌리엄 셰익스피어, 『셰익스피어 5대 희극』, 셰익스피어연구회 옮김, 서울: 아름다운날, 2020. 우리말 번역은 주로 이 책을 참고하여 인용했으며 필요한 부분은 필자가 수정하여 번역했음.

슴hart"(1.1.18)*을 사냥하러 가자고 하니까 이미 "가장 고귀한 가슴the noblest that I have"(1.1.19)이 자신에게 있으니 그럴 필요 없다고 말한다. 이게 무슨 말일까.

공작의 이 말은 사슴hart과 가슴heart의 동일한 발음을 이용한 셰익스피어의 말장난이다. 공작은 자신을 그리스 신화의 액티온Actaeon에 비유하고 있다. 액티온은 숲속에서 길을 잃는 바람에 우연히 목욕하는 다이애나 여신의 벗은 몸을 보았다. 순결의 여신 다이애나는 자신의 몸을 본 죄로 그를 사슴으로 만들어버렸다. 사슴으로 변한 액티온은 자신의 사냥개에게 물려 죽는다. 사냥개는 주인이 사슴으로 변한 것을 모르기 때문이다. 공작은 자신도 올리비아를 본 순간 사슴으로 변했다고 말한다. 그리고 가슴속 사랑이 신화 속의 사냥개처럼 맹렬하게 자신을 공격하고 있다고 토로한다. 자신도 사랑의 열병으로 죽어가고 있다는 것이다. 참으로 로맨틱한 남자다.

하지만 오시노 공작은 적극적인 남자는 못 된다. 자신의 사랑을 본인이 아닌 심부름꾼을 통해서 전달하기 때문이다. 용기 있게 직접 상대를 만나 사랑을 표현하는 편이 더 좋지 않을까.

---

* Shakespeare, William. *Twelfth Night*, The Arden Shakespeare. Ed. J. M. Lothian and T. W. Craik, London: Methuen & Co. Ltd., 1977. 이후 원문 인용은 이 책을 참고 바람.

공작의 단점이다. 시종 밸런타인이 올리비아의 회신을 공작에게 전달한다. 그녀를 직접 만나지도 못했고 하녀를 통해 간접적으로 받은 답변이다.

올리비아 아가씨께서는 앞으로 7년 동안 하늘에게도 얼굴을 가릴 결심이랍니다. 외출할 때는 마치 수녀처럼 두건으로 얼굴을 가리고, 하루에 한 번씩은 거처하는 방에 짜디짠 눈물을 구석구석 뿌리겠노라고 하십니다. 이것은 모두 돌아가신 오라버니를 너무나 사랑한 나머지 슬픈 추억을 영원히 간직하기 위해서랍니다.

The element itself, till seven years' heat, / Shall not behold her face at ample view; / But like a cloistress she will veiled walk, / And water once a day her chamber round / With eye-offending brine: all this to season / A brother's dead love, which she would keep fresh / And lasting, in her sad remembrance. (1.1.27-32)

오빠의 죽음을 슬퍼하는 여동생 올리비아는 7년 동안 아무도 만나지 않고 오빠만 추모하겠다고 한다. 수녀처럼 두건으로 얼굴을 가리고 매일 슬픔의 눈물을 흘리면서 말이다. 이러니 공작의 구애가 성공하기 어려운 상황이다. 그럼에도 공작은 그녀에 대한 사랑을 멈출 수가 없다.

한편 일리리아 해변에 난파선 한 척이 파도에 떠밀려 왔다. 구사일생으로 살아남은 바이올라Viola가 파도에 휩쓸려간 쌍둥이 오빠 세바스찬Sebastian을 걱정한다. 바이올라와 세바스찬은 타인이 구분하기 어려울 정도로 똑 닮은 쌍둥이 남매다. 그녀는 오빠가 파도에 익사했을 것으로 추측하고 슬퍼한다. 하지만 선장은 거친 파도 속에서도 나뭇조각에 매달려 표류하던 오빠를 보았다며 희망을 준다.

바이올라는 이 지역을 잘 아는 선장으로부터 이곳의 오시노 공작에 관해서 듣는다. 그가 올리비아에게 청혼을 했지만 거절 당했다는 사실도 알게 된다. 그러자 바이올라가 오시노 공작을 직접 모시고 싶다고 말한다. 그녀가 선장에게 이렇게 부탁한다.

정말 부탁드려요. 보답은 얼마든지 하겠습니다. 뜻한 바가 있어서 여자라는 것을 숨기고 변장하겠으니 도와주세요. 공작님을 가까이서 모시고 싶어요. 저를 시종으로 그에게 추천해 주세요. (1.2.52-56)

바이올라는 한 번도 본 적이 없는 오시노 공작에게 마음이

끌린다. 남자로 변장해서라도 공작 가까이에 다가가고 싶다는 것이다. 그녀가 공작을 사랑하는 걸까? 말 몇 마디만 듣고도 사랑의 감정이 생길 수 있는 건가? 남녀 간의 사랑이란 미묘하고 알 수 없는 감정이다. 결국 선장은 그녀를 남자로 변장시켜서 공작의 시종으로 추천한다.

지지 않는 꽃이 없듯이
시들지 않는 아름다움도 없다

올리비아의 삼촌 토비 벨치 경Sir Toby Belch은 체통머리 없는 주정뱅이다. 밤늦게까지 술타령이다. 오늘도 거나하게 술에 취했다. 하녀 마리아Maria가 자제하고 체통을 지키라고 부탁해도 소용이 없다. 자기는 오로지 조카 올리비아를 위해서 술을 마시는 거라고 우겨댄다. "내가 조카딸 건강을 기원해서 건배하는 거야. 조카를 위해서라면 내 목에 목구멍이 있는 한, 그리고 이 일리리아에 술이 남아 있는 한 건배할 거야. 머리가 팽이처럼 팽팽 돌 때까지. 조카를 위해서 그 정도도 못하면 비겁한 놈이지."(1.3.38-42) 전형적인 주정뱅이의 모습이다. 불그레한 얼굴, 풀린 눈동자, 혀 꼬부라진 목소리, 그 모습이 눈에 선하게 그려진다.

토비 경은 최근에 올리비아를 위한 구혼자랍시고 주정뱅이 친구 앤드류 에이규칙 경Sir Andrew Aguecheek을 데려왔다. 연 수입이 3,000더컷이나 되는 부자라고 떠벌리지만 믿을 수가 없다. 마리아가 한마디 한다. "돈이 많으면 뭐해요. 아무리 돈이 많아도 1년도 못 버티고 탕진할 바보fool에다 난봉꾼prodigal인 걸요."(1.3.23-24) 하지만 토비 경은 그가 비올라 연주도 할 줄 알고 외국어도 할 줄 안다고 우겨댄다. 그래도 술꾼들의 허풍은 믿을 게 못 된다.

토비 경이 앤드류 경에게 마리아를 소개한다. "인사하시게, 앤드류 경, 인사해Accost, Sir Andrew, accost."(1.3.48) 하지만 앤드류 경은 "인사하다accost"라는 말을 몰라서 그것을 그녀의 이름으로 오해한다. "안녕하세요. 마리아 어코스트 양Good Mistress Mary Accost."(1.3.54) 무식이 탄로 난 것이다. 이 장면에서 이들이 사용하는 언어들은 성적인 암시가 담긴 부적절한 표현들이 많다. "accost"라는 말은 '인사하다', '여성에게 구애하다' 외에 '배에 타다'라는 의미도 있었다. 성적인 뉘앙스가 있어서 여성 앞에서 사용하기에는 부적절한 말이다.

불편함을 느낀 마리아가 자리를 피하려고 한다. 그러자 토비 경이 이렇게 말한다. "이봐, 앤드류 경, 지금 그냥 놓쳐버리면 사내대장부가 칼sword을 다시 뽑을 수가 없어."(1.3.60-61)

여기서 "칼sword" 역시 남성을 상징하는 성적인 은유다. 눈치 빠른 마리아가 "저는 손도 잡지 않았어요"(1.3.65)라고 응수한다. 앤드류 경이 손을 내밀자 마리아는 그 손으로 술통이나 잡으라고 말한다. 그러면서 그의 손이 "말랐다dry"(1.3.72)라고 비꼰다. "말랐다dry"라는 말 역시 성적 은유를 포함하고 있다. 성적 욕망의 갈증으로 목이 마르다는 의미도 되고, 남성으로서의 성적 능력이 빈약하다는 조롱도 된다. 올리비아의 하녀 마리아는 남성들의 성희롱적 발언을 능숙하게 되받아친다.

앤드류 경이 내일 고향으로 돌아가겠다고 말한다. 올리비아가 자신을 만나주지 않아서다. 게다가 오시노 공작도 그녀에게 청혼하고 있기 때문에 결혼 가능성이 없다고 판단한다. 하지만 토비 경은 포기하지 말라고 그를 설득한다. "공작은 싫대. 신분이나 연령, 지식, 그 어떤 것도 저보다 윗사람하고는 결혼하지 않겠다는 거야. 그렇게 다짐하는 걸 이 두 귀로 똑똑히 들었다고. 이봐, 그러니까 아직 기회는 있어."(1.3.106-108) 결국 앤드류 경은 마음을 바꾸고 한 달 더 머무르기로 결정한다.

이들은 다시 유쾌한 술꾼들의 이야기로 돌아간다. 앤드류 경은 가면을 쓰고 춤추는 댄스 취미를 설명한다. 깡충거리기, 뒤로 뛰기, 갈리아드 댄스 등 다양한 춤 실력을 자랑한다. 매우 활기차고 발랄한 이런 춤들 역시 당시 문화에서는 성적인 뉘앙스를 포함했다. 이들이 주정뱅이 난봉꾼이라는 점을 보여준다.

올리비아의 저택에는 바보광대 페스테도 살고 있다. 셰익스피어 작품에는 광대가 자주 등장한다. 그중 제일 유명한 광대가 비극 『리어왕』에 나오는 광대와 『십이야』에 나오는 광대라고 할 수 있다. 이 작품에 나오는 광대는 아예 이름까지 있다. 그의 말은 재치가 넘친다. 유쾌한 위트와 더불어 폐부를 찌르는 촌철살인의 풍자도 들어 있다. 그는 작품을 더 의미 있게 만들어주는 주요 인물 중의 한 사람이다.

광대 페스테가 밤늦게까지 쏘다닌다고 마리아에게 혼나고 있다. 멋대로 집을 비우고 쏘다녔기 때문에 아가씨가 교수형에 처할 것이라고 협박한다. 그러자 광대는 이렇게 말한다. "교수형 시키라지. 교수형 잘 당한 사람은 적군을 두려워하지 않는 법이니까Let her hang me: he that is well hanged in this world needs to fear no colours."(1.5.5-6) 죽은 사람은 아무리 무서운 적군이 쳐들어와도 볼 수 없기 때문에 더 이상 두렵지 않다는 것이다. 죽은 자가 무엇을 두려워하겠는가. 그는 또 말한다. "교수형 덕분에 지겨운 결혼 생활을 모면한 사람이 얼마나 많은데 그래, 여름이니까 쫓겨나도 견딜 만하고Many a good hanging prevents a bad marriage: and for turning away, let summer bear it out."(1.5.19-20) 죽음의 장점을 재치 있게 말하고 있다. 셰익스피어 작품에서 광대의 말은 참 흥미롭다.

올리비아와 집사 말볼리오Malvolio가 등장한다. 올리비아가 하인들에게 명령한다. "이 바보를 당장 끌어내라. 너는 이제 쓸 모없는dry 광대다."(1.5.36-38) 그러자 광대는 자신에게 술을 주면 다시 생기가 돌 거라고 대답한다. 시들어버렸다는 뜻의 'dry'에 시든 꽃에 물을 주듯이 술을 달라고 응수하는 것이다. 그러면서 "지지 않는 꽃이 없듯이 시들지 않는 아름다움도 없지요"(1.5.49-50)라고 말한다. 올리비아의 아름다운 청춘과 외모도 곧 시들 테니 빨리 청혼을 받아들이라는 것이다. 그러면서 하인들에게 "아가씨가 바보를 끌어내라 하시지 않느냐. 빨리 아가씨를 저쪽으로 데려가라"(1.5.50-51) 하고 말한다. 자신이 가는 게 아니라 아가씨를 자신에게서 떼어놓으라는 것이다. 광대의 익살이다.

광대는 그녀가 자신을 가두는 것은 실수라면서 이렇게 말한다. "머리 깎았다고 다 스님은 아닙니다요Lady, cucullus non facit monachum."(1.5.53) 이것은 '중 모자 썼다고 다 중이 아니다'라는 라틴어 속담이다. 마찬가지로 광대 옷을 입었다고 다 바보는 아니라는 말이다. 광대 페스테는 통찰력 있는 '현명한 바보'다. 광대는 오히려 교리 문답 형식으로 올리비아가 바보임을 증명한다.

광대 아가씨여, 그대는 왜 그리 슬퍼하나요?

올리비아 이 바보야, 오빠가 돌아가셨기 때문이지.

광대 오빠의 영혼이 지옥에 있나 보군요.

올리비아 아냐. 우리 오빠 영혼은 천국에 있어, 이 바보야.

광대 그럼 아가씨는 나보다 더 바보군요. 오빠 영혼이 천국에
있는데 그리 슬퍼하다니. 여보게들, 이 바보를 당장 데려가
시오. (1.5.64-70)

오빠가 지옥이 아니라 천국에 가 있으면 기뻐해야지 왜 슬퍼
하냐는 것이다. 광대의 말에 재치가 넘친다.

집사 말볼리오가 이런 멍청한 바보를 상대하지 말라고 말한
다. 저런 바보광대를 좋아하고 함께 웃어대는 똑똑한 사람들은
바보광대의 들러리라고 비난한다. 하지만 올리비아는 말볼리
오를 나무란다. 광대의 험담에는 악의가 없다는 것이다. 오히려
총알을 대포알이라고 너무 진지하게 확대 해석하는 그가 "자기
사랑에 빠진 병든 사람you are sick of self-love"(1.5.89)이라고 핀잔
을 준다. 맞다. 말볼리오는 삶의 여유와 유머를 모른다. 자신의
원칙에만 충실할 뿐 타인의 유머와 여유를 인정하지 않는 경직
된 사람이다. 하지만 광대 페스테의 말처럼 오히려 "지혜 있다
고 뽐내는 자가 바보인 경우가 많다Those wits that think they have
thee, do very oft prove fools."(1.5.31) 광대의 말이 맞지 않을까.

연애편지를 자주 보냈더니
상대가 우체부와 결혼하더라

오시노 공작의 시종이 되고 싶다는 바이올라는 어떻게 됐을까. 그녀는 세자리오Cesario라는 이름의 남자로 변장하고 오시노 공작의 시종이 된다. 공작은 그를 남자로 생각하고 신뢰한다. 공작은 자신의 "가장 비밀스러운 영혼의 책the book even of my secret soul"(1.4.14)조차도 그에게 다 보여준다. 그래서 그에게 사랑의 전령사 역할을 맡긴다. 올리비아에게 가서 자신의 구애를 대신해달라는 것이다. "그녀를 만나 내 불같은 사랑의 열정을 다 털어놓고 이 가슴속에 맺힌 진심을 아가씨에게 호소해다오. 내 사랑의 고뇌를 대신 전해주는 것은 네가 적격이다."(1.4.24-26) 당연히 세자리오는 원래 여자니까 달의 여신 아르테미스처럼 붉고 아름다운 입술과 고운 목소리를 갖고 있다. 하지만 남자로 변장한 바이올라는 돌아서서 그의 아내가 되고 싶은 것은 자기라고 혼잣말을 한다. 자기가 사랑하는 남자의 청혼을 대신해주어야 하다니, 참 아이러니한 상황이다.

바이올라가 올리비아의 저택 문 앞에서 버티고 서 있다. 마치 그녀의 발이 그 자리에 뿌리내리고 박혀 있는 듯하다. 올리비아가 자신을 만나줄 때까지 절대 돌아가지 않겠다고 말한다. 올리비아가 그냥 돌려보내라고 거절하지만 토비 경과 말볼리오는 그가 아주 질긴 사람이라고 말한다. 결국 올리비아는 그녀를 한 번만 만나주겠다고 말한다.

올리비아는 바이올라를 만나 용건이 뭐냐고 차갑게 말한다. 하지만 바이올라는 먼저 올리비아의 아름다움을 칭찬한다. 그리고 자신이 전하고자 하는 용건은 "처녀의 순결만큼이나 당신 귀에는 신성하지만 남들 귀에 들어가면 신성 모독이 되는 것as secret as maidenhead: to your ears, divinity; to any other's, profanation"(1.5.219-220)이라고 말한다. 둘만 조용히 얘기하고 싶다는 뜻이다. 이 말에 올리비아가 하인들을 물러가게 한다. 이제 바이올라와 올리비아 둘만 남았다. 그들의 대화를 들어보자.

바이올라 세상에서 가장 아름다운 여인이여!

올리비아 기분 좋은 교리네요. 근데 본문은 어디 있죠?

바이올라　오시노 공작님 가슴속에요.

올리비아　그분의 가슴속에라! 가슴속 제 몇 장에 있죠?

바이올라　그분 가슴 제1장에 있지요.

올리비아　아! 그거라면 벌써 다 읽었어요. 그건 이단의 가르침이에요. 또 할 얘기가 있나요?

바이올라　아가씨 얼굴을 보여주세요.

올리비아　제 얼굴과 담판이라도 지으라는 명령을 받았나요? 좋아요. 커튼을 걷고 제 얼굴을 보여드리죠. (베일을 벗는다.) 어때요. 괜찮은가요?

바이올라　훌륭하게 만들어졌군요. 하느님이 모든 것을 만드셨다면.

올리비아　바래지 않게 잘 물들여놔서 비바람에도 잘 견뎌낼 거예요. (1.5.224-241)

바이올라는 올리비아가 신이 빚어낸 아름다운 조화의 극치라고 말한다. 하지만 그녀가 세상에 둘도 없는 잔인한 여자라고 말한다. 왜 그런가? 아름다운 올리비아가 "그런 아름다움을 모두 무덤까지 끌고 가서 이 세상에 단 한 장의 사본도 남기지 않는다면If you will lead these graces to the grave / And leave the world no copy"(1.5.245-246) 그렇다는 말이다. 재치 있는 말이다. 올리비아가 오시노 공작의 구애를 계속 거절하는 것에 대한 책망인 것이다. 결혼을 해서 그 아름다운 자신의 사본copy 한 장이라도 세상에 남겨줘야 하는 것 아니냐는 설득이다.

이렇게 멋지게 바이올라는 구애 임무를 잘 수행한다. 오시노 공작이 아가씨를 "끝없는 숭배와 비 오듯 쏟아지는 눈물, 우레와 같은 사랑의 신음, 불타는 탄식With adorations, fertile tears, / With groans that thunder love, with sighs of fire"(1.5.259-260)으로 사랑하고 있다고 전한다. 이보다 더 완벽한 사랑의 표현은 없을 것이다.

그런데 세상에는 아이러니한 일도 많다. 이를테면 연애편지를 자주 보냈더니 상대가 편지를 전해주는 우체부와 결혼하더라는 것이다. 올리비아는 자신을 사랑하는 공작이 아니라 사랑의 전달자인 바이올라에게 마음이 끌린다. 남녀 간의 사랑이란 참 묘하다. 이것은 완벽하게 엇갈린 사랑의 삼각관계다. 올리비아는 공작의 사랑을 거절하면서 이렇게 말한다.

> 돌아가서 주인께 전해주세요. 나는 그분을 사랑할 수 없으니 다시는 사람을 보내지 말라고요. 다만 당신의 주인이 내 말을 어떻게 받아들이셨는지 알려주러 당신이 온다면 그건 별도의 문제예요. 그럼 잘 가세요. (1.5.283-286)

더 이상 사람을 보내지 말라 하면서도 당신은 와도 된다는 암시를 주고 있다. 바이올라가 퇴장한 후 그녀가 하는 독백에는 진심이 더욱 드러난다.

당신의 신분을 밝힐 수 없나요? 그래, 틀림없는 신사야. 그 말씨, 얼굴, 체격, 거동, 마음 씀씀이로 볼 때 지체 높은 집안의 사람이 틀림없어. 안 되지. 조급하게 행동해선 안 돼. 주인과 저 사람을 바꾸어놓다니, 내가 정상이 아니지. 근데 갑자기 상사병에 걸려버렸어. 아마 그 젊은이의 아름다운 모습이 나도 모르게 내 마음속에 스며든 걸 거야. (1.5.293-302)

사랑에 빠져버린 올리비아는 집사 말볼리오를 부른다. 아까 그 건방진 심부름꾼을 쫓아가서 제 맘대로 두고 간 반지를 돌려주라고 시킨다. 하지만 바이올라는 반지를 두고 가지 않았다. 바이올라를 다시 보고 싶은 그녀가 꾸며낸 자작극이다. 그녀 스스로도 인정한다. 말볼리오가 퇴장한 후 이렇게 고백한다.

내가 왜 이러는지 모르겠어. 겁이 난다. 내 눈이 뒤집혀 내 마음을 걷잡을 수 없는 것 같아. 운명이여, 힘을 보여주세요. 인간이란 자신을 마음대로 조종할 수 없는 존재인가 봐. 숙명이라면 불가피한 것. 되는 대로 지켜볼 수밖에.

I do I know not what, and fear to find / Mine eye too great a flatterer for my mind. / Fate, show thy force; ourselves we do not owe. / What is decreed, must be: and be this so.

(1.5.312-315)

그렇다. 사랑이란 그런 것이다. 의외의 장소에서 도둑처럼 찾아오는 게 사랑이다. 오빠의 죽음으로 7년 동안 수녀처럼 지내겠다고 맹세했던 올리비아가 아닌가. 오시노 공작의 끊임없는 구애에도 눈 하나 까딱하지 않던 그녀가 한순간에 사랑에 빠졌다. 그것도 사랑을 전하러 온 심부름꾼에게 말이다. 게다가 상대는 남장을 한 여자고, 신분도 자기보다 낮은 시종이다. 모든 면에서 맞지 않는 상대다. 너무 웃긴 코미디 아닌가. 정말이지 알 수 없는 게 인간의 마음이다.

주정뱅이의 개똥철학과 청교도의 원칙

　토비 경과 앤드류 경, 두 주정뱅이가 한밤중에 술판을 벌이고 있다. 술에 취해 횡설수설하는 이들의 대화가 희극의 묘미를 더한다. 토비 경은 자정이 넘도록 잠자리에 들지 않았으니 일찍 일어난 것과 똑같다고 말한다. 그리고 자정 지나서 잠자리에 들면 그게 바로 일찍 잠자리에 드는 것이라고 주장한다. 그때가 하루의 시작인 새벽이니까 말이다. 술꾼의 재치 있는 자기 합리화다.

　그는 또 "인간의 생명이란 흙, 물, 불, 바람, 네 가지 원소로 구성되어 있다"라고 말한다. 서양 르네상스 시대에 잘 알려져 있던 '4원소설'이다. 그래도 어디서 주워들은 것은 있는 모양이다. 그러자 앤드류 경이 혀 꼬부라진 소리로 반박한다. "다들 그렇

게 말하는데, 난 말이야, 인간의 생명은 먹고 마시는 걸로 구성
돼 있다고 생각해."(2.3.11-12) 그러면서 술 더 가져오라고 소리
친다. 과연 주정뱅이다운 탁월한 학설이고 그럴듯한 개똥철학
이다. 토비 경과 앤드류 경, 이들은 나름 인생의 즐거움을 아는
희극적 축제의 화신이다.

이들이 광대 페스테에게 노래 한 곡 부탁한다. 팁으로 돈까
지 준다. 그러자 페스테가 사랑가를 부른다.

사랑이란 무엇인가? 그것은 내일 올 것이 아니라네. 이 순간
의 즐거움이 전부라네. 내일은 알 수 없는 불안한 것. 미루지
말아요, 미루면 남는 게 없어요. 그러니 연인이여, 어서 키스
해주오, 수도 없이 많이. 청춘은 한순간이니까.
What is love? 'Tis not hereafter, / Present mirth hath
present laughter: / What's to come is still unsure. / In
delay there lies no plenty, / Then come kiss me, sweet and
twenty: Youth's a stuff will not endure. (2.3.48-53)

르네상스 시대에 유행했던 전형적인 '카르페 디엠carpe diem'
주제의 노래다. 못 믿을 내일의 행복을 기대하기보다는 확실한
오늘을 즐기라는 것이다. 요즘 말로 하자면 '소확행'이다. 소소

하지만 확실한 오늘의 작은 행복이 소중하다는 의미다. 아끼고 소중하게 간직하다 결국 버리고 만다는 것이다. 토비 경과 앤드류 경은 이렇게 돌림 노래를 부르면서 즐거운 시간을 보낸다.

마리아가 등장해서 이들을 제지한다. 한밤중에 웬 난리 법석이냐며 올리비아가 쫓아낼 것이라고 경고한다. 하지만 토비 경은 자기는 올리비아의 친척이라면서 아랑곳하지 않는다. 마침내 집사 말볼리오가 등장한다. 그가 엄중하게 따진다.

아니, 어째 다 머리가 돌아버린 것 아니오? 도대체 이게 뭡니까? 분별이고 체면이고 염치고 다 어디다 팔아먹었단 말입니까? 오밤중에 땜장이처럼 이렇게 소란을 피우다니 말이오. 아가씨의 저택을 선술집으로 만들 셈이오? 아무런 가책도 없이 소리를 질러대며 야단법석이라니. 시간과 장소, 신분일랑 모두 잊었단 말이오? (2.3.87-93)

말볼리오의 말이 맞다. 지금 시간과 장소를 고려한다면 이들의 행동은 상식에 어긋난다. 술에 취해 비틀거리며 노래하는 이들이 말볼리오의 눈에는 꼴불견이다. 맞는 말이긴 한데 세상엔 한 가지 모범 답안만 있는 게 아니다. 그 모범 답안이 다 옳은 것도 아니다. 말볼리오가 이해하지 못하는 토비 경과 앤드류 경의 인생도 있는 것이다. 뭐가 옳은지 가치 판단은 각자의 몫이다. 이들의 삶은 말볼리오의 삶과 다르기 때문이다. 세상에 정답은 없다.

문제는 말볼리오가 자신의 가치와 기준을 타인에게도 강요한다는 점이다. 토비 경이 그런 그를 비난한다. "자네는 고결한 체하면서 과자와 술은 절대 안 된다 이거지?"(2.3.113-115) 말볼리오는 원칙과 질서만 강조할 뿐 삶의 즐거움은 모른다. 하나는 알고 둘은 모르는 격이다. 영어에서 접두사 'mal'은 '나쁘다'는 의미다. 그러므로 말볼리오Malvolio라는 이름은 '나쁜 의도'라고 해석할 수 있다. 이름처럼 그는 이들의 축제 분위기에 어울리지 않는 인물이다. 마리아 역시 말볼리오가 청교도 같다면서 그를 이렇게 비난한다.

사실은 말만 청교도지 얼토당토않고 이것도 저것도 아니에요. 그때그때 유리한 대로 알랑거리는 기회주의자인 데다가 그럴듯한 말을 기억해뒀다가 지껄여대죠. 잘난 체하며 뻐기는 작태는 꼴불견이고, 세상의 좋은 것은 자기가 다 가진 걸로 착각하고 있다니까요. 자기를 한번 보기만 하면 누구나 자기한테 반한다고 철석같이 믿고 있어요. (2.3.146-152)

마리아에 의하면 말볼리오는 독선적이고 자기도취에 빠져 있는 인물이다. 게다가 잘난 체하는 교만함까지 있다. 마리아가 그런 말볼리오를 골려주겠다고 말한다. 그의 자만심을 이용해서 웃음거리로 만들겠다는 전략이다.

그가 잘 다니는 길목에다 이름이 없는 연애편지를 떨어뜨려 둘 거예요. 편지에 수염의 색깔이며, 다리 모양, 걸음걸이, 눈매, 이마, 그리고 안색 같은 것을 써놓아서 그것이 자기에게 보낸 것이 틀림없다고 믿게 하는 거예요. 저는 아가씨와 아주 비슷한 필체로 쓸 수 있거든요. 오래전에 쓴 것을 보면 제 글씨인지 아가씨 글씨인지 구별을 못할 정도니까요. (2.3.155-162)

이름 없는 연애편지로 올리비아가 자신을 사랑한다는 착각에 빠뜨리겠다는 것이다. 이들에게는 재밌는 장난이지만 말볼리오에게는 조롱과 상처가 될 수 있다.

토비 경은 앤드류 경에게 돈을 더 갖고 와야겠다고 말한다. 아무래도 계속되는 술타령과 구애에 돈이 많이 필요한 건 당연하다. 앤드류 경이 걱정한다. "자네 조카딸을 손에 넣지 못한다면 난 돈만 왕창 쓰는 꼴이 되는 거네."(2.3.184-185) 토비 경은 절대 그럴 일은 없을 거라고 장담한다. 하지만 주정뱅이 토비 경의 말을 믿을 수 있을까?『오셀로』에서 이아고에게 속아 넘어가는 로더리고가 생각난다. 이들은 잠자리에 들기에는 너무 늦었다면서 술이나 한잔 더 하러 간다.

아, 내가 말볼리오 5
백작이 된다니!

올리비아의 저택 정원에서 집사 말볼리오가 혼자 걷고 있다. 자기도취에 빠져 있는 그가 혼잣말을 한다. "모든 게 운에 달렸어. 마리아가 언젠가 아가씨께서 날 좋아하신다고 말한 적이 있었지. 아가씨도 비슷한 말씀을 하신 적이 있고. 만약 당신이 사랑을 한다면 이 말볼리오 같은 사람이어야 한다고 말이야. 게다가 아가씨를 모시고 있는 사람들 중에서 누구보다도 나를 제일 살갑게 대해주신단 말이야. 대체 이걸 어떻게 받아들여야 하지?"(2.5.23-28) 말볼리오는 올리비아가 자신을 좋아한다는 희망적인 착각을 하고 있다. 그는 여기서 그치지 않고 이런 상상까지 한다. "아, 내가 말볼리오 백작이 된다니!To be Count Malvolio!"(2.5.35) 올리비아와 결혼하고 석 달만 지나면 백작이 될 수 있다는 것이다. 행복한 상상이자 백일몽이다.

말볼리오는 계속해서 상상한다. "그러고 나선 지체 높은 나리처럼 으스댄단 말이지. 근엄한 얼굴로 도열한 하인들을 둘러보고 이렇게 말해줄 거야. 나도 내 신분을 잘 알고 있지만 그대들 또한 자기 분수를 잘 알고 똑바로 처신해야 할 것이다. 그럼내 친척 토비를 당장 불러와라."(2.5.52-55) 그러고는 주정뱅이토비 경을 근엄한 표정으로 혼내주는 상상을 한다. 그가 이렇게 망상에 젖어 혼잣말하는 모습을 토비 경과 앤드류 경, 마리아가 숨어서 지켜본다. 이들이 꾸민 장난이 계획대로 잘 진행되고 있다.

말볼리오가 길에 떨어진 편지를 줍는다. 마리아가 그를 골려주려고 올리비아의 필체를 모방해서 쓴 위조된 편지다. 의도한대로 그는 올리비아가 쓴 편지라고 단정한다. 편지는 익명의 연인에게 사랑을 고백하는 내용이다. 그가 편지를 읽는다.

이름 모를 사랑하는 이에게 나의 진정한 마음을 담아서 이 편지를 보낸다. 내 사랑은 신만이 안다. 입술이여 움직이지 마라. 그 누구도 알아서는 안 되니까. 내가 사모하는 이는 내가부리는 자다. 루크리스의 칼처럼 유혈도 없이 내 가슴을 찌르는구나. M.O.A.I. 그대에게 내 생명이 달려 있다.

To the unknown beloved, this, and my good wishes. / Jove knows I love; / Lips, do not move, / No man must know. / I may command where I adore; / But silence, like a Lucrece knife, / With bloodless stroke my heart doth gore; / M.O.A.I. doth sway my life. (2.5.92-109)

그는 편지 속 모든 문구를 자신에게 유리하게 해석한다. 자기가 보고 싶은 대로 보는 것이다. "내가 사모하는 이는 내가 부리는 자다." 이 문구는 비교적 정확히 해석이 된다. 집사니까 자신이 맞다. 하지만 M.O.A.I.는 도대체 뭔가? 누구를 지칭하는 걸까. 그가 자신의 삶을 지배한다고 말한다. 그런데 아무리 맞춰봐도 이 수수께끼는 자신의 이름과 일치하지 않는다. 그럼에도 그는 이것이 자신을 의미한다고 해석해버린다. "좀 무리해서 맞춰본다면 못 풀 것도 없지. 모두 내 이름 속에 들어 있는 글자들이니까 말이야."(2.5.140-141) 글자 모두가 자신의 이름에 포함된다면서 자신을 의미한다고 단정 짓는 것이다. 완전 아전인수 격의 억지 해석이다. 편지 내용을 더 읽어보자.

저의 친척에게는 냉정하게 대하고, 하인들에게는 거만하게 대하며, 입을 열어 말할 때는 국가에 대해 논의하고, 보통 사람과는 다른 풍모를 갖추도록 하세요. 이런 권유는 모두 당신을 사모하기 때문입니다. 당신의 노란 양말을 좋아하고 열십자 대님을 보고 싶어 하는 사람이 누군지 기억해주세요. 그러나 만일 원치 않는다면 당신은 항상 집사로 남을 것이고, 하인으로 남을 것이며, 다시는 행운의 여신의 손을 붙잡지 못할 것입니다. 만약 제 사랑을 받아주신다면 그대 얼굴에 항상 미소를 지어주세요. (2.5.149-178)

그가 만일 이 편지대로 행동한다면 웃음거리가 될 게 분명하다. 특히 노란 양말과 십자 대님, 항상 미소 짓는 얼굴은 그를 실성한 사람으로 보이게 할 것이다. 하지만 말볼리오는 편지를 읽자마자 당장 그렇게 실행한다.

우리는 이 편지 장면에서 말볼리오의 감춰진 욕망을 읽어낼 수 있다. 다른 사람에게는 엄격하게 금욕적인 삶을 강조했지만 그 역시 욕망의 노예였음이 드러난다. 위선이 아닐 수 없다. 그는 상전인 올리비아에게 성적 욕망을 품고 있다. 그가 혼잣말을 한다. "하인들을 주위에 거느리고, 수놓은 멋진 벨벳 가운을 걸친 채로 막 침대에서 나오는 거야. 잠든 올리비아는 그대로 두고서 말이야Calling my officers about me, in my branched velvet gown, having come from a day-bed, where I have left Olivia sleeping-."(2.5.47-49)

대낮에 올리비아와 동침하는 상상을 한다.

그는 또 편지에서 철자 C, U, T를 특별히 골라내서 이것이 올리비아의 필체라고 말한다. 사실상 이 편지를 올리비아의 몸으로 상상하는 것이다. 철자 C, U, T는 문학적 상징으로 볼 때 여성의 성기를 지칭하는 속어 cunt로 해석될 수 있다. 그러므로 말볼리오의 성적 욕망이 투영된 편지 읽기라는 것이다. 여기에는 신분 상승 욕망, 즉 권력에 대한 욕망도 반영되어 있다. 그는 올리비아와의 결혼을 통해서 자기가 백작이 되고, 그 권력으로 토비 경을 지배하려는 욕망도 갖고 있다.

마리아와 토비 경 일당은 통쾌해한다. 계획대로 잘 진행되고 있기 때문이다. 과연 결과가 어떻게 될까?

바이올라에게 결투를
신청하는 앤드류 경

바이올라가 오시노 공작의 사랑을 전하러 또 올리비아의 저택을 방문했다. 바이올라와 광대의 현란한 말장난이 오간다. 광대는 자기가 교회 옆에 빌붙어 산다고 말한다. 그러자 바이올라는 왕궁 옆에 거지가 산다면 왕이 거지에게 빌붙어 사는 거라고 응수한다. 바이올라가 동전 한 닢을 주자 "이 돈에 짝을 맞춰주면 새끼를 치지 않을까요?Would not a pair of these have bred, sir?"(3.1.50)라고 말한다. 돈을 더 달라는 뜻이다. 바이올라가 동전 하나를 더 준다.

바이올라는 저택 정원에서 올리비아를 만난다. 그녀는 하인들을 모두 내보내고 단 둘이서만 얘기한다. 바이올라는 자신을 "아름다운 아가씨의 종 세자리오Cesario is your servant's name, fair princess"(3.1.99)라고 소개한다. 올리비아와 사랑에 빠진 공작이 그녀의 종이니까 그의 종인 자신도 당연히 올리비아의 종이라는 것이다.

바이올라는 또다시 오시노 공작의 사랑을 간곡하게 전한다. 하지만 올리비아는 그의 구애를 계속 거절한다. 오히려 그녀는 노골적으로 바이올라에게 사랑을 고백한다. "얼굴은 가릴 수 있어도 마음속의 비밀은 감출 수가 없어요. 뭐라고 말 좀 해주세요."(3.1.122-123) 바이올라가 난감하다. 올리비아의 사랑을 이해하지만 어쩔 수가 없다. 남자로 변장한 여자라서 올리비아의 사랑을 받아줄 수도 없는 노릇이다. 그렇다고 진실을 말해버릴 수도 없다. 바이올라가 할 수 있는 말은 고작 "저는 보시는 대로의 제가 아닙니다I am not what I am"(3.1.143) 뿐이다. 하지만 올리비아의 사랑은 더욱 깊어만 간다. 올리비아가 말한다.

아! 저 사람의 입에서 나오는 어떤 경멸이나 분노의 말조차도 아름답게만 들리는구나. 감추고 싶은 사랑의 감정은 살인의 죄보다 신속하게 드러나니 사랑을 하면 한밤중도 대낮과 같단 말인가. 세자리오여, 봄의 장미, 처녀의 순결, 명예와 진실, 그리고 그 밖에 모든 것에 걸고 맹세합니다. 당신을 사랑합니다. 당신이 아무리 냉대해도 이젠 지혜나 분별로도 나의 열정을 더 이상 숨길 수가 없습니다.

O what a deal of scorn looks beautiful / In the contempt
and anger of his lip! / A murd'rous guilt shows not itself
more soon / Than love that would seem hid. Love's night is
noon. – / Cesario, by the roses of the spring, / By maidhood,
honour, truth, and everything, / I love thee so, that maugre
all thy pride, / Nor wit nor reason can my passion hide.
(3.1.147-154)

하지만 바이올라는 무정하게 돌아서서 저택을 나선다. 돌아
오라고 부르지만 그냥 떠나간다. 올리비아는 하인을 보내 그를
다시 데려오라고 명령한다. 그리고 그의 마음을 얻기 위해서 무
슨 선물을 줄지 고민한다. 사랑에 빠진 올리비아가 안쓰럽다.

반면에 앤드류 경은 무척 화가 났다. 올리비아가 자신은 냉
대하면서도 바이올라에게는 친절하기 때문이다. 화가 난 그는
그냥 고향으로 돌아가겠다고 말한다. 토비 경과 페이비언Fabian
이 그를 회유하며 설득한다. 이번에는 남자답게 바이올라와 결
투를 하라고 꼬드긴다. 토비 경이 말한다.

그럼 용기를 바탕으로 행운을 잡아보는 거야. 공작의 심부름

꾼 젊은 녀석에게 결투를 신청해서 그놈 몸뚱이에 열한 군데 정도 상처를 입히라고. 그럼 내 조카딸도 자네를 좋아하게 될 거야. 세상의 평판만큼 남자가 여자의 마음을 사로잡는 데 강력한 중매쟁이는 없는 법이라네. (3.2.32-37)

그러면서 힘찬 필체로 그에게 도전장을 쓰라고 부추긴다. 남자답게 온갖 분노를 담아서 말이다. "잉크가 다할 때까지 온갖 욕을 다 퍼부어대는 거야. 이놈 저놈 하면서 말이야. 잉크엔 쓰디쓴 맛을 왕창 타서 말이지."(3.2.40-48) 이것은 토비 경이 앤드류 경을 끝까지 우려먹으려는 것이다. 올리비아를 미끼로 이미 2,000더컷의 돈을 뜯어냈다. 그는 앤드류 경이 겁쟁이라서 결투를 못할 것임을 이미 알고 있다. 앤드류 경이 퇴장하자 그가 이렇게 말한다. "황소에 밧줄을 매서 끌고 와도 두 녀석을 맞붙게 하기는 힘들 거야. 앤드류를 해부해보면 간에 벼룩의 발을 채울 만한 피도 없을걸. 만일 있다면 해부한 나머지 부위는 내가 먹겠네."(3.2.57-61) 앤드류 경이 그만큼 겁쟁이라는 것이다.

이들이 과연 결투를 벌일까? 만약 결투를 한다면 바이올라가 걱정이다. 그는 사실 남자가 아니라 남장한 여자다. 남자와 여자가 결투를 벌인다면 당연히 여자가 불리하지 않겠는가? 어찌될지 우려스럽다.

바이올라의 쌍둥이 오빠도 살아 있다

7

바이올라의 쌍둥이 오빠 세바스찬은 어떻게 되었을까? 그는 거친 풍랑 속에서도 구사일생으로 살아남았다. 그가 자신을 구해주고 돌봐주었던 안토니오에게 작별을 고한다. 더 이상 폐를 끼치고 싶지 않아서다. 세바스찬은 자신이 메살린 출신이고 쌍둥이 여동생이 있다고 말한다. 죽은 여동생 바이올라를 생각하니 "또다시 눈물에 빠져 죽을 것 같다"(2.1.30)라며 슬퍼한다. 동생이 바다에 빠져 죽었다고 오해하는 것이다. 쌍둥이 남매는 서로가 죽었다고 오해한다.

안토니오가 만류하지만 세바스찬은 떠난다. 그러면서 오시노 공작의 저택으로 갈 계획을 밝힌다. 그가 떠난 후 안토니오가 말한다.

당신에게 신의 가호가 있기를. 오시노 공작의 저택에는 내 원수가 많다. 그렇지 않다면야 바로 뒤따를 텐데. 아니야, 세상에 어떤 변고가 닥친들 무엇이 두려우랴. 그깟 위험은 기껏해야 장난거리에 불과할 뿐이다. 그래, 같이 가는 거야. (2.1.43-47)

안토니오는 곧바로 세바스찬을 뒤따라가서 그를 만난다. 안내자도, 친구도 없는 낯선 곳에서 무슨 변고라도 생길까 걱정이 돼서 쫓아왔다고 말한다. 안토니오는 참 고마운 사람이다. 세바스찬은 도시 여기저기를 구경하자고 제안한다. 하지만 안토니오는 그럴 수 없다고 자신의 사정을 말한다.

미안하지만 나는 이곳 거리를 자유롭게 다닐 수 없소. 과거에 이곳 공작의 함대와 전투를 벌인 적이 있기 때문이오. 그때 이름이 알려졌기 때문에 만일 내가 여기서 붙잡히면 절대 무사하지 못할 것이오. (3.3.24-28)

안토니오는 오시노 공작과 악연이 있었다. 그런 위험에도 불구하고 세바스찬을 돕기 위해서 온 것이다. 그의 친절함은 여기서 끝이 아니다. 그가 자신의 지갑을 주면서 이렇게 말한다.

자, 이 지갑을 받아두시오. 이 도시 남쪽 교외에 코끼리Elephant 라는 이름의 여관이 있소. 아마 그곳이 제일 좋을 것이오. 내가 먼저 가서 저녁 식사를 시켜놓을 테니 시내 구경을 하고 오시오. 난 거기서 당신을 기다리겠소. 우연히 사고 싶은 물건이 눈에 띄면 사시오. 내가 보기에 당신 돈으로는 충분치 않을 것 같구려. (3.3.38-46)

참 좋은 사람이다. 정말 이런 사람을 만날 수 있다면 행운일 것이다. 그리고 서로 죽은 줄 알았던 쌍둥이 남매가 오시노 공작의 저택에서 만날 가능성도 높아졌다. 이들이 만나면 어떻게 될까? 더군다나 여동생 바이올라는 지금 오빠처럼 남장을 하고 있는 상황이다. 사람들은 과연 똑같이 생긴 이들 남매를 구분할 수 있을까? 매우 혼란스러울 것 같다.

8

겁쟁이 앤드류 경의
말 뺏어 타기

토비 경의 말대로 앤드류 경이 결투 도전장을 썼다. 문장이 유치하기 짝이 없는 도전장이다. 토비 경이 도전장을 읽어본다.

이 애송이 녀석아! 네가 어떤 놈인지 모르지만 하여튼 너는 야비한 녀석이다. 내가 이렇게 말한다고 이상하게 여기거나 놀랄 것 없다. 어차피 나는 그 이유를 너에게 말하지 않을 테니까 말이다. 너는 올리비아 아가씨를 찾아왔다. 그리고 아가씨는 내가 보고 있는 데서 너에게 친절하게 해주었다. 하지만 너는 속속들이 거짓말쟁이다. 그렇지만 그 일로 결투를 요구하는 것은 아니다. (3.4.149-158)

결투 신청에 대한 분명한 이유도 없고 논리도 맞지 않는 엉터리다. 하지만 토비 경은 씩씩하고 멋진 도전장이라고 추켜세운다. "이 도전장을 보고도 잠자코 있는 놈은 제 다리로 걷지도 못하는 놈"(3.4.172-173)이라면서 자기가 전해주겠다고 나선다. 그에게는 정원 모퉁이에 숨어 있다가 그자가 나타나면 전광석화처럼 칼을 뽑으라고 일러준다. 앤드류 경은 그렇게 하겠다고 말한 후 퇴장한다.

앤드류 경이 퇴장하자 토비 경은 이 도전장을 전달하지 않겠다면서 이렇게 말한다. "그자가 이렇게 형편없이 무식한 도전장에 겁을 먹진 않을 거야. 이런 도전장을 보낸 자가 팔푼이라는 것을 금방 눈치채게 될 거라고. 그러니 내가 구두로 전달하는 것이 좋겠어. 에이규칙(앤드류 경)을 세상이 다 아는 용감한 사나이라고 엄포를 놓으면 그 젊은 녀석은 쉽사리 곧이곧대로 받아들일 거야. 포악하고, 칼 쓰는 기술이 범상치 않고, 성미가 불같은 싸움꾼이라고 겁을 준단 말이지. 그렇게 되면 둘 다 겁을 먹게 마련이지."(3.4.189-198) 양쪽 모두에게 거짓말로 겁을 주겠다는 것이다. 토비 경은 올리비아를 만나고 돌아가는 바이올라를 붙잡고 이렇게 겁을 준다.

정원 모퉁이에 호시탐탐 당신을 벼르고 있는 사람이 있소. 상대는 원한에 사무쳐 피에 굶주린 사냥개처럼 험악한 상판을 하고 있단 말이오. 게다가 잽싸고 칼 쓰는 기술이 대단하고 성미가 불같이 사나운 자요. (3.4.222-227)

바이올라는 사람을 잘못 봤다고 부인한다. 자신은 누구와도 원수진 일이 없다는 것이다. 하지만 토비 경은 계속해서 겁을 준다. "그 사람은 젊고 힘이 장사고, 일단 싸움이 붙었다 하면 귀신도 요절을 내버릴 악마 같은 놈이오. 이미 세 놈의 혼령을 저승에 보내버렸다오."(3.4.233-240) 그러면서 상대가 요구하는 대로 응하라고 말한다. 당황해하며 잘못한 일이 없다는 바이올라를 페이비언에게 잠시 맡겨두고 토비 경은 다시 앤드류 경에게 간다. 토비 경이 이번에는 앤드류 경에게 잔뜩 겁을 준다. 그가 이렇게 말한다.

이 사람아, 그자가 엄청 대단한 놈devil이야. 그런 놈은 정말 처음 봤네. 내가 칼집을 낀 채로 한번 겨뤄봤는데 찌르는 솜씨가 얼마나 민첩한지 도저히 피하고 말고 할 겨를이 없었다네. 아무튼 칼 솜씨가 대단한 건 이 발이 땅을 딛고 있는 것처럼 확실해. 페르시아 왕의 호위무사fencer to the Sophy였다지, 아마. (3.4.278-284)

앤드류 경이 금방 겁을 집어먹는다. "염병할, 나 그만둘 거야 Pox on't, I'll not meddle with him."(3.4.285) 겁쟁이 앤드류 경이 결국 이렇게 제안한다. "이번 일은 없던 것으로 해달라고 가서 말해봐. 대신 내 회색 말 캐필렛을 준다고 해."(3.4.290-292) 토비 경이 멍청한 앤드류 경을 우려먹는데 이번에도 성공했다. 토비 경이 혼잣말을 한다. "내가 자네를 올라타듯이 이번엔 자네 말도 한번 타봐야겠네 그려Marry, I'll ride your horse as well as I ride you."(3.4.295-296) 토비 경이 중간에서 그의 말을 가로채는 것이다. 세상에는 이렇게 약아빠진 사람도 있고, 이렇게 어수룩한 사람도 있다. 토비 경은 『오셀로』의 이아고처럼 사악하진 않지만 순진한 친구 등쳐먹는 데는 천재다. 그리고 요란하게 큰소리는 쳐도 사실은 허풍쟁이 겁쟁이도 많다. 우리가 사는 세상도 이들이 사는 세상과 크게 다르지 않을 것이다.

토비 경은 바이올라에게 칼을 뽑고 싸우는 시늉을 하라고 한다. 바이올라가 어쩔 수 없이 칼을 뽑는다. 이때 안토니오가 등장해서 자신이 대신 상대하겠다며 바이올라를 돕는다. 안토니오가 바이올라를 세바스찬으로 오해했기 때문이다. 그 순간 오시노 공작의 관리들이 등장한다. 관리들은 안토니오를 알아보고 그를 체포한다. 체포된 안토니오가 바이올라에게 말한다. "할 수 없군. 당신을 찾다가 이렇게 됐소. 이젠 도리 없이 죗값을 치러야겠소. 내 처지가 난처하게 됐으니 아까 맡긴 지갑을 돌려줄 수 있겠소? 내 신세가 이렇게 된 것보다 당신을 돕지 못하는 것이 안타까울 뿐이오."(3.4.340-345) 하지만 바이올라는 금시초문이라면서 안토니오를 모르는 사람이라고 부인한다. 그로서는 모르는 게 당연하다. 하지만 바이올라를 세바스찬으로 착각하고 있는 안토니오는 그에게 크게 실망한다.

오, 내가 숭배한 우상이 이리도 비열할 줄이야! 세바스찬, 그대는 수려한 용모를 치욕으로 물들였소. 사실 본성에 있어 인간의 마음만큼 더러운 것도 없는 법이지. 호의를 모르는 몰인정한 자야말로 흉측한 자요. 미덕은 아름다운 것이지만 아름답게 보이는 당신은 더러운 악마들로 가득 찬 텅 빈 몸뚱이에 불과하오.

But O how vile an idol proves this god! / Thou hast, Sebastian, done good feature shame. / In nature there's no blemish but the mind: / None can be call'd deform'd but the unkind. / Virtue is beauty, but the beauteous evil / Are empty trunks, o'er-flourish'd by the devil. (3.4.374-378)

안토니오가 배신감을 느끼는 것도 당연하다. 그의 입장에서 보면 얼마나 실망스럽겠는가. 하지만 두 사람은 모두 잘못이 없다. 어쩔 수 없이 생긴 오해일 뿐이다. 살다 보면 이렇게 불가피한 오해가 생길 수 있다. 서로 입장이 달라서 생기는 오해 말이다. 그러므로 너무 성급하게 단정 짓는 것은 현명하지 못하다. 실수할 가능성이 있기 때문이다. 자초지종을 차근차근히 확인한 후에 판단해도 늦지 않다.

관리들이 안토니오를 연행한다. 아무것도 모르는 사람들은 그를 미친 사람 취급한다. 하지만 오빠 이름을 들은 바이올라는 그가 자신과 오빠를 착각했을까 하는 일말의 희망을 갖는다. 바이올라가 퇴장하자 토비 경은 그를 토끼처럼 겁쟁이고 비겁한 놈이라고 욕한다. 친구가 곤경에 빠졌는데도 안면을 몰수하고 모른 척했다는 것이다. 페이비언은 겁쟁이 종교가 있다면 그가 아주 독실한 신도라고 맞장구를 친다. 앤드류 경도 이제야 그놈을 쫓아가서 흠씬 패줘야겠다고 호들갑을 떤다.

사람들이 이렇게 경박하고 간사하다. 제대로 알지도 못하면서 자기들 맘대로 타인을 평가하고 단정한다. 그리고 눈치를 보다가 주변 상황이 바뀌면 자기들도 시류에 편승해서 금방 바뀐다. 이런 사람들의 무책임한 말에 이리저리 휘둘릴 필요가 없다. 그저 꿋꿋하게 내 인생을 살면 되는 것이다.

말볼리오를 골려주기 위해 가짜 연애편지를 썼던 마리아가
등장한다. 그녀가 배꼽을 잡으며 토비 경에게 말한다. "웃음보
가 터져서 창자를 꿰매고 싶거든 저를 따라오세요. 저 얼치기
말볼리오가 이교도가 아니라 아주 배교자가 돼버렸어요. 세상
에! 기독교인이 저런 해괴한 짓거리를 하고서도 구원받는다고
할 수 있겠어요? 노란 양말도 신었다고요."(3.2.65-70) 말볼리오
가 편지에 적힌 대로 우스꽝스러운 복장을 하고 나타났다. 노란
양말에 십자 대님을 한 그의 모습이 촌스럽기 그지없다. 게다가
히죽이 웃는 얼굴은 "상세하게 새로 그린 지도의 선들처럼 주
름살로 가득하다."(3.2.75-77) 그는 올리비아가 자신을 좋아한
다고 착각하고 편지에서 그녀가 원하는 대로 하고 나타난 것이

다. 하지만 이것은 모두 마리아가 꾸며낸 거짓말이다.

올리비아가 말볼리오를 찾는다. 그가 히죽히죽 웃으며 등장하자 올리비아는 심각한 일로 불렀는데 왜 웃느냐고 묻는다. 그가 대답한다.

> 심각한 얘기라고요? 저도 심각해질 수 있어요. 이렇게 십자 대님을 하면 피가 잘 통하지 않거든요. 하지만 괜찮습니다. 어느 한 분의 눈만 즐겁게 해드릴 수 있다면 만족하니까요. (…) 제 마음은 시커멓지 않습니다. 다리는 노란색이지만요. 그거 확실하게 제 수중에 들어왔습니다. 명령대로 바로 실행하고 있습니다. 그 멋진 로마식 필체는 피차 다 알고 있으니까요. (3.4.19-29)

올리비아가 볼 때 오늘 말볼리오의 상태가 좀 이상하다. 그래서 들어가 쉬는 게 낫겠다고 판단해서 "말볼리오, 그만 잠자리에 드는 게 어때요?Wilt thou go to bed, Malvolio?"(3.4.30)라고 말한다. 그 말에 말볼리오는 "잠자리라! 아, 사랑하는 이여, 내가 그대 곁으로 가리다To bed? Ay, sweetheart, and I'll come to thee"(3.4.31)라고 대답한다. 올리비아의 말을 동침하자는 의미로 받아들인 것이다. 완전히 자기가 원하는 대로 해석한다. 그는 계속해서 편지 문장을 읊조리며 그대로 행동한다. 올리비아는 토비 경에게 실성한 말볼리오를 잘 돌봐주라고 지시한다. 토비 경은 말볼리오가 마귀에게 홀렸다고 말한다. 말볼리오는 아니라고 저항하지만 토비 경이 그를 어두운 방에 가둬버린다.

마리아가 광대 페스테에게 가운과 수염을 주면서 토파스 신부Sir Topas로 변장시킨다. 말볼리오를 골려주기 위해서다. 광대가 신부로 변장하면서 이렇게 말한다. "나도 변장을 해야지. 이런 가운을 입고 사람을 속이는 게 내가 처음은 아니야."(4.2.4-6) 이 말은 기성의 신부에 대한 예리한 풍자로 들릴 수 있다. 신부로 변장한 광대가 이렇게 인사한다. "보노스 디에스Bonos dies."(4.2.13) 라틴어로 '안녕하세요'다. "오! 이 감옥에 평화를!Peace in this prison!"(4.2.19) 바보광대지만 그럴듯한 신부 가운을 입고 라틴어로 말하니까 진짜 신부님 같다. 광대가 근엄하게 말한다. "있는 것이 있는 것이다. 나도 신부님이니까 신부님인 거요That that is, is: so I, being Master Parson, am Master Parson."(4.2.15-16) 진짜와 가짜, 그 차이가 별로 크지 않다. 세상사 다 그렇지 않은가. 명품과 짝퉁이 그렇고, 사람도 그렇다. 광대인지 신부인지 큰 차이가 없다.

광대는 신부 목소리로 미치광이 말볼리오를 만나러 왔다고 말한다. 말볼리오는 자신이 미치지 않았다고 항변한다. 하지만 광대는 "마귀fiend"(4.2.26)가 그에게 들어가서 그를 괴롭히고 있다고 말한다. 말볼리오는 방이 암흑처럼 어두워서 "지옥hell 같다"(4.2.36) 하소연한다. 그러자 광대가 이렇게 말한다.

> 미친 자여! 그대는 잘못 알고 있다. 이 세상에 무지 이외에는 암흑이 없느니라. 안개 속에서 길을 잃고 헤매는 이집트 사람들처럼 너는 무지에 싸여 있느니라.
> Madman, thou errest. I say there is no darkness but ignorance, in which thou art more puzzled than the Egyptians in their fog. (4.2.43-45)

어두운 방에 갇힌 말볼리오는 독선과 교만 때문에 어두운 지옥에 빠져 있다고 해석할 수 있다. 광대 신부의 말은 그가 자신을 모르는 무지한 인물이라는 의미도 된다. 타인을 인정하지 못하고 자기도취에만 빠져 있는 사람들! 그들은 자신의 의견을 진실로 착각한다. 자기 생각을 진리로 믿고 타인에게도 강요한다. 무지의 암흑에 갇힌 말볼리오 같은 사람들이다. 우리 주변에는 그런 사람이 없을까?

광대는 신부 목소리와 자신의 목소리를 번갈아 사용하면서 말볼리오를 조롱한다. 토비 경이 이쯤에서 장난을 그만하자고 말한다. 말볼리오가 광대에게 등불과 종이, 그리고 펜을 가져다 달라고 말한다. 그리고 자신이 쓴 편지를 올리비아에게 전해달라고 부탁한다. 광대는 그렇게 하겠다고 약속한다. 말볼리오도 교만했지만 토비 경 일당의 장난도 너무 심했다.

10

세바스찬을 바이올라로
착각하는 올리비아

　올리비아의 저택 앞에서 세바스찬과 광대가 옥신각신한다. 광대가 쌍둥이 오빠 세바스찬을 바이올라로 착각하고 데려가려는 것이다. 하지만 세바스찬은 광대를 모르기 때문에 그의 말에 응하지 않는다. 이때 앤드류 경이 등장해서 세바스찬을 때린다. 그 역시 세바스찬을 바이올라로 착각했기 때문이다. 아까의 감정이 덜 풀린 것이다. 당연히 혈기 넘치는 세바스찬도 가만히 맞고만 있을 순 없다. 그도 맞대응하면서 싸움이 일어난다. 토비 경이 싸움을 말리다가 결국 그도 싸움에 휘말린다. 이런 상황에서 올리비아가 등장한다. 올리비아는 자신이 사랑하는 바이올라와 싸우는 토비 경을 책망한다.

왜 자꾸 그러세요? 아무리 염치가 없어도 그렇지. 예의는 도
대체 어디 있어요? 산속이나 야만인이 사는 동굴에서 살면 딱
맞겠네요. 내 눈앞에서 없어져요. 세자리오 님 화내지 말아
요. 불한당은 당장 가시라고요. (4.1.46-49)

올리비아는 토비 경이 바이올라를 폭행하는 것으로 오해한
다. 세바스찬이 바이올라와 똑같이 생겼기에 그런 오해가 있을
법도 하다. 그녀는 세바스찬에게 사과하며 자신의 집으로 데리
고 간다. 세바스찬은 도대체 무슨 영문인지 알 수가 없다. 그가
혼잣말을 한다.

이건 또 무슨 일이람? 강물이 거꾸로 흐르고 있나? 아니면 내
가 정신이 돌았나? 그것도 아니면 내가 꿈을 꾸고 있단 말인
가? 환상이여, 내 의식을 망각의 강 속에 잠기게 해다오. 이것
이 꿈이라면 계속 잠들어 있게 해다오. (4.1.59-62)

처음 본 아가씨가 자신에게 이렇게 친절하다니. 게다가 그녀
는 눈부시게 아름답다. 지금 믿기지 않는 이상한 일들이 벌어
지고 있다. 세바스찬은 혼자 생각한다. 코끼리 여관에 가봤지만
안토니오를 만날 수 없었다. 자신을 찾으러 시내로 갔다는 것이

다. 그리고 자신은 낯선 광대와 실랑이를 했고 불량배들의 공격도 받았다. 그리고 지금은 아름다운 아가씨의 환대를 받고 있다. 도대체 이게 무슨 일이지? 이해가 안 간다.

그런데 이 낯선 아가씨는 한술 더 뜬다. 아니 글쎄 처음 보는 자신과 결혼을 하자는 것이다. 그것도 지금 당장. 올리비아가 그에게 말한다.

> 제가 이렇게 서두른다고 나무라지 마세요. 당신 말씀이 진심이라면 신부님과 함께 교회로 가요. 그리고 신부님 앞에서, 성스러운 지붕 아래서 영원토록 변치 않는 사랑을 제게 맹세해주세요. 저의 질투심 많고 불안한 영혼이 안심할 수 있게 말예요. 이 맹세는 당신이 세상에 밝혀도 좋다고 하실 때까지 신부님께서도 비밀로 해주실 거예요. 그때가 되면 제 신분에 어울리는 결혼식을 올려요. 어떠세요? (4.3.22-31)

세바스찬이 거절할 이유가 없다. 그는 그렇게 하겠다고 동의한다. 사실상 그가 올리비아와 결혼한 것이다. 물론 올리비아는 지금 세바스찬을 바이올라로 착각하고 있다. 아무리 쌍둥이라 하지만 사람을 그렇게도 착각하다니! 현대의 독자들이 볼 때 억지처럼 느껴질 수도 있다. 맞다. 그래서 웃기는 코미디다. 하지만 똑똑한 현대인들은 안 속는가? 오늘날 우리가 사는 세상 역시 알고도 속고 모르고도 속는 세상 아니던가? 어쩌면 이들 은 우리들의 자화상이다.

세상은 돌고 도는 회전목마,
모두가 인과응보다

　오시노 공작이 바이올라와 함께 올리비아의 저택에 왔다. 이때 공작의 관리들이 조금 전 체포한 안토니오를 데리고 온다. 바이올라가 그를 보더니 "저분이 저를 구해주신 분입니다"(5.1.48)라고 공작에게 말한다. 하지만 공작은 그가 자신의 함대에게 큰 피해를 입힌 "해적이자 바다의 강도Notable pirate, thou salt-water thief"(5.1.67)라고 말한다. 관리는 공작의 조카가 한쪽 다리를 잃은 것도 안토니오 때문이라고 말한다. 공작은 안토니오에게 어찌 이곳까지 왔냐고 묻는다. 바이올라를 본 안토니오가 공작에게 이렇게 대답한다.

　나는 해적도 강도도 아니오. 내가 여기까지 오게 된 것은 단지 마귀에게 홀린 탓이오. 지금 당신 옆에 있는 후안무치한 저 젊은이는 바로 거친 바다 거품이 끓어오르는 파도 속에서 내가 건져준 사람이외다. 도저히 살 수 없을 것 같았으나 갖은 노력으로 소생시켰고, 내 진정한 마음을 다 쏟아서 도와주었소. (…) 그런데 내가 체포되니까 저자는 자기도 위험에 휘말릴까 봐 뻔뻔하게 낯을 바꾸면서 나를 알지도 못한다고 시치미를 뗐소. 더욱이 내가 반 시간 전에 쓰라고 맡긴 돈지갑조차도 모른다고 부인했단 말이오. (5.1.72-89)

바이올라가 당황스러워 한다. 이때 올리비아가 등장한다. 공작이 또다시 사랑을 고백하지만 올리비아는 여전히 거절한다. 화가 난 공작이 "당신은 언제까지나 대리석처럼 차가운 폭군으로 남아 있으시오"(5.1.122)라면서 떠난다. 바이올라가 공작을 따라나서자 올리비아가 어딜 가냐며 그를 붙잡는다. 바이올라는 이렇게 대답한다. "저는 사랑하는 분을 따라가는 겁니다. 저의 두 눈, 저의 생명, 미래의 아내를 사랑하는 것, 그 모든 것 이상으로 제가 사랑하는 분이랍니다."(5.1.133-134)

그러자 올리비아는 자신이 속았다고 말한다. 신부님을 데려오라면서 바이올라에게 이렇게 말한다. "가긴 어딜 간단 말예요? 세자리오 님. 기다려요, 내 남편husband."(5.1.141) 남편이라니, 이 말에 공작과 바이올라 모두 놀란다. 바이올라는 당연히 아니라고 부인한다. 하지만 공작은 바이올라를 의심의 눈초리로 바라본다. 바이올라가 올리비아의 남편이라니, 이런 배신이 또 어디 있겠는가. 그를 믿고 여태껏 사랑의 전령사로 보냈는데 말이다.

신부가 등장해서 바이올라와 올리비아가 결혼한 게 맞다고 증언한다. 두 사람이 신성한 입맞춤으로 사랑을 증명했고, 반지도 교환했다고 말한다. 성직자로서 자신이 결혼식을 진행했다고 확실하게 보장한다. 바이올라가 아니라고 부인하지만 믿어주는 사람이 없다. 그는 공작과 올리비아 모두에게서 비난을 면할 수 없는 처지가 되었다. 두 사람 모두에게 배신자가 되어버렸기 때문이다.

이때 앤드류 경이 피를 흘리며 등장한다. 공작의 시종 세자리오가 자신과 토비 경에게 상처를 입혔다는 것이다. 아니, 그런데 귀신이 곡할 노릇이다. 그 세자리오가 벌써 이곳에 와 있지 않은가. 토비 경도 다리를 절뚝거리며 등장한다. 뒤이어 세바스찬이 쫓아온다. 올리비아를 본 세바스찬이 그녀에게 사과한다. "죄송합니다, 아가씨. 제가 친척 분에게 상처를 입혔습니다. 그렇지만 피를 나눈 형제간이라 해도 신체의 안전을 도모하려다 보니 어쩔 수가 없었습니다. 사랑하는 이여! 방금 전에 당신과 나 사이에 맺은 맹세를 봐서라도 나를 용서해주시오."(5.1.207-213) 토비 경의 공격에 정당방위를 하지 않을 수 없었다는 것이다.

이제 모든 퍼즐이 맞춰졌다. 똑같이 생긴 두 쌍둥이 남매가 한자리에 모인 것이다. 오시노 공작이 말한다. "한 얼굴, 한 목소리, 한 복장, 그런데 사람은 둘이라! 이 무슨 조화란 말인가!"(5.1.214-215) 안토니오도 세바스찬에 대한 오해를 푼다. 바이올라와 세바스찬은 기적 같은 남매간의 상봉에 기뻐한다. 고향과 부모님을 확인해보니 서로 정확하게 맞는다. 바이올라는 자신이 남자로 변장했음을 고백한다. 그리고 자신을 이곳으로 안내해준 선장이 자신의 여자 옷을 보관하고 있다고 말한다. 하지만 그 선장은 지금 말볼리오의 고발 때문에 감금되어 있다는 점도 말한다.

광대가 올리비아에게 말볼리오의 편지를 전달한다. 편지에서 말볼리오는 올리비아의 편지 때문에 자신이 미친 사람 취급을 당하고 있고, 지금 어두운 방에 감금되어 있다고 하소연한다. 올리비아는 그를 즉시 풀어주라고 지시한다. 그리고 공작에게 자신을 아내가 아니라 누이로 생각해달라고 부탁한다. 그리고 같은 날 자기 집에서 함께 결혼식을 올리자고 제안한다. 오시노 공작은 흔쾌히 동의한다. 오시노 공작과 여성으로 돌아온 바이올라, 그리고 올리비아와 세바스찬이 결혼하게 되는 것이다. 셰익스피어의 낭만희극이 늘 그렇듯이 이 작품도 인물들의 결혼으로 끝난다.

말볼리오가 어두운 방에서 풀려나왔다. 그가 올리비아에게 편지에 대해 따져 묻는다.

> 왜 아가씨께서는 그렇게 명확한 호의를 보여주시면서 저에게 웃음을 지어라, 십자 대님을 매라, 노란 양말을 신어라, 토비 경과 아랫것들에게 근엄한 표정을 지으라고 시키셨습니까? 그래서 저는 순종했을 뿐인데 왜 저를 캄캄한 방에 가두고 신부를 찾아오게 하시고, 세상에서 가장 멍청한 얼간이로 만들어 조롱한 것입니까? (5.1.335-343)

올리비아는 필체는 닮았지만 자신은 그 편지를 쓰지 않았다고 말한다. 그리고 장난이 너무 심했다며 말볼리오를 달래준다. 나중에 그가 이 일에 대한 재판관이 되게 해주겠다고 약속한다. 페이비언은 말볼리오가 너무 완고하고 무례해서 자신들이 골려준 것이라고 고백한다. 그러면서 그 편지는 토비 경의 부탁으로 마리아가 썼다고 말한다. 그 보상으로 토비 경과 마리아는 결혼했다고도 전한다.

광대도 과거 말볼리오가 자신을 무시했던 것을 거론하면서 한마디 한다. "그래서 세상은 돌고 도는 회전목마지요. 모두가 인과응보랍니다And thus the whirligig of time brings in his revenges."(5.1.375-376) 과거 말볼리오는 광대를 비하하고 냉대했다. 그러니까 말볼리오가 조롱당한 것은 모두 자신의 업보라는 것이다. 그렇다. 세상 모든 일은 서로 연결되어 있다. 행복도 불행도, 성공도 실패도 원인 없이 그냥 일어나는 경우는 드물다. 광대의 말에도 일리가 있다.

하지만 말볼리오는 이렇게 말하면서 퇴장한다. "어디 두고 보자. 너희들 모두 내가 복수해줄 테다!I'll be reveng'd on the whole pack of you!"(5.1.377) 모두가 곧 있을 결혼으로 행복해하는 축제 분위기에 찬물을 끼얹는 말이다. 그가 앞으로 어떤 훼방을 놓을지 모른다. 혹시 복수의 악순환이 또다시 반복되는 건 아닌지 걱정이다.

모두가 퇴장하고 무대에는 광대만 남았다. 그가 혼자 노래한다. 그런데 그의 노래가 왠지 쓸쓸하고 우울하다.

나 아주 어릴 적엔 바보짓도 그저 놀이였네. 하지만 어른이 되었을 땐 깡패 짓, 도둑질엔 사람들이 문을 닫아버린다네. 내가 장가들고 보니 허풍으론 안 통하네. 비는 매일 내린다네.

When that I was and a little tiny boy, / A foolish thing was but a toy. / But when I came to man's estate, / 'Gainst knaves and thieves men shut their gate. / But when I came, alas, to wive, / By swaggering could I never thrive, / For the rain it raineth every day. (5.1.388–399)

어릴 적엔 바보짓을 해도 그저 장난이고 놀이였다. 하지만 성인이 되면 다르다. 삶의 현실이 냉정하고 힘들다. 더 이상 말과 허풍으로는 통하지 않는다. 그리고 후렴구에서 말하듯이 비는 매일 내린다. 인생은 맑은 날만 있는 것은 아니다. 광대 페스테의 마지막 노래 장면은 마치 다가올 비극을 예고하는 듯하다. 결혼과 축제로 끝나는 행복한 희극의 결말로는 뭔가 무거운 느낌이 든다. 공교롭게도 이 작품 이후로 셰익스피어는 무겁고 어두운 비극 작품들을 쓴다.

죽을 것처럼 심각한 문제도
지나고 보면 꿈처럼 별것 아니듯

대부분의 운동과 악기 연주에 있어서 기본은 힘 빼기다. 그런데 그게 어렵다. 초보자일수록 몸에 힘이 바짝 들어간다. 그래서 좋은 기술이 안 되고 아름다운 연주도 안 된다. 힘을 뺀다는 것은 아예 힘이 없다는 말이 아니다. 필요에 따라 힘의 강약을 조절할 줄 안다는 것이다. 포르테와 피아니시모가 적절히 섞인 연주가 감미롭고 아름답다. 우리 인생도 마찬가지가 아닐까. 인생도 무조건 세고 강하게만 한다고 되는 것이 아니다. 융통성 있는 강약 조절이 필요하다. 인생살이에서 힘을 뺀다는 것은 바로 유연하게 사고하는 것이라고 생각한다. 나는 옳고 너는 틀리다는 이분법적 사고에 얽매이지 않는 것이다. 편협하고 이기적인 나의 정의正義를 너무 강하게 주장하지 않는 것이다.

안타깝게도 샤일록에게는 그런 힘 빼기가 부족했다. 그는 자신의 정의를 너무 세게 주장했다. 물론 안토니오가 그를 모욕하고 사업을 방해한 것은 맞다. 기한을 어겼으니 계약서대로 하자는 주장도 분명 아무런 법적 하자가 없다. 하지만 그것은 정의로 위장된 복수였다. 법적 정의를 내세웠지만 사실은 자신의 이기적 욕망을 추구한 것이다. 그 결과는 어땠는가. 지나치게 계약서 문구와 법에 근거한 샤일록의 정의는 오히려 똑같은 방식으로 자신을 파멸시켰다. 차라리 원금의 세 배를 받고 타협했더라면 더 낫지 않았을까 아쉬움이 남는다.

나의 정의는 나의 욕망을 반영한다. 이기적일 수밖에 없다. 그래서 정의만 가지고는 세상을 아름답게 만들 수가 없다. 각자의 정의가 서로 충돌할 수 있기 때문이다. 누구나 욕망이 있고 자신이 주장하는 정의가 있다. 만일 모두가 각자의 정의를 엄격하게 주장한다면 세상은 지옥이 될지도 모른다. 상대방의 엄격한 심판에서 자유로울 사람이 없기 때문이다. 그래서 나의 정의를 조금씩 양보하고 이해와 용서로 타협할 수 있는 유연한 사고가 필요하다. 단단하게 경직된 마음의 힘을 빼고 세상을 좀 더 부드럽고 여유 있는 눈으로 바라보는 것이다. 그것이 상대도 살고 나도 사는 길이다.

아름답고 낭만적인 아든 숲the Forest of Arden에도 한겨울의 추위와 배고픔은 있었다. 세상 어디에나 현실적인 문제와 고통은 있다는 것이다. 왕국을 빼앗긴 피해자 시니어 공작도 그곳에서는 죄 없는 사슴의 영토를 빼앗고 죽이는 가해자가 된다. 피해자이면서 가해자라니! 인생의 아이러니다. 모두의 정의를 완벽하게 만족시키는 유토피아는 세상에 없다. 이것을 인식하는 성숙한 통찰이 필요하다. 나와 타인의 경계선을 너무 강하게 긋지 않는 게 좋겠다. 당신 뜻과 내 뜻의 차이가 희미해져서 당신 '좋으실 대로' 해도 괜찮을 때 우리의 행복은 그만큼 더 확장되지 않을까. 그러려면 내 욕심을 줄이고 타인을 인정할 수 있는 포용력이 있어야 한다.

셰익스피어 희극은 기본적으로 웃긴 얘기다. 그 웃음을 통해

서 경직된 마음의 응어리들이 부드럽게 풀어졌으면 좋겠다. 더
이상 나의 관점으로만 세상을 바라보면서 우울해하지 않게 말
이다. 물론 우리가 사는 현실은 크게 바뀌지 않을 것이다. 그렇
지만 그것을 바라보는 우리의 눈이 유연해지면 삶이 좀 더 편
안하고 즐겁게 느껴지지 않을까. 나를 힘들게 억누르던 것들이
좀 더 가볍게 느껴지지 않을까. 너무 까칠하게 굴지 않고 그냥
웃어넘길 수 있으면 좋겠다. 셰익스피어 희극은 죽을 것처럼 심
각한 문제도 지나고 보면 꿈처럼 별것 아니었음을 보여준다.

옷음은 인간만이 가진 축복이다. 그것도 마음에 여유가 있는
사람만이 웃을 수 있는 법이다. 말볼리오처럼 너무 원칙만 가지
고 살면 삶의 여유와 즐거움이 없다. 또 제이퀴즈처럼 어두운
면만 보고 우울해하기엔 인생이 너무 짧다. 어차피 우리 인생이
'한여름 밤의 꿈'에 불과하다면 행복한 '보텀의 꿈'이 깨기 전에
최대한 더 즐겨야 하지 않겠는가. 깨고 나서 후회해도 소용없을

테니 말이다.

이제 셰익스피어 5대 희극 코미디 극장의 막을 내리려고 한다. 부디 이 코미디가 독자 여러분에게 유쾌한 웃음은 물론 인생에 대한 잔잔한 통찰의 기회도 주었기를 기대한다. 그래서 독자 여러분의 인생에 조금이라도 좋은 영향을 주었다면 저자로서 행복하다.

최선을 다해 만든
이와우의
책들을 소개합니다

어느 누군가의 삶 속에서 얻는 깨달음

리더는 사람을 버리지 않는다

야신 김성근 리더십

누군가는 나를 바보라 말하겠지만

억대연봉 변호사의 길을 포기한 어느 한 시민활동가의 고백

어금니 꽉 깨물고

노점에서 가구회사 사장으로 30대 두 형제의 생존 필살기

안녕, 매튜

식물인간이 된 남동생을 안락사 시키기까지의 8년의 기록

삶의 끝이 오니 보이는 것들

아흔의 세월이 전하는 삶의 진수

차마 하지 못했던 말

'요즘 것'이 요즘 것들과 일하는 이들에게 전하는 속마음

류승완의 자세

영화감독 류승완의 마음을 움직이는 힘

문과생존원정대

문송(문과라서 죄송합니다)시대 문과생 도전기

무슨 애엄마가
이렇습니다

일과 육아 사이 흔들리며
성장한 10년의 기록

누구나 한 번은
엄마와 이별한다

하루하루 미루다 평생을 후회할지
모를 당신에게 전하는 고백

지적인 삶을 위한 교양의 식탁

인문학의 뿌리를 읽다

서울대 서양고전 열풍을 이끈
김헌 교수의 인문학 강의

숙주인간

'나'를 조종하는 내 몸 속
미생물 이야기

마흔의 몸공부

동의보감으로 준비하는
또 다른 시작

What Am I

뇌의학자 나흥식 교수의
'생물학적 인간'에 대한 통찰

신의 한 수

절체절명의 위기를 극복한
조선왕들의 초위기 돌파법

난생처음 도전하는
셰익스피어 4대 비극

지적인 삶을 위한
지성의 반올림!

삶의 쉼표가 되는,
옛 그림 한 수저

교양이 풀풀 나게 만드는
옛 그림 감상법

시인의 말법

전설의 사랑시에서 건져낸
울림과 리듬

치열한 삶의 현장 속으로

골목상권 챔피언들
작은 거인들의 승리의 기록

마즈 웨이(Mars Way)
100년의 역사, 세계적 기업
마즈가 일하는 법

심 스틸러
광고인 이현종의 생각의 힘,
감각의 힘, 설득의 힘

**당신만 몰랐던
스마트한 세상들**
스마트한 기업들이 성공한
4가지 방법

폭풍전야 2016
20년 만에 뒤바뀌는
경제 환경에 대비하라

**우리는 일본을
닮아가는가**
LG경제연구원의 저성장 사회
위기 보고서

**손에 잡히는
4차 산업혁명**
CES와 MWC에서 발견한
미래의 상품, 미래의 기술

**어떻게 팔지 답답한
마음에 슬쩍 들춰본
전설의 광고들**
나이키, 애플, 하인즈, 미쉐린의
운명을 바꾼 광고 이야기

우리가 사는 세상과 사회

**그들은 소리 내
울지 않는다**
송호근 교수의 이 시대
50대 인생 보고서

**무엇이 미친 정치를
지배하는가?**
우리 정치가 바뀌지 못하는
진짜 이유

도발하라
서울대 이근 교수가 전하는
'닥치고 따르라'는 세상에
맞서는 방법

어떻게 바꿀 것인가
서울대 강원택 교수가 전하는
개헌의 시작과 끝

서울을 떠나는
삶을 권하다
행복에 한 걸음 다가서는
현실적 용기

부패권력은 어떻게
국가를 파괴하는가
어느 한 저널리스트의
부패에 대한 기록과 통찰

크리스천을 위하여

예수
김형석 연세대 명예교수가
전하는 예수

어떻게 믿을 것인가
김형석 연세대 명예교수가
전하는 올바른 신앙의 길

처음으로 기독교인이라
불렸던 사람들
기독교 본연의 모습을 찾아
떠나는 여행

인생의 길, 믿음이 있어
행복했습니다
김형석 연세대 명예교수의
신앙 에세이

예수의 말
예수 공부의 정수

난생처음 도전하는 셰익스피어 5대 희극

ⓒ박용남, 2022

초판 1쇄 발행 2022년 1월 24일

지은이 박용남
펴낸곳 도서출판 이와우
출판등록 2013년 7월 8일 제2013-000115호
주소 경기도 파주시 운정역길 99-18
전화 031-945-9616
이메일 editorwoo@hotmail.com
홈페이지 www.ewawoo.com

ISBN   978-89-98933-43-2 (03840)